AF386193

Johanna Tüntsch

Daffke.

Bibliografische Information der Deutschen Nationalbibliothek: Die Deutsche
Nationalbibliothek verzeichnet diese Publikation in der Deutschen
Nationalbibliografie; detaillierte bibliografische Daten sind im Internet über
http://dnb.dnb.de abrufbar.
Die automatisierte Analyse des Werkes, um daraus Informationen insbesondere
über Muster, Trends und Korrelationen gemäß §44b UrhG („Text und Data
Mining") zu gewinnen, ist untersagt.

© 2024 Johanna Tüntsch
Cover: Vera Küsgen

Herstellung und Verlag: BoD – Books on Demand, Norderstedt
Druck: Libri Plureos GmbH, Friedensallee 273, 22763 Hamburg
ISBN: 978-3-7597-5814-9

Für meine Freundinnen und meine Freunde.

Und für Justus, ohne den es dieses Buch
nie gegeben hätte.

Namen & Figuren

Simone, Rechtsanwältin für Strafrecht. Schulfreundin von Anja. Mutter von Frederik. Getrennt von Moritz.

Anja, Reporterin. Schulfreundin von Simone. E-Mail-Freundin von Theo.

Daniela, Protokollführerin bei Gericht. Fremd in der Gegend; vermisst ihre Heimat. Partnerin von Chris.

Theo, Journalist. Verheiratet und Vater von zwei Kindern. E-Mail-Freund von Anja.

Frederik, Kindergartenkind. Sohn von Simone und Moritz.

Moritz, Anwalt. Vater von Frederik. Getrennt von Simone.

Chris, Nachtclubbetreiber. Partner von Daniela.

Anke, Mutter von Chris.

„Daffke." ist eine frei erfundene Geschichte.
Wenn Ähnlichkeiten zu realen Personen und ihrem
Leben auftreten, sind diese dem Zufall geschuldet.

1

Simone.

Apfelbaumplantagen rauschten an ihr vorbei. Sie war noch nicht erwacht aus der morgendlichen Benommenheit, die sie seit einer Woche bei jedem Aufwachen in ihrem Bann hielt. Eine Benommenheit, von der sie noch nicht wusste, ob sie grausam oder gnädig war. Kalt kribbelte es in ihren Fingern, in ihren Armen, in ihrer Brust. Alles fühlte sich irgendwie taub an. Und gleichzeitig wie tausend Nadelstiche.

Sie tastete auf dem Beifahrersitz nach ihrer Tasche. Sie hatte doch die Akte eingesteckt? Ja, da war sie. Aber was war das? Ihr Finger fuhr die zerkratzte Plastikoberfläche einer Tupperdose entlang. Sie hatte keine Tupperdose eingesteckt!

Sie fühlte weiter, schob Portemonnaie und Filofax zur Seite, zerrte die Dose heraus, das Lenkrad mit der linken Hand haltend – um dann verblüfft in ihrer Rechten die rosa Brotdose zu finden, die sie durch all ihre 13 Schuljahre begleitet hatte.

Sie machte eine Vollbremsung vor dem Zebrastreifen, gerade noch rechtzeitig, um eine zeternde alte Bauersfrau mit Kopftuch, braunem Anorak und wadenlangem Rock unverletzt von einer Straßenseite zur anderen humpeln zu lassen. In der Mitte der Straße blieb die Alte stehen, gestikulierte wütend mit ihrem Krückstock und setzte ihren mühseligen Weg dann fort.

Mit den Augen folgte sie ihr, bis hinter ihr lautes Hupen erklang. Sie sah in den Rückspiegel. Eine Kolonne von Autos. Sie erinnerte sich. Pendler. Mittwochmorgen. Berufsverkehr. Leute wollten zur Arbeit, und sie war ein Teil von ihnen.

Sie sah auf die rosa Brotdose, die sie unbewusst noch immer in der Hand hielt.

Schließlich gelang es ihr, die Dose vorsichtig zurück in die Tasche zu legen, mit rechts den Schaltknüppel zu erwischen, den ersten Gang einzulegen und ihren Weg fortzusetzen.

Das Hupkonzert hinter ihr war inzwischen so laut, dass sie erst an der übernächsten Querstraße, als wieder Ruhe eingekehrt war, einordnen konnte, welch seltsames Getöse sie nun schon wieder irritierte. Sie biss die Zähne zusammen, schaltete vom röhrenden ersten Gang gleich in den dritten und tuckerte am Ortsausgangsschild vorbei, ein weiteres Stück Landstraße entlang, zwischen weiteren Apfelbaumspalieren hindurch, zum nächsten Ortseingangsschild.

Links die Schulstraße, rechts das alte Café. Dahinter die abbiegende Vorfahrtsstraße. Sie fuhr jetzt vollkommen automatisiert. Dort war das kleine Gericht. Sie war lange nicht hier gewesen, kannte es aber von früher gut.

Sie bog in die Einfahrt ein, ließ den Wagen auf einen leeren Parkplatz rollen, schaltete den Motor ab. Drehte sich zum Beifahrersitz um und sah wieder die rosa Brotdose, die sie jetzt nahm und öffnete. Der Geruch von Graubrot mit Leberwurst nebelte ihr entgegen, doch die liebevoll geschmierte Stulle, die ihn ausstrahlte, war verborgen unter einem Zettel mit der Handschrift ihrer Mutter.

„Vergiss das Essen nicht, Kindchen!"

Ein Kloß explodierte in ihrem Hals und sie brach in Tränen aus.

Im Verhandlungssaal saßen bereits ein ungeduldig mit den Fingern trommelnder Richter und eine schnippisch dreinblickende Staatsanwältin. Schemenhaft nahm sie einige Besucher auf den Zuschauerbänken wahr, doch ihr Mandant war nirgendwo zu sehen. Das war schlecht.

„Entschuldigen Sie meine Verspätung", murmelte sie matt.

Der Richter sah sie resigniert an. „Das fällt mir leichter, als die Abwesenheit Ihres Mandanten zu entschuldigen."

Sie wühlte in ihrer Tasche nach dem Handy. „Ich werde ihn gleich mal anrufen und fragen, wo er steckt."

„Danke, aber das ist nicht nötig. Er hat gerade selbst angerufen."

Sie ließ das Handy wieder in die Tasche gleiten. „Er hat angerufen? Wo? Hier?"

Der Richter nickte, sichtlich gereizt. „Genau hier", bestätigte er. „Erst rief er an und sagte, er habe kein Geld für die Fahrkarte hierher. Nachdem ich ihm gesagt habe, dass er gut daran täte, es sich dann schleunigst zu beschaffen, rief er zehn Minuten später an, um zu sagen, er habe es jetzt organisiert und fahre los. Zwanzig Minuten später stellten mir die Wachtmeister erneut ein Gespräch durch: Ihr Mandant war dran, und er wollte mir sagen, dass die Züge in diese Richtung alle Verspätung hätten! Ich habe das nachgeprüft im Online-Fahrplan; es stimmte nicht.

Aber es kommt noch besser: Just bevor Sie gerade die Tür öffneten, rief er an, um mir zu sagen, dass er jetzt wieder zu Hause sei, weil ihm das alles zu aufwendig wäre, und dass ich die Sache mit Ihnen allein verhandeln solle. Er scheint über seine Pflichten nicht so ganz aufgeklärt worden zu sein.

Jedenfalls habe ich jetzt veranlasst, dass er in Gewahrsam genommen wird. Dann muss er eben im Knast ein paar Wochen lang auf den nächsten Verhandlungstermin warten."

Sie konnte nicht glauben, was sie da gerade gehört hatte. Augenscheinlich nahm nicht einmal ein Betrüger, den sie vor zwei Monaten erst knapp aus einer drohenden Haftstrafe herausgeboxt hatte, sie ernst genug, um wenigstens bei ihr persönlich abzusagen. Stattdessen leistete er sich eine hochnotpeinliche Lügengeschichte gegenüber dem Richter und ließ sie auflaufen wie die größte Idiotin.

Vom Richter zu erfahren, dass der eigene Mandant nicht kam! Beschämt fühlte sie rote Flecken in ihren Wangen aufsteigen. Der Richter, sichtlich genervt davon, dass nun auch noch sie selbst eine halbe Stunde zu spät kam, setzte noch eins drauf: „Sie haben wohl Ihren Mandanten nicht so richtig im Griff!" Und mit einem Blick auf die Uhr, die oberhalb der Tür hing: „Manchmal kann's helfen, wenn man selbst ein gutes Vorbild ist!"

Sie fühlte Tränen in ihre Augen steigen. Sie konnte ihm schlecht sagen, dass sie eine Dreiviertelstunde lang auf dem Gerichtsparkplatz gesessen und geheult hatte. Gleichzeitig fragte sie sich, was mit dem Richter los war; was mit der ganzen Welt los war. Sie kannte ihn seit ihrem Referendariat; er war eigentlich einer der nettesten im ganzen Bezirk. Vor zwei Wochen noch hatte sie sich darauf gefreut, für diese Verhandlung aus der Stadt herauszukommen und ihn wiederzusehen.

Unerwartet sah sie plötzlich Betroffenheit in seinem Gesicht, das mit einem Mal die alte Freundlichkeit zurückgewann. „Ich werde neu terminieren und Sie dann benachrichtigen. Machen Sie sich keine Gedanken; verspäten kann sich ja jeder mal. Und Ihren Mandanten werden wir schon zurechtstutzen." Jetzt lächelte er aufmunternd: „Dann fahren Sie wohl am besten zurück in Ihre Kanzlei, oder nach Hause, oder dorthin, wo Sie sonst erwartet werden." Sie nickte nur, unfähig, noch ein Wort hervorzubringen. Heiß kribbelte es auf ihren Wangen. Unglaublich, sie war tatsächlich im Gerichtssaal in Tränen ausgebrochen.

***

Anja.

Von: anja.wilms@hotmail.com
An: theo.fritsche@gmx.de
Dienstag, 15.02. 21:53
Betreff: Glücklicher Zufall

Lieber Theo!
Du glaubst nicht, was mir heute passiert ist! Ich war im
Gericht, und rate mal, wen ich dort getroffen habe? Meine
alte Schulfreundin Simone!!!
Sie war jahrelang meine allerallerbeste Freundin. Als
Teenager waren wir unzertrennlich. So sehr, dass es unsere
Eltern schon total genervt hat. Wie es eben normal ist in
dem Alter.
Wir haben Händchen gehalten, uns aus unseren Tagebüchern
vorgelesen, beieinander übernachtet und stundenlang
gequatscht; uns gegenseitig durch Liebeskummer und Stress
mit unseren Eltern getröstet – wir wussten praktisch alles
voneinander.

Aber nach dem Abi haben wir uns dann immer mehr aus den
Augen verloren. Wir haben uns irgendwie auseinandergelebt.
Wir waren immer schon ein Stück weit sehr verschieden. In
manchem waren wir ein Herz und eine Seele, aber da, wo wir
es nicht waren, standen sich unsere Meinungen diametral
gegenüber. Und je älter wir wurden, desto mehr haben wir
uns in entgegengesetzte Richtungen entwickelt. Irgendwann
hatten wir uns einfach nichts mehr zu sagen.
Sie ist – na ja, das fand ich jedenfalls, sie ist irgendwie
versnobt geworden. Hat Jura studiert und war eine von

diesen typischen Juristinnen: Perlenstecker, Perlenkette,
Barbour-Jacke, Burberry-Karos. Zur rosa taillierten Bluse
ein marineblauer Kaschmirpullover, im Poloschnitt und über
die Schultern drapiert, dazu enganliegende Stretchhosen
oder Minirock in Beige – Du kennst diesen Typ Frau.
Gibt es alternativ übrigens auch als Mann; dann daran zu
erkennen, dass statt der Perlenstecker eine Hornbrille das
Gesicht betont und die Hose Bundfalten hat. Ansonsten
völlig gleich.

Also, wie auch immer. Sie hat damals nicht mit mir in Bonn
studiert, sondern in Hamburg. Und hat sich deshalb total
aufgeblasen, wie selbstständig sie ist, dass sie in die
große, weite Welt geht, während ich noch bei meinen Eltern
wohnte. Ich war damals so sauer!
Ich meine, ist ja kein Kunststück, in einer anderen Stadt
zu studieren, wenn man von Mami und Papi alles bezahlt
bekommt … Für mich war das halt nicht drin. Na ja, das war
nicht der erste Knacks, den unsere Freundschaft bekommen
hat, und es blieb nicht der letzte.

Aber dann steht sie nun heute plötzlich in Rheinbach im
Gericht! Kommt Ewigkeiten zu spät, nachdem ihr Mandant
schon den Richter richtig dreist versetzt hat.
Dementsprechend war der also völlig genervt, als sie dann
hereinplatzte, und hat sie erst mal zur Schnecke gemacht.
Wobei ich sagen muss, dass er einen Sch*tag gehabt haben
muss, denn eigentlich ist er der netteste Mensch der Welt.
Das hat er heute gut versteckt.
Und Du glaubst nicht, was dann passiert ist: Sie ist in
Tränen ausgebrochen! Ausgerechnet Simone. Für mich war das

alles wie ein einziger, bizarrer Film. Sie ist der
diszipliniertester, beherrschtester Mensch, den ich kenne!
Und natürlich tat sie mir auch leid. Sie ist so lange meine
beste Freundin gewesen.
Heute ist mir klar geworden: Mit der ersten allerbesten
Freundin ist es wie mit der ersten großen Liebe. Das bleibt
immer etwas Besonderes. Ich habe so viele Freundinnen, die
besser zu mir passen als Simone, und ich habe so viele
Jahre lang echt nur ganz sporadisch mit ihr Kontakt gehabt,
und wenn, dann meistens so, dass es mich im Nachhinein eher
genervt hat. Aber als der Richter sie heute so anpampte,
war ich innerlich wieder 14 Jahre alt und wollte sie
einfach nur fest in den Arm nehmen und sagen: „Vergiss den
Idioten!"

Genau das hab ich auch gemacht. Sie war total überrumpelt,
als ich hinter ihr die Treppe hinunterlief, und ich glaube,
erst mal hat sie sich geschämt, dass ich sie so gesehen
habe. Aber dann lagen wir uns in den Armen, und sie hat nur
noch geschluchzt.
Ich habe sie erst mal in ein kleines Café gebracht, damit
sie sich beruhigen und erzählen konnte. Aber viel habe ich
nicht aus ihr rausbekommen. Nur, dass sie verheiratet ist
und sich vor wenigen Tagen von ihrem Mann getrennt hat. Die
Ehe muss irgendwie schrecklich gewesen sein.
Ich hätte das nie gedacht, denn für mich passten die beiden
schon super zusammen; auch wenn er leider genau die Facette
an ihr bedient hat, die ich am wenigsten leiden konnte.
Ich kenne ihn nur flüchtig. Wir waren vor Jahren mal zu
viert mit meinem damaligen Freund aus. Ich fand ihn einen
ätzenden Angeber, der den ganzen Abend nur von seiner

1.000-Euro-Kaffeemaschine erzählt hat. Jurist eben. Ich erinnere mich, wie die beiden in ihren Ralph-Lauren-Hemdchen uns gegenüber am Tisch saßen; er blau, sie rosa, beide mit gesticktem Pferdchen auf der Brust. Sahen aus wie Barbie und Ken in der Oxford-Version.

Jetzt wohnt sie wieder bei ihren Eltern - mit Kind! Sie hat nämlich inzwischen einen Sohn. Drei oder vier ist er wohl, ich weiß nicht genau. Jedenfalls spricht er schon und findet es super, jetzt jeden Tag seine Großeltern zu sehen. Das ist natürlich gut; dadurch ist der Schock, dass sein Vater nur noch unregelmäßig auftaucht, nicht so groß. Aber für sie ist es der Super-GAU!

Verständlicherweise. Wer will schon mit Anfang 30 wieder in sein Kinderzimmer zurück? Dann liegt ihr auch noch ihre Mutter ständig in den Ohren mit so überflüssigen Sprüchen wie: „Wir haben es dir ja gleich gesagt." Die wollten nämlich, dass sie einen Arzt heiratet, und zwar am besten einen, der mal die Orthopädiepraxis des Vaters übernehmen könnte.

Oh, Mann! Manchmal kann's im Leben echt ganz schön übel umschlagen. Simone war für mich immer der Inbegriff dessen, wie geregelt, sauber und unchaotisch das Leben laufen kann, wenn man es besser auf die Reihe kriegt als ich. - Und jetzt das … Puh!
Ich habe schon überlegt, ihr mein WG-Zimmer anzubieten, wenn Miriam Ende des Monats auszieht. Aber ich weiß nicht, ob ich das möchte - hier mit Kind wohnen? Und dann, wie gesagt, passen sie und ich ja auch eigentlich heute gar

nicht mehr zusammen. Trotzdem merke ich, dass das jetzt
gerade eigentlich keine Rolle spielen sollte und für mich
gefühlsmäßig auch wirklich keine Rolle spielt. Im Gegenteil
- vielleicht ist es die Chance, meine beste Freundin
zurückzugewinnen.
Wie gesagt - eigentlich gibt es keine, an der ich so hänge
wie an ihr. Auch keine, die mich je so sehr genervt und zur
Weißglut getrieben hat. Aber das macht die Liebe eben nur
umso größer.

Trotzdem - mit Kind! Was meinst Du? Ich meine, ich mag ja
Kinder. Aber mit einem Vierjährigen zusammenwohnen, so von
jetzt auf gleich? Hm, hm, hm. Ich überlege mir das mal. -
Aber der Vorteil wäre, auch pragmatisch gesehen: Ich hätte
dann erst mal wen, der die Miete mitträgt. Ansonsten muss
ich die Semesterferien wieder alleine überbrücken, das wäre
auch Mist. Neue Studenten findet man ja erst ab April
wieder. Und - zurück zu den Eltern kann sie ja immer noch,
wenn es nicht klappt.

Was meinst Du?
Liebe Grüße,
Anja

***

Daniela.

15. Februar (Dienstag)

Heute war auf der Arbeit großes Drama. Erst kommt der Angeklagte nicht und ruft dreimal an mit der schlechtesten Ausrede aller Zeiten: kein Geld, kein Zug, kein Haste-nich-gesehen. Dann stürzt fast eine Stunde später eine junge Anwältin rein, stellt sich als seine Verteidigung vor und weiß nicht, dass ihr Mandant gar nicht erschienen ist. Richter Schulze, völlig abgenervt, lässt sie ziemlich zickig auflaufen – und sie bricht in Tränen aus! So was hab ich in dem ganzen Jahr, das ich jetzt hier bin, noch nicht gesehen. Nachdem sie dann aus ihrem Prada-Täschchen ein Taschentuch gezubbelt hat, entschuldigt sie sich und geht.

Dann folgt Teil 2 der wundersamen Inszenierung: Die Journalistin, die uns regelmäßig besucht, packt hektisch ihren Kram zusammen und folgt ihr – alles mitten während einer laufenden anderen Verhandlung. Ich hätte ja zu gerne um die Ecke gespinkst, um zu sehen, wie es draußen weiterging. Ob die sich kannten? Na ja, ich werd's wohl nicht erfahren. Schulze hatte jedenfalls den Rest des Tages eine echte Scheißlaune. Das kennt man gar nicht von ihm! Na, ist ja okay, er darf ja auch mal schlecht drauf sein – aber muss er's an mir auslassen? Wahrscheinlich war's ihm unangenehm, dass er 'ne junge Frau zum Heulen gebracht hat.

Na ja, das Problem hat Chris jedenfalls nicht. Dem hab ich heute Morgen gesagt, wie allein ich mich gestern Abend gefühlt hab, als er mit seinen Jungs was trinken war. Und was sagt er? „Na, heul doch!" Das Schlimmste war, genau das hab ich dann gemacht, obwohl ich echt nicht wollte, und ich hab mich total geschämt. Er fand's, glaub ich, auch nur scheiße. Hat sich schnell auf die andere Seite gedreht und die Decke über den Kopf gezogen. Aber es ist echt so schrecklich, hier ständig ganz allein zu sein. Morgens fahr ich auf die Arbeit, er pennt noch. Nachmittags komm ich irgendwann wieder, in eine leere Wohnung – er ist beim Sport. Also hau ich mich vor's Fernsehen und bereite irgendwann das Abendessen vor. Wenn ich Glück habe, ist er zum Essen da. Wenn ich noch mehr Glück habe, isst er, was ich gekocht hab. Aber da müssen schon Weihnachten und Ostern zusammenkommen. Manchmal habe ich das Gefühl, sein Ernährungsplan wechselt wöchentlich. Meistens kocht er ja eh lieber selbst, mit seinem ganzen Gemüse- und Fleischkram.

Ja, und dann ist es auch schon wieder so weit, dass er in seine Bar muss. Ich räum auf, putze und geh dann schlafen. Ganz so hab ich mir das ja nicht vorgestellt, als wir uns kennengelernt haben …

Aber gestern Abend hab ich mit Lilly telefoniert; das hat mich total deprimiert. Die sucht jetzt schon seit 18 Monaten einen Job; dabei hat sie doch einen besseren Abschluss gemacht als ich! Wenn's mit der Arbeit anders wäre, würd ich vielleicht wieder nach Hause gehen. Aber eine unbefristete Festanstellung tauschen gegen was mit Jahresfrist? Vielleicht muss ich einfach mehr rausgehen. Dann ist Chris zwar eifersüchtig, aber so geht's jedenfalls auch nicht weiter. Ich würd ihm ja in der Bar helfen! Aber das will er nicht. Erst, wenn die Bar dann schließt und außer putzen nix mehr zu tun ist. Ich glaub, die Angestellten wissen gar nicht, wer ich bin. Die halten mich bestimmt für 'ne Stalkerin. Oder denken, ich bin die Putzfrau …

2

Anja.

Von: theo.fritsche@gmx.de
An: anja.wilms@hotmail.com
Mittwoch, 17.02. 07:45
Betreff: Vorsicht, Perlhuhngefahr!

Liebe Anja,

na, da hat Deine Freundin Simone ja eine ganz schöne
Achterbahnfahrt hinter und zum Teil auch noch vor sich. Zu
beneiden ist sie dabei sicher nicht. Ich hätte mit 30
jedenfalls nicht wieder bei meinen Eltern einziehen wollen,
auch wenn ich damals noch keine Kinder hatte.
Aber sie in die WG zu nehmen? Das solltest Du Dir gut
überlegen! Ich spiel ja nur ungern die negative Stimme aus
dem Off, aber Du sagst doch selbst, dass Eure Freundschaft
daran zerbrochen ist, wie unterschiedlich Ihr seid. Mal frei
nach Deiner Beschreibung – ich glaube auch nicht, dass sie
sich bei Dir wohlfühlen würde. Du lebst ja schon eher in
einem kreativen Chaos, und sie mag es offensichtlich gerne
geordnet. Was das Kind angeht, hätte ich aus Deiner Sicht
jetzt nicht so große Bedenken; schlimmstenfalls wirft es
Euch sonntags um acht aus dem Bett. Aber ob SIE sich damit
arrangieren könnte, dass ihr Kind in einer Lebenswelt wie
Deiner aufwächst – das ist schon eine andere Frage …
Versteh mich nicht falsch! Aber ich kenne auch diese
„Perlhühner". Zwar weniger aus meinen Essener Studientagen,
aber ich bin ja seitdem auch schon ein paar Jahre in der

Welt unterwegs gewesen. Nach dem, was Du schreibst, sehe ich
die Gefahr von Zickenalarm.
Aber ich lasse mich natürlich gerne eines Besseren belehren!
Solltest Du Dich für die WG mit Deiner ehemals besten
Freundin entscheiden, drücke ich Euch auf jeden Fall die
Daumen, dass es ein Erfolg wird! Notfalls komm ich auch zum
Kistenschleppen vorbei. Hört sich ja so an, als wenn sie
gerade keinen hat, der ihr so richtig unter die Arme greifen
kann.
Und sonst? Wie geht's denn jetzt mit Deinem Matthias und Dir
weiter? Habt Ihr schon ein erstes Treffen abgemacht?

Liebe Grüße!
Theo

* * *

Simone.

Im kleinen Kaffeehaus hatte sich nichts verändert, seitdem sie es vor Jahren
zuletzt betreten hatte. Noch immer die dunklen, abgegriffenen Thonet-Stühle,
glänzend von Patina, noch immer das schummerige Halbdunkel von gelben und
roten Milchglas-Leuchtern, die unregelmäßig über und zwischen den Tischen
verteilt hingen, noch immer die gleichen roten Terrakottafliesen.
Sie setzte sich an den einzigen freien Tisch. Es war der am Treppenabgang.
Noch immer zog hier, unschön vertraut, die leicht stechende Note der
Räumlichkeiten hoch, die dort unten seit 30 Jahren den Studenten,
Intellektuellen und Träumern, die gerne herkamen, zur Verrichtung ihrer
Notdurft zur Verfügung standen.

21

Sie atmete unwillkürlich tiefer ein. ‚Absurd‘, dachte sie, und fragte sich, ob sie nicht lieber möglichst flach atmen sollte. Aber, seltsam, die leicht schäbige Atmosphäre des Cafés wirkte beruhigend auf sie, ebenso wie alle sinnlichen Eindrücke, die dazu gehörten.

Sie dachte zurück. Hier hatte sie Anja zuletzt gesehen. Damals waren sie beide noch im Grundstudium gewesen.

Was war passiert seitdem? Warum eigentlich hatten sie so ganz den Kontakt verloren? Sie erinnerte sich an ein Gespräch, das sie mit Moritz gehabt hatte.

„Warum willst du sie zu unserer Hochzeit einladen? Ihr habt seit Jahren keinen Kontakt mehr. Sie passt auch gar nicht zu dir. Sie wird kommen in irgendeinem schrecklich bunten Sari, der nach Räucherkerzen riechen wird, und keiner wird neben ihr sitzen wollen. Bis irgendwann alle Männer einen im Tee haben und nur noch ihre langen roten Locken sehen, die sie lasziv um den Finger wickelt. Ab diesem Zeitpunkt werden alle deine Freundinnen sie hassen – und dich dafür, dass du sie eingeladen hast.“

Jetzt öffnete sich der Windfang aus schwerem, rotem Samt und spuckte die Freundin aus. Ihre orangeroten Korkenzieherlocken waren heute zu einer unmöglichen Hochsteckfrisur aufgetürmt, die sich nach allen Seiten auflöste. Dafür wäre ihre Kleidung mit Jeans, weinrotem Strickpulli und schwarzem Anorak relativ normal gewesen – wenn da nicht das Palästinensertuch gewesen wäre.

Simone fühlte Tränen in den Augen und einen ähnlichen Effekt wie eben, als das Aroma der Waschräume die Treppe hinaufgezogen war. Sie drückte die Freundin herzlich, und diese strich ihr liebevoll das schwarze Haar aus dem schmalen Gesicht.

„Mone! Ich glaube, in den letzten zwei Tagen bist du noch dünner geworden.“ Sie stellte ihre braune Umhängetasche neben Simones rosa Handtäschchen und rieb sich die Hände. „Jetzt bestellen wir erst mal einen Keksteller!"

Die Freundinnen sahen sich an und lachten. „Gibt es die hier überhaupt noch?",
fragte Simone.

„Oh, bestimmt. Wenn nicht, gehen wir uns beim Koch beschweren und sagen, er
soll wen zum Kaisers schicken, damit er die billige Keksmischung kauft, ohne
die das hier nicht mehr das Café Krümel ist!" Anja lachte, setzte sich, legte ihre
Hände auf Simones und zuckte kurz zurück. „Puh, sind die kalt!"

Dann griff sie mit ihren festen, sommersprossigen Händen Simones zarte,
feingliedrige Hände, um sie energisch und liebevoll zu rubbeln. „Wie geht es
dir, Schätzchen? Gibt's was Neues?"

Simone schüttelte den Kopf. „Nicht wirklich. Aber das ist mir auch lieber so. Er
hat neulich mal kurz tagsüber bei meinen Eltern angerufen, um sein nächstes
Treffen mit Frederik zu verabreden. Mir geht er aus dem Weg. Das Arbeiten in
der Kanzlei ist der Horror. Ich würde gern meinen Chef fragen, ob ich einige
Büroarbeit von zu Hause aus machen kann, aber ich habe Angst vor seiner
Reaktion."

Anja unterbrach für einen Moment ihre Rubbelei und sah sie aus grünen Augen
erstaunt an. „Warum? Er wird doch sicher Verständnis haben für deine
Situation?"

Simone blickte aus dem Fenster. Eine Bahn fuhr gerade vorbei. Sie schloss die
Augen und wünschte sich für einen Moment, in dieser Bahn zu sitzen, ihr
monotones Rumpeln zu hören und niemals mehr aussteigen zu müssen.

„Ach … Das ist halt kein Berufszweig, wo man sagt: Hey, ich bin grad ein
bisschen fertig, weil ich mich von meinem Mann getrennt habe. Mein Chef wird
sagen: Wenn es Ihnen nicht gelingt, private Belastungen aus Ihrem Job
herauszuhalten, steht es Ihnen frei zu kündigen."

„So schlimm?", staunte Anja, drückte noch einmal fest Simones Hände und ließ
dann von ihnen ab. „So, meine Liebe, wärmer wird's nicht. Also – du meinst,

wenn du deinem Chef sagst, dass du Schwierigkeiten hast, legt er dir nahe zu gehen?“

Simone zuckte die Schultern. „Na ja, vielleicht nicht sofort, aber ich muss sicher nicht darauf warten, in der Kanzlei in Watte gepackt zu werden. Man spricht da einfach nicht über private Probleme.“

Eine Kellnerin erschien und nahm die Bestellung auf. Ein halbes Kind, wie Simone fand. „Beschäftigen die hier jetzt Schülerinnen?“

„Studentinnen! So haben wir auch mal ausgesehen, Schätzchen“, grinste Anja mit hochgezogener Augenbraue.

Kurze Zeit später standen Milchkaffee, Kakao mit Sahne und ein Keksteller vor ihnen. Anja schob ihn in Simones Richtung. „Iss mal! Du brauchst jetzt Kraft!“

„Ach, hör bloß auf“, schimpfte Simone, halb gerührt, halb genervt: „Damit liegt mir meine Mutter schon genug in den Ohren! Neulich hat sie mir ein Butterbrot in die Tasche gemogelt – in meiner alten rosa Tupperdose! Als ich das gesehen habe, hab ich geheult. Es war einfach zu viel für mich. Die Vorstellung, wie vor ein paar Jahren noch alles in Ordnung war – und jetzt???“

Anja rührte die Sahne ihres Kakaos unter und lächelte so geduldig, wie man ein Kind anlächelt, das sich zum ersten Mal das Knie aufgeschlagen hat. „Vor ein paar Jahren war die Welt nicht mehr und nicht weniger in Ordnung als heute. Du bekommst das nur jetzt langsam auch mal mit. – Und es tut mir leid, dass das auf so schmerzhafte Weise passieren muss“, schob sie hastig nach, als sie Simones verletzten Blick sah. „Also, mit deinen Eltern, das ist kein Zustand, oder? Ich habe mir was überlegt. Wenn du willst, kannst du bei mir einziehen. Ihr beide natürlich, Frederik und du. Meine Mitbewohnerin zieht in zwei Wochen aus, und dann steht ihr Zimmer leer. Es ist groß, man kann da mühelos ein normales Bett und ein Kinderbett reinstellen. Und wenn der Kleine am Sonntag um acht Uhr wach wird, stört mich das auch nicht. Solange ich nicht aufstehen und ihm Frühstück machen muss.“

Simones Augenbrauen waren, während Anja sprach, immer weiter in die Höhe gewandert, zwei perfekt geschwungene, filigrane schwarze Bögen über kornblumenblauen, großen Augen. Sie sah Anja an und sagte, auch als diese ihren Vortrag beendet hatte, erst einmal nichts. Hinter der weißen Stirn arbeitete es sichtbar.

Anja rutschte ungeduldig näher an sie heran. „Überleg doch mal! Das wäre DIE Chance. Die Chance für dich, auf eigenen Füßen zu stehen. Dich erst mal zu orientieren, was du willst. Ohne finanzielles Risiko; die Miete ist ja viel niedriger, als wenn du jetzt für Frederik und dich eine Wohnung suchst. Wenn es dir nicht gefällt, bist du ganz schnell wieder draußen. Aber es wird dir gefallen! Ich habe so nette Nachbarn, meine Wohnung ist wunderbar gelegen, drum rum sind ganz viele Kneipen, da lernst du ratzfatz wen Neues kennen, und ich kann aus nichts was Tolles kochen …“

Überrumpelt konzentrierte sich Simone auf das, was sie momentan am entschiedensten kommentieren konnte: „Jemand Neues kennenlernen will ich gar nicht.“

Anja grinste. „Musst du ja auch nicht! Aber es ist auch viel lustiger, wenn man zu zweit lebt. Schau mich an! Seit ich mich für die WG entschieden habe, geht es mir viel besser …“

„Ich weiß. Du kannst nicht alleine sein“, kommentierte Simone trocken.

Mit einem seltsamen Blick sah Anja sie an. Einen Moment lang schwiegen beide. „Nein“, sagte Anja dann. „Ich kann nicht alleine sein. Aber seitdem ich in der WG wohne, gelingt es mir immerhin, nicht immer gleich von einer Beziehung in die nächste zu stürzen.“

„Sondern?“, fragte Simone gedehnt.

Anja lachte vergnügt. „Das erzähl ich dir ein anderes Mal.“

Obwohl ihr nicht danach zumute war, musste Simone grinsen. Sie sah in die grünen Augen der Freundin, die noch so sprühten wie vor Jahren, obwohl sie längst von ersten Fältchen umkränzt waren. Anja war ganz die Alte und würde es immer bleiben. Eine Welle von Wärme durchflutete sie.

Bevor sie antworten konnte, sprach Anja schon weiter, leiser und ruhiger jetzt. Sie schien, eine Seltenheit für sie, die richtigen Worte sorgsam auszusuchen. „Außerdem habe ich mir gedacht … es ist auch eine Chance für … uns." Sie blickte auf, sah Simone voll an und lächelte breit. „Du hast mir total gefehlt, Mone. Ich habe so viele Freundinnen, aber keine ist so wie du. Keine habe ich als Spaßbremse so lieb, und mit keiner kann man so gut lachen wie mit dir. Auf keine war ich so oft sauer und würde trotzdem jederzeit alles für sie tun. Ich fände es wunderbar, wenn du bei mir einziehen würdest! Ist bestimmt keine Dauerlösung, irgendwann wirst du eine normale Wohnung haben wollen mit deinem Kind. Aber bis dahin hätten wir so viel Gelegenheit, noch einmal von vorne anzufangen! Oder – vielleicht nicht vorne. Sondern mittendrin. Als es am schönsten war! Weißt du noch, als wir auf Klassenfahrt in Paris waren? Wie Stefan und Christian auf unserem Zimmer waren, und wir haben die ganze Nacht gelacht …"

„Und uns vorgestellt, wenn Janneke in ihrem dritten Bett jetzt aufwachen würde, würde sie ein Kreuzzeichen machen", kicherte Simone.

„Und dann", gluckste Anja, „als wir schlafen wollten und die Jungs wollten nicht gehen, bist du aufgestanden, hast das Bett angelupft – und Christian rollte einfach auf den Boden!"

Über Kaffee und Kakao hinweg sahen sie sich verschwörerisch an, sahen, wie sich in den immer noch so unglaublich vertrauten Augen der jeweils anderen ein Kichern anbahnte, das schließlich zu einem hemmungslosen Lachanfall wurde, bis beiden die Tränen über die Wangen liefen. Ein Lachen über die neue Chance, und ein Weinen über die verlorenen Jahre der Freundschaft.

Simone suchte in ihrer Tasche nach Tempos. Anja dagegen zog nur fest die Luft ein, biss sich kurz auf die Lippen, sah die Freundin dann spitzbübisch an, meinte: „Na, zum Glück sind wir nur im Café Krümel. Mit dir kann man nicht ‚für gut‘ weggehen“, stand auf und huschte mit feuchten Augen die Treppe hinunter.

Simone sah ihr einen Moment lang nach und angelte dann in ihrer Handtasche nach der Spiegeldose mit Kompakt-Make-up. Sie restaurierte die Schminke um ihre Augen herum und hielt schließlich inne, um sich anzusehen. Das gelöste, fröhliche Mädchen, das ihr aus dem Spiegelglas entgegensah, war ihr schon lange nicht mehr begegnet. Sie sah aus dem Fenster. Wieder fuhr eine Straßenbahn vorbei. „Carpe diem“, hatte jemand mit Graffiti daraufgesprüht. Als Anja die Treppe wieder heraufkam, sah ihr Simone entgegen, die um zwei Jahre jünger schien als wenige Minuten zuvor. „Ich mach's“, sagte sie zufrieden. „Ich zieh bei dir ein. Mit Frederik.“

Anja strahlte überrascht. So schnell hatte sie nicht mit Zustimmung gerechnet. „Darauf essen wir einen Keks!“ Gleichzeitig griffen sie nach den staubigen Waffelcreme-Keksen, die jemand ohne viel Mühe auf der weißen Untertasse angerichtet hatte, sahen sich in die Augen, prosteten sich mit den bescheidenen Gebäckstückchen zu und genossen das Gefühl, nach Hause gekommen zu sein.

***

Daniela.

19. Februar (Freitag)

Also, da sieht man mal, wozu so Schlägereien alles gut sind! Heute hatten wir vor Gericht zwei hübsche Jungs, die sich im Music-Park die Köpfe eingeschlagen haben. Das passiert ja eigentlich ziemlich häufig. Aber heute saß ich zufällig hinterher mit Nina in der Teeküche zusammen, die immer im Wochenwechsel mit mir die Protokolle zu den Verhandlungen schreibt, und wir haben noch ein bisschen drüber gequatscht. Und da fragte sie mich, ob wir nicht mal zusammen in den Music-Park gehen wollen!

Ich war überrascht, weil ich eigentlich nicht gedacht hab, dass das was für sie ist. Aber sie sagt: Doch, bevor sie mit ihrem Freund zusammengezogen ist, ist sie viel ausgegangen. Aber weil er keinen Spaß dran hat, ist sie jetzt auch viel häuslicher geworden – eigentlich. Ab und zu zwickt es sie aber in der Sohle, und dann will sie tanzen gehen. Jetzt sind wir für nächsten Samstag verabredet. Ich freu mich schon! Ist zwar nicht das Gleiche wie früher mit Lilly – wie gesagt, ich kann mir Nina im Club eigentlich noch nicht mal so richtig vorstellen. Aber was soll ich jeden Abend hier allein rumsitzen? Na, Chris wird jedenfalls Augen machen. Ist ja sogar noch Konkurrenz! Aber – selbst schuld. In seinen Club soll ich ja nicht. Na, ich werd mir erst mal vorher schön die Strähnchen neu machen lassen, Fingernägel, und vielleicht geh ich auch noch mal auf die Sonnenbank. Der wird sich schon umgucken.

***

3.

Anja.

Von: anja.wilms@hotmail.com
An: theo.fritsche@gmx.de
Montag, 21.02. 10:34
Betreff: Ab ins kalte Wasser!

Lieber Theo!

Wir tun's! Simone und Frederik ziehen bei mir ein!! Ich bin
total aufgeregt. Miriam hat schon gesagt, weil das Semester
vorbei ist und sie ja jetzt sowieso bei ihrem Freund
einzieht, will sie nächste Woche schon das Zimmer räumen.
Ich glaube, sie macht es auch, weil ihr Simone leidtut. Wir
sind total sprachlos darüber, was der Kerl ihr alles angetan
hat. Neulich hab ich sie in unserem alten Lieblingscafé
getroffen, im Café Krümel, und die hat mir Sachen erzählt –
unglaublich!
Der war so eifersüchtig, dass er einmal die Kamera von einem
Typen zertreten hat, der beim Ausgehen ein Foto von ihr
gemacht hat. Und dabei war das nicht mal ein Fremder,
sondern der Freund einer Freundin, und genau genommen hat er
einfach die beiden Mädels zusammen fotografiert. Mir ist das
alles zu absurd.
Sie ist auch richtig fertig. Das merkt man echt. Selbst,
wenn sie mal kurz lacht, sieht sie so aus, als könnte sie in
der nächsten Sekunde anfangen zu weinen.
Ansonsten, mein Lieber – ich weiß nicht, was Du für ein Bild
von mir hast! Warum sollte jemand nicht mit meinem

Lebenswandel zurechtkommen? Der letzte Typ war Thomas. Mit
dem habe ich vier Wochen lang fast täglich gemailt, bis wir
uns dann mal getroffen haben. Das grenzt ja schon an
Sesshaftigkeit. Dass es dann nichts mit uns gegeben hat,
weil er eine Ausstrahlung wie Toastbrot hatte, als ich ihm
mal gegenüberstand, war ja nicht mein Fehler.
Und dass ich beim letzten Mitarbeiterstammtisch Matthias zu
tief in die Augen geschaut habe, um nach acht Jahren
gemeinsamer Arbeit endlich mal festzustellen, wie schön die
sind … das kann doch passieren! Immerhin versuche ich jetzt
schon hartnäckig seit drei Wochen, ihn rumzukriegen.
Ich finde, ich bin sehr solide. Du siehst: Im Alter werde
ich ruhig!

Aber sag mal: Wie geht es eigentlich Deiner Familie? Du hast
lange nichts von Coco und Max erzählt. Und wie geht es
Melanie?
Bestimmt werde ich dich mit tausend Fragen löchern, wenn
Frederik erst mal hier wohnt. Du kannst mir ja bestimmt jede
Menge Tipps zum Umgang mit kleinen Terroristen geben.

Irgendwie ist das ja schon alles sehr skurril und komisch,
nach all der Zeit ausgerechnet mit Simone zusammenzuleben –
und dann bringt sie auch noch ihr Kind mit! Und so eine
Geschichte! Vor zwei Monaten hätte ich jedem, der mir das
prophezeit hätte, einen Vogel gezeigt. Zwischendurch habe
ich auch Momente, wo ich mich frage, ob ich spinne.
Ich meine, die kann schon echt spießig und snobig sein, und
sie hat mich damit manchmal ganz schön verletzt. Aber dann
sehe ich sie wieder dastehen, im Gericht, weinend – und wie
ihr Kartenhaus zusammenfällt. Und ich denke: Hey, das ist ja

meine alte Mone, die da unter dem ganzen Mist zum Vorschein
kommt. Ich finde es eine total faszinierende Entdeckung, wie
Freundschaften, die man in jungen Jahren oder eben als Kind
geschlossen hat, einen noch immer, auch trotz aller
Widrigkeiten, so tief berühren können.

So, jetzt nimm Deine Funktion als Kassandra wahr und sage
mir, dass ich zu naiv und zu idealistisch in diese neue WG
stolpere, und dass Freundschaften nicht auf einmal auf einem
Stand von vor 15 Jahren neu beginnen können. Ich warte
gespannt. ;-)

Liebe Grüße,
Anja

* * *

Simone.

Die hölzernen Treppenstufen, die sich unter weinrotem Linoleum verbargen,
knarzten wie eh und je. Wie schon so häufig, zog sie einen seltsamen kleinen
Trost aus der Berührung des geschnitzten Handlaufes, dessen Oberfläche durch
Generationen von Benutzern so glatt poliert worden war, dass sie nun die
Innenseite ihrer Hand sanft streichelte. Oben schien ihr kein Licht entgegen, was
nicht weiter verwunderlich war – schließlich hatte sie bewusst ein Zeitfenster
gewählt, in dem sie mit Sicherheit davon ausgehen konnte, Moritz nicht in der
Wohnung anzutreffen.
Als sie den Schlüssel ins Schloss steckte und ihr Blick auf das Sternchenmuster
der Milchglasscheibe fiel, riss eine Erinnerung sie in die Tiefe.

31

Es war kurz nach ihrer Hochzeit. Sie hatten die Wohnung gerade neu bezogen und waren noch dabei, sich die Gegend zu erschließen. An einem Nachmittag schlug sie vor, die notwendigen Einkäufe mit einem kleinen Bummel zu verbinden. Als Antwort hörte sie, was sie damals so oft hörte: „Ich habe keine Zeit, aber geh du ruhig!" Sie hatte abgewehrt, nein, nein, das wäre etwas für sie beide gemeinsam, und dann würde sie eben auf einen günstigeren Zeitpunkt warten und nur schnell zum Supermarkt flitzen. Aber er hatte sie liebevoll umarmt, auf die Schläfe geküsst und gesagt: „Geh mal, Prinzessin! Was sollst du denn dumm hier herumsitzen?"

Nach einem zweistündigen Ausflug war sie dann voll bepackt zurückgekommen und hatte, wie heute, vor einem nicht erleuchteten Türfenster gestanden. Es war ein früher Winterabend, und das ungastliche Dunkel in ihrem neuen Zuhause hatte sie befremdet. Ob er doch noch einmal weggegangen war? Sie hatte aufschließen wollen, doch das Schloss war blockiert. Er musste also da sein und den Schlüssel von innen ins Schloss gesteckt haben. Sie hatte gewartet: Sicher hatte er ihr Klappern an der Tür und auch ihre Schritte auf der Treppe längst gehört, hellhörig wie das Haus war. Als nichts geschah, hatte sie schließlich geklingelt.

Ein paar Wimpernschläge später schleppten Schritte sich langsam näher. Sein verschwommenes Bild erschien hinter dem Milchglas, er öffnete ihr. Glücklich begann sie zu erzählen. „Hallo mein Schatz! Es war wunderbar! Ich habe mich in den Buchladen verliebt, und in ein ganz, ganz süßes Kaffeegeschäft, das es hier gibt – und in einer Seitenstraße ist ein französischer Bäcker, da müssen wir mal Kaffee trinken gehen, wenn wir Zeit haben! Für heute Abend habe ich frische Brötchen mitgebracht – und Corned Beef, das magst du doch so gern! Also, hier können wir bleiben! Ich bin ganz sicher. Das Einzige, was mir noch fehlt, ist eine Boutique für elegante Damenmode. Aber gute Geschäfte für Kinderkleidung scheint es hier einige zu geben!"

Während sie ihre Neuigkeiten hervorsprudelte, pellte sie sich aus der warmen Wintergarderobe und stand schließlich erwartungsvoll strahlend vor ihm. „Wann magst du Abendessen?" Erst jetzt sah sie, dass er ihre Begeisterung augenscheinlich nicht teilte. „Ist alles okay?"

Er sah sie mit stoischer Ruhe an. „Bei dir ist anscheinend alles okay, ja."

Sie öffnete die Augen weit, hob die Brauen. „Das habe ich nicht gemeint! Ich meine, ist bei dir alles okay? Bist du gut vorangekommen?" Sie legte ihre Hand auf seinen Arm, der jedoch hart und unbeweglich in seiner Position verharrte, die Hand in der Tasche.

„Oh ja." Der Sarkasmus in seiner Stimme legte sich um ihr Herz wie eine eiskalte Hand. „Ja, ich bin sehr gut weitergekommen. Ich habe die ersten 30 Seiten einer 100-seitigen Akte gelesen, wobei ich immerhin zehn Prozent auf Anhieb verstanden habe. Die anderen 90 Prozent waren ein kardiologisches Gutachten, zu dem ich jedes einzelne Wort googeln musste." Er nahm die Hände aus der Tasche, verschränkte die Arme vor der Brust und sah sie von oben herab an. „Ja, ich konnte einiges für morgen schaffen. Ich konnte den Hauch einer Idee ermitteln, worum es in diesem Fall überhaupt geht. Ich habe aber noch keine Ahnung, wie ich bis nächste Woche ein Votum dazu geschrieben haben soll, UND ich habe noch zwei weitere solche Akten bei mir liegen, die ich bis zur kommenden Woche fertig haben muss. Ich denke, deine Brötchen wirst du allein essen müssen."

Er wandte sich ab und ging stolzen Schrittes den Flur entlang. Auf der Schwelle zu seinem Arbeitszimmer drehte er sich noch einmal um. Ein kaltes Lächeln umspielte boshaft seine Lippen. „Es freut mich aber natürlich zu hören, dass du Spaß hattest. Sicher wirst du auch noch eine Boutique finden, die deinen Ansprüchen genügt." Spöttisch deutete er eine Verbeugung an und schloss die Tür hinter sich.

Zu ihren Füßen lagen die Einkaufstüten. Ein Joghurt war aus der Tüte gerollt.

‚Der Joghurt muss in den Kühlschrank‘, dachte sie. ‚Sonst macht er mir gleich Vorwürfe, weil die Kühlkette zu lange unterbrochen wird. Andererseits ist es hier im Flur so kalt, dass es vielleicht keinen großen Unterschied macht. Und was ist das eigentlich für ein Ziehen in meinem Rücken?‘

Sie kniff dreimal kurz die Augen zu, als müsse sie aus einer Art Trance erwachen. Langsam entspannten sich ihre Rückenmuskeln; erst jetzt merkte sie, mit welcher Anspannung sie kerzengerade vor ihm gestanden hatte. Ihre Augen bewegten sich zuerst, wanderten den Flur entlang. Küchentür geschlossen. Arbeitszimmer geschlossen. Wohnzimmertüren zu. Aus allen Türen hatte ihr das gleiche, gleichgültige Antlitz einer Milchglasscheibe entgegengeblickt, hinter der es nicht erleuchtet war.

Sie ging am herumliegenden Joghurt vorbei, hängte ihre Jacke an die Garderobe, bückte sich nach dem Joghurt und den zwei Tüten und steuerte als Erstes die Küche an. Dunkelheit und Kälte schlugen ihr entgegen. Sie knipste das Deckenlicht an, zur Sicherheit auch noch das Licht über dem Herd und drehte die Heizung voll auf. Nun ging es besser.

Jetzt stellte sie ihre Tüten auf dem Tisch ab, atmete tief ein und ging durch den Flur in ihr eigenes Arbeitszimmer, das zugleich auch Wohnzimmer war. Hatte sie nicht zumindest hier die Heizung laufen lassen, als sie gegangen war?

‚Seltsam‘, dachte sie, als sie die Heizung aufdrehte und das Licht an ihrem Schreibtisch einschaltete. Behagliches Dämmerlicht breitete sich jetzt in dem großen, noch halb leeren Raum aus.

Schließlich ging sie in sein Zimmer. Er beachtete sie nicht. „Was ist los mit dir?“, fragte sie sanft und legte zaghaft eine Hand auf seine Schulter. Sie spürte, wie die Muskeln darunter sich anspannten. Er antwortete nicht. Sie sah auf seinen Schreibtisch, der unter einem Wust von handschriftlich skizzierten Blättern, Akten, Loseblattsammlungen und Gesetzestexten fast barst. Mitleid überkam sie. Sie strich mit den Fingern durch seine widerspenstigen Locken.

„Ach, Mensch … viel Arbeit, oder?" Ihre Hand blieb in seinem Nacken liegen, wo sie den Flaum kleiner Härchen in ihrer Handfläche spürte. Seine Anspannung ließ nach.

Er ließ die Hand frustriert auf den Tisch fallen. „Ja. Ist verdammt viel Arbeit!" Er zerfledderte einen Stapel mit Schriftwechseln. „Das hier ist auch so ein Fall. Zwei Wagen kollidieren beim Abbiegen, es gibt zehn Zeugen, das könnte doch eine klare Sache sein. Aber nein – jeder Zeuge erzählt etwas anderes. Einer entlastet sogar den Hauptbeschuldigten in einem Punkt, den dieser wiederum aber zugibt. Und ein anderer schwört Stein und Bein, dass nur zwei anthrazitfarbene Wagen involviert waren, während überall sonst von einem Geländewagen in Braun und einem silbergrauen Kombi die Rede ist. Und das ist nur *eine* von sechs Akten. Um den ganzen Mist zu lesen und auszuwerten, bräuchte ich noch locker zehn Stunden!" Mit einem bitteren Blick auf die Uhr schob er nach: „Aber es ist jetzt gleich halb sieben, und morgen muss ich halb neun im Gericht sein – das bedeutet, ich habe noch 14 Stunden, wenn ich nicht schlafe. Also mehr Zeit, als ich brauche, oder?"

Sie spürte einen Kloß im Bauch. Gedanken prasselten querbeet auf sie ein. ‚Das ist wirklich höllisch viel. Aber andere schaffen das doch auch.' Viel dazu sagen mochte sie trotzdem nicht, da ihr klar war, dass sie mit ihrem entspannten Ausbildungsrichter einfach nur Glück gehabt hatte. Der gab ihr alle zwei Wochen eine kleine Akte und war der Meinung, dass es damit genug war.

Sie legte beide Hände auf seine Schultern und begann, ihn sanft zu massieren.

„Weißt du was: Ich mache dir jetzt ein Brötchen und koche dir dazu einen Kaffee, und dann lasse ich dich in Ruhe. Wäre das gut?"

Er schnaubte, schaltete mit einer plötzlichen Handbewegung seinen Monitor aus und drehte sich in seinem Drehstuhl schwungvoll zu ihr um. „Nein", sagte er, ergriff mit einer Hand die ihre und sah ihr mit tiefblauen Augen voll ins Gesicht. „Nein, das wäre nicht gut. Gut wäre, wenn ich ein bisschen Zeit für meine schwangere Frau hätte."

Er stand auf, rückte einige Blätter- und Bücherstapel von einer Seite des Tisches zur anderen und wandte sich dann zum Gehen. „Also schön. Gehen wir in die Küche. Wie war denn dein Nachmittag? Erzähl mir mal, was beim Einkauf so viel Spaß gemacht hat! Ich freu mich ja, deine kleinen Geschichten zu hören, Prinzessin."

Fürsorglich legte er den Arm um ihre Schultern, schob sie aus dem Zimmer und drückte ihr einen Kuss auf den Haaransatz oberhalb der Schläfe. „Tut mir leid wegen eben."

Etwas zögerlich sah sie ihn an und hob die Augenbrauen. „Komm schon", sagte er, „ist gut jetzt. Ich habe mich entschuldigt. War halt auch echt nicht toll zu hören, dass du eine super Zeit hast, während ich hier wie ein Ochse arbeiten muss."

Von diesen Bildern begleitet, öffnete sie nun langsam die Wohnungstür. Sie atmete einmal tief durch, straffte die Schultern und ging hinein.

Drinnen sah alles so aus, als sei sie nie gegangen. Zwei Jacken und ein Mantel von ihr hingen an der Garderobe. Mehrere Paar Pumps standen sauber darunter aufgereiht, nur einer von ihnen nachlässig umgekippt; als wäre er gerade vom Fuß gefallen.

Sie stützte sich kurz in der Wandnische ab, wo sie einen schwarz glänzend gekachelten Sims mit einem altmodischen Parfumfläschchen dekoriert hatte. „Uralt Lavendel" statt in verwitterten Goldbuchstaben auf dem tannengrünen, bauchigen Glas, das einen hübschen Kontrast bildete zu der rautenförmigen Puderdose aus blutrot lackiertem Blech, die daneben stand. Die beiden antiken Kosmetikbehältnisse begleiteten sie schon seit ihrer frühen Studentenzeit, und sie steckte sie kurzerhand in ihre geräumige Handtasche, schüttelte dann aber über sie sich selbst den Kopf. So würde sie nicht weit kommen.

‚Umzugskartons', erinnerte sie sich. ‚Ich wollte Umzugskartons aus dem Keller holen.'

Nachdem sie das getan hatte, spürte sie ihre Lebensgeister zurückkehren. In Frederiks Zimmer fing sie an. Kleidung, Spielsachen, einige seiner Lieblingsbücher – die Kiste war bald voll. Skeptisch sah sie aus dem Fenster, wo der Kombi ihres Vaters stand. Wenn man die Rückbank umklappte, würden zwölf Kisten hineinpassen, hatte er geschätzt.

Sie lupfte die Kiste an, die jetzt schon bedenklich schwer aussah, und ärgerte sich, dass sie sein Hilfsangebot so vehement abgelehnt hatte. Aber ihr Stolz und das übermächtige Gefühl, das hier allein klarkriegen zu müssen, kompensierten die fehlenden Kräfte. Sie stemmte die Kiste ins Treppenhaus, befüllte die nächste.

Dann ging es mit ihren eigenen Sachen weiter. Wehmütig sah sie zu den Biedermeier-Tellern, die an der Wand hingen, und zu ihrem Art-déco-Porzellan, das in der Vitrine stand. Selbstredend, dass beides erst mal zurückbleiben müsste. Sie hoffte nur, dass Moritz es nicht in einem Wutanfall zerschlagen würde, wenn er erst mal begriff, dass sie wirklich nicht zurückkommen wollte.

Während sie packte, ein wenig sorgfältiger, was ihre eigene Garderobe anging, ließ sie das Gespräch Revue passieren, das sie gestern Abend mit ihrer Mutter gehabt hatte. „Ich verstehe nicht, dass du ausgerechnet bei Anja einziehen musst! Hat die nicht mal gekifft? Hat sie einen Freund? Hat sie überhaupt einen vernünftigen Job? Am Ende schuldet sie ihrem Vermieter seit drei Monaten die Miete und will dich nur deswegen ins Haus holen! Wirklich, Simone, ich kann dich nicht verstehen. Mit deinen finanziellen Mitteln. Am Ende wird Moritz noch behaupten, du hättest eine lesbische Beziehung mit ihr!"

Sie fand einen Gedanken der Mutter so unpassend wie den nächsten, fühlte sich aber zu schwach für die Auseinandersetzung, in die sie unweigerlich hineingezogen wurde. Also hatte sie, fast mechanisch, ihre Antworten heruntergeleiert. „Ich weiß nichts davon, ob Anja kifft, und es ist mir auch egal. Sie wird es nicht gerade vor mir und Frederik tun. Was spielt es für eine Rolle, ob sie einen Freund hat? Ja, sie hat einen Job! Sie ist Journalistin. Sie will nicht an mein Geld. Sie will mir einfach nur helfen. Und ich will nicht allein wohnen mit Frederik; nicht jetzt sofort. Moritz würde jeden Abend vor der Tür stehen und versuchen, mich zurückzuholen." Sie sank aufs Bett. „Ich habe Angst, dass ich ihm irgendwann nicht mehr standhalten könnte."

Ihre Mutter schien befremdet. „Ja, liebst du ihn denn etwa doch noch?"

Simone ließ sich zurückfallen. Als ob das so einfach wäre! Sie starrte an die Decke und versuchte, ihrer Mutter ihre Zerrissenheit nahezubringen. „Ach, Mama. Nein, ich liebe ihn nicht mehr. Aber wir haben ein Kind zusammen. Und es ist auch für mich schrecklich, die Vorstellung, jetzt bald geschieden zu sein. Ich wollte fürs ganze Leben heiraten! Ich wollte, dass mein Kind eine heile Welt hat. So wie ich sie hatte."

Tränen rannen ihr aus den Augenwinkeln, die die Mutter jetzt zärtlich wegwischte. „Ach, Simonchen! Frederik hat eine heile Welt. Er hat eine wunderbare Mutter, die ihn liebt, und das ist für ein Kind das Allerwichtigste. Ich verstehe ja auch deine Sorgen und Ängste. Aber musst du deswegen mit diesem Hippiemädchen zusammenziehen? Ich habe sie ja lange nicht gesehen, aber mein Eindruck war immer irgendwie, dass sie den Absprung in die Realität nicht geschafft hat!"

Simone stützte sich auf den Ellenbogen. „Weißt du, Mama, vielleicht kommt sie mit der Realität besser klar als ich selbst. Ich habe keine Ahnung. Ist mir auch egal; vielleicht ist es ein Fehler, bei ihr einzuziehen, vielleicht ist es gut. Aber sie hat eine Warmherzigkeit, die mir gut tut. Und sie erinnert mich an die Kraft, die ich einmal hatte, bevor ich in diese schreckliche Beziehung geraten bin."

Die Mutter legte ihr eine Hand auf den Arm. „Aber könnte sie dir diese Kraft nicht auch einfach geben, wenn du weiterhin bei uns wohnst? Sie kann doch mal zum Kaffee kommen! Oder lass wenigstens Frederik hier …“

Wie von der Tarantel gestochen war Simone emporgeschossen. „Das könnte dir so passen, wie? Dann kannst du schön dein Enkelkind verhätscheln. Aber kannst du dir vorstellen, dass es ein Trauma für ihn ist, seinen Vater plötzlich nicht mehr täglich zu sehen? Auch, wenn er weiterhin normal und fröhlich spielt? Kannst du dir vorstellen, dass alles das ein Trauma für mich ist? Ich verstehe nicht, wie du auf die Idee kommen kannst, dass ich mein Kind jetzt abgeben soll. Auch nicht bei euch, nein!“ Sie sah die verletzte Liebe im Blick ihrer Mutter und lenkte ein wenig ein. „Weißt du, Mami, es ist toll, dass ich erst einmal zu euch kommen konnte, und ich bin euch auch dankbar für alles. Und ich bringe euch gerne mal Frederik für einen Nachmittag oder ein Wochenende. Aber – ihr seid mir einfach zu wichtig, als dass ich das hier durch so blöde Alltagsstreitereien beeinträchtigen will. Das hier“, sie wies mit dem Arm einmal durch ihr geblümtes Mädchenzimmer, „das hier ist mein Elternhaus. Mein Nest, das Zuhause meiner Kindheit. Hier will ich nicht diese schreckliche Phase erleben, die jetzt vor mir liegt. Und auch nicht in einer neuen Wohnung, die dann gleich wieder mit so vielen schlechten Erinnerungen belastet wäre. Aber an der Seite einer alten, wiederentdeckten Freundin – das kann ich mir einfach gut vorstellen. Wenn es sich als Fehler entpuppt, komme ich zu euch zurück. Okay?“

***

Daniela.

26. Februar (Freitag)

Kann er mir nicht sagen, wenn er einen besonderen Abend plant? Ist ja schön, wenn er mich überraschen will, aber wenn man damit so wenig rechnen kann wie ich, dann kann das ja nur schiefgehen.

Ich war heute nach der Arbeit noch shoppen, habe mir ein sexy kurzes, schwarzes Kleid für morgen gekauft, die Haare machen lassen und die Nägel, und ich war auch noch auf der Sonnenbank. Ich hab mir sogar ein neues Parfum gegönnt! Nix Teures, aber riecht lecker, so schön pudrig. Das hat richtig gutgetan, und als ich nach Hause kam, war ich super gelaunt. Bis ich dann die Wohnung betreten habe. Da saß Chris vor einem gedeckten Tisch und hat kein Wort mit mir geredet.

Erst hab ich gar nicht gecheckt, dass er sauer war. Ich sah die Kerzen und die Teller und habe mich total gefreut.

„Hey", hab ich gesagt: „Wie süß von dir!" Aber meinst du, da kam mal 'ne Antwort? Nix!

„Alles klar?", hab ich gefragt – aber er hat weiter nur geschwiegen. So ging das dann eine Weile. Er hat komische Blicke auf meine Haare geworfen und abschätzend genickt, aber kein Wort gesprochen. Das hab ich mir ein paar Minuten lang gegeben und bin dann in die Küche. Da standen gedünstete grüne Bohnen in Speck gewickelt, Salzkartoffeln, Schweinefilet und Feldsalat mit Orange. Ich dachte erst schon, ich hätte unseren Jahrestag vergessen. Aber – es gab kein besonderes Datum heute! Ich bin dann gleich wieder rüber zu ihm, aber inzwischen war das Wohnzimmer leer. Er lag im Schlafzimmer auf dem Bett und starrte an die Decke.

Ich hab mich neben ihn gelegt, versucht, mich an ihn zu kuscheln. Aber er war wie ein Brett! „Es tut mir leid", habe ich ungefähr tausend Mal gesagt. „Warum hast du nichts gesagt? Dann wäre ich doch pünktlich gekommen!"

Da hat er mir nur gehässige Blicke zugeworfen. „Das wäre ja eine super Überraschung gewesen", hat er schließlich gemeint. Ich sagte, na ja, eine schönere Überraschung jedenfalls, als jetzt daraus geworden ist.

Da ging er dann richtig ab. Ich wäre undankbar, man könnte mir mit nichts eine Freude machen, wo ich mich überhaupt rumgetrieben hätte und – das war das Gemeinste: warum ich so nuttig aussehen und riechen würde.

Ich fand es so mies, dass ich erst mal gar nichts antworten konnte. Ich hab ihn nur angestarrt und irgendwann angefangen zu heulen. „Typisch Heulsuse", hat er dann auch noch gesagt: „Jetzt flennst du wieder. Dabei hättest du so einen schönen Abend haben können. WIR hätten einen schönen Abend haben können. Aber den hast du ja jetzt leider kaputtgemacht, weil du dich anderswo rumtreiben wolltest. Und jetzt muss ich auch los."

Er ist aufgestanden, hat seine Ausgehklamotten genommen, ist ins Bad gestiefelt und hat hinter sich abgeschlossen. Dann hat er viel länger gebraucht als normal. Als er wieder rauskam, hatte er sauber gegelte Haare, war top rasiert und roch unglaublich stark nach dem teuren Boss-Parfum, das ich ihm zu Weihnachten geschenkt habe und das er sonst fast nie benutzt.

Er hat mich keinmal mehr angesehen, ist raus und hat die Tür hinter sich zugeknallt. Ich saß dann ungefähr eine Stunde lang vor dem Essen, das er gekocht hatte. Ich wusste nicht mal, ob ich es in Dosen tun und in den

Kühlschrank stellen sollte, damit es nicht schlecht wird, oder ob ich es auf den Platten lassen sollte, weil er es so schön angerichtet hat.

Vielleicht wärmen wir es morgen Mittag auf? Ach, Sch… Wir haben so wenig schöne Zeit zusammen. Ich hätte mich so gefreut, mal schön mit ihm zu essen! Es war ja auch lieb, dass er mich damit überraschen wollte. Aber ich konnte doch nicht wissen, dass das heute so wäre!!

Ob mein neues Parfum wirklich nuttig riecht? Aber vielleicht war er nur eifersüchtig? Obwohl er ja noch nie eifersüchtig war; eigentlich ist ihm ja meistens ziemlich egal, was ich tue. Na ja. Jedenfalls hab ich jetzt eine Stunde lang mit Kühlbrille auf den Augen im Bett gelegen, damit ich nachher nicht so verheult aussehe, wenn ich zu ihm in den Club fahre.

Vielleicht freut er sich ja, wenn ich rechtzeitig da bin, um ihm mit der Abrechnung zu helfen.

***

4

Anja.

Von: anja.wilms@hotmail.com
An: theo.fritsche@gmx.de
Sonntag, 06.03. 11:52
Betreff: Guten Morgen! Ich bin vier – und was kostet die
Welt?

Lieber Theo!
Was soll ich sagen … Heute Morgen um 7.30 Uhr wurde mir
schmerzhaft bewusst, was ich getan habe. Ich lag noch im
Tiefschlaf, da wummerte etwas durch meinen ganzen Kopf
hindurch. Durch die Zimmertür und die Nebeldecke von
Unverständnis in meinem Kopf drang Simones Stimme.
Mir tat alles zu weh; bei jeder Bewegung zogen die Muskeln
an Armen, Beinen und Rücken, weil ich gestern so viel
geschleppt habe. Danke für Dein Hilfsangebot, aber dann war
ja der Umzug so kurzfristig, und wir dachten auch, es wäre
nicht so viel Arbeit; deswegen habe ich mich bei Dir gar
nicht mehr gemeldet.
(Ich hätte ja gar nicht gedacht, dass sie so viel
bewegliches Zeug bei sich hat! Wirklich erstaunlich viel
Kram. Der größte Teil davon soll wohl Spielzeug sein. Na,
dann.)
Jedenfalls wummerte es noch kurz weiter, dann klapperte die
Badezimmertür. Und zu Simones Stimme gesellte sich noch eine
hellere, die im Laufe des Sprechens leicht panisch wurde,
dementsprechend laut, sodass ich dann doch auch klare Worte
verstehen konnte: „Schnell, jetzt ist es schon ganz

dringend", gefolgt von einem schrillen Geheul und: „Ach Mist, jetzt geht alles auf den Boden." Simone, mit ihrer gewohnt ruhigen Art, die ja um jede Uhrzeit irgendwie Souveränität ausstrahlt, wenn sie nicht gerade im Gerichtssaal in Tränen ausbricht, sagte so etwas wie: „Gleich gesagt … um die Uhrzeit nicht stundenlang an die Tür klopfen … Anja schläft noch."

‚Da weißt du mehr als ich', dachte ich, rollte mich auf die andere Seite und versuchte wieder einzuschlafen. Was unmöglich war, weil das Geheul im Badezimmer ununterbrochen weiterging. Es wurde nur von gelegentlichem Wummern unterbrochen und kindlichen Kampfschreien wie: „Doofe Wanne! Doofe Toilette! Doofer Schrank", und dann klapperte es plötzlich sehr laut. ‚Bitte, bitte nicht', flehte ich innerlich, kämpfte mich mit einer Mordsanstrengung in die Senkrechte und schleppte mich ins Bad. Da kniete Simone in einem rosa-weiß karierten Flanellschlafanzug auf dem Fußboden, damit beschäftigt, meine Cremedosen, Lippenstifte, Haarspangen etc. einzusammeln. Die verwahre ich für gewöhnlich nicht lose auf dem Fußboden, sondern in einem Regal. Das wiederum lag allerdings quer über der Badewanne. „Frederik hat in die Hose gemacht. Und weil er dann sauer war, hat er jetzt auch noch dein Regal umgeschmissen. Es tut mir leid", seufzte Simone. Frederik, der in einem seltsamen Sack mit blauen Giraffen darauf steckte, saß auf dem Boden und guckte mich sauer an. Ich hab's mal mit „Hey, Frederik" versucht, aber er streckte mir nur die Zunge raus. Als ich an ihm vorbeiwollte, um das Regal wieder aufzurichten, stellte er mir ein Bein, was eigentlich witzig aussah, weil er ja in dem Säckchen steckte. Aber angesichts der Lage war ich eher genervt.

„Hör mal, Freundchen", wollte ich sagen – aber da hat Simone ihn schon so lang gemacht, dass er mir doch eher leid tat. Mit einer ziemlich autoritären Stimme hat sie ihm verklickert, dass er sich jetzt auf der Stelle bei mir zu entschuldigen hätte – und zwar wegen des Regals, wegen des nassen Badezimmerfußbodens, weil er Krach gemacht hätte, und jetzt auch noch für seine Unverschämtheit, mir ein Bein zu stellen.

Ich sah erwartungsvoll zu ihm runter, er mit angstgeweiteten Augen zu mir hoch. „Ist okay, Frederik. Ich mach mal Frühstück für uns drei", hab ich schließlich nur gesagt und bin gegangen.

Der Kleine tut mir leid, aber ich kann auch Simone verstehen.

Sie sagt, es sei ihre Horrorvorstellung, dass er so ein Tyrann wie sein Vater würde, und dass sie auch denkt, als alleinerziehende Mutter kann man nur entweder das Kind total verziehen, weil man natürlich wegen der Trennung ein schlechtes Gewissen hätte, oder man muss eben streng sein. – Na ja, sie scheint aber den richtigen Kurs zu fahren: Ein paar Minuten später klebte mir Frederik in neuen Klamotten in der Küche am Bein und wollte mir unbedingt beim Tischdecken helfen. Der kleine Trotzkopf aus dem Bad war nicht mehr wiederzuerkennen; auf einmal umwuselte mich ein charmanter kleiner Helfer, der die Vorbereitungen zwar nicht leichter, dafür aber lustiger machte.

Okay, irgendwann kriegte ich mit, dass die Charme-Offensive vor allen Dingen das Ziel hatte, zum Frühstück Kakao statt Milch zu bekommen. Aber da ich nicht für die Erziehung zuständig bin, können mir solch Details ja eigentlich egal sein.

Jetzt sind die beiden erst mal auf einem Spielplatz hier in
der Nähe. Ich muss nachher noch mal raus zum Arbeiten.
Mannomann! Das ist ja doch eine größere Umstellung als ich
dachte ...

Liebe Grüße und bis bald,
Anja

* * *

Simone.

Das Knirschen der Schaukelketten riss an ihren Nerven, doch sie gab sich alle
Mühe, Frederik trotzdem anzulachen. „Ja! Toll!", ermutigte sie ihn mechanisch,
während er die Beine etwas unkoordiniert vor- und zurückschmiss. Der Himmel
war wolkenlos und tiefblau. Eigentlich ein malerischer Tag, fast schon Frühling,
doch sie spürte nur die Kälte, die durch die dünnen Ledersohlen ihrer Ballerinas
aus dem Sand heraus ihre Beine emporkroch. Sie ließ ihren Blick über den
Spielplatz schweifen. Wirkte sie auch so verhärmt wie die zwei Frauen, die dort
auf der Bank saßen und mit ihren Ringen unter den Augen wie ein Sinnbild der
alleinerziehenden, überarbeiteten Mutter aussahen? Gab es nicht vielleicht auch
Alleinerziehende, mit denen sie sich mehr identifizieren konnte? Oder normale
Eltern, die zwar zusammenlebten, aber nicht immer gleich im Doppelpack auf
den Spielplatz kamen?
Augenscheinlich hatten alle Familien aus der weiteren Nachbarschaft
beschlossen, diesen Sonntag als Familienausflug zu gestalten. Wehmütig sah sie
die bunten Plastikbecher an, in die eine Mutter gerade Tee goss. Solche Becher
hatten sie und Moritz auch einmal gekauft. Vor gefühlten hundert Jahren, als sie

noch an eine gemeinsame Zukunft als glückliches Elternpaar hatte glauben
können. Sie stellte sich vor, wie es hätte sein können. Kindergeburtstage. Er
wäre vermutlich eher geflüchtet vor dem Chaos, aber abends hätte er die Spuren
des Schlachtfeldes noch gesehen und sie dann anerkennend umarmt, geküsst und
ihr gedankt, dass sie seinem Kind so eine schöne Feier organisiert hätte.

So hatte sie es sich vorgestellt. Sie erinnerte sich daran, wie er – ganz zu Anfang
ihrer Beziehung – ihr gewunken hatte, nachdem er aus ihrer Studentenwohnung
gegangen war. Sie stand am Fenster, er unten bei seinem Fahrrad. Als er losfuhr,
machte er Kunststücke für sie, stellte sich auf nur ein Pedal und streckte das
andere Bein weit von sich, fuhr freihändig, mit den Fingern Herzen in die Luft
malend, und machte dazu Augen wie ein verliebter Clown. Sie erinnerte sich,
dass sie ihn schön gefunden hatte, und wie gern sie über seine Scherze gelacht
hatte. Doch sie brachte das Bild nicht mehr zusammen mit dem des Mannes, der
sie dann jahrelang so boshaft, perfide und subtil gedemütigt hatte.

„MAMA!" Die Stimme ihres Kindes riss sie aus den Gedanken, laut und
fordernd.

„Ja, mein Schatz, was ist denn?"

Frederik stand vor ihr mit einem verständnislosen, genervten Blick. „Ich hab
gesagt, ich will mein Sandspielzeug!"

„Das heißt nicht: Ich will. Das heißt: Ich möchte", korrigierte sie, fast
automatisch. „Und das Sandspielzeug haben wir leider nicht mit."

„Wo ist es denn?", fragte Frederik unzufrieden.

Sie kniete sich zu ihm hinunter. „Es ist entweder in einer Kiste bei Anja, oder
bei Papa in der Wohnung, oder bei Oma und Opa. Wenn wir es nicht in den
nächsten Tagen finden, kaufe ich dir neues, ja?"

Sie wollte ihn an sich drücken, doch er wand sich aus der Umarmung heraus.

„Ich will es aber jetzt. Ich will meinen Piraten. Ich will Piratenkuchen backen."

Erschöpft sah sie sich um. „Vielleicht kannst du Förmchen von einem anderen

Kind ausleihen? Zusammenspielen ist doch sowieso viel schöner!"

Frederik stampfte mit dem Fuß auf. „Nein! Ich will meinen eigenen Piraten. Die Kinder hier sind blöd."

Ein breitschultriges, etwa fünfjähriges Kraftpaket mit Mecki-Haarschnitt und Trainingshosen kam angelaufen, einen Fußball vor sich her kickend, der vor ihren Füßen liegen blieb. Sie sah den Jungen an, der sich unerwartet das Hemd hochriss, die Arme in die Luft warf und mit ausgestreckten Zeigefingern skandierte: „Lu-Lu-Lu! Lukas Podolski! Lu-Lu-Lu! Stinkt nach Salami!"

Sie beobachtete ihn wie eine Erscheinung der dritten Art und hoffte, er würde bald wieder gehen. Schließlich kickte er ihr den Ball vor den Füßen weg, wobei Sand in ihre Ballerinas schoss.

„Ich will zu Papa in die Wohnung und das Sandspielzeug holen", zeterte Frederik. Ermattet verbarg sie ihr Gesicht in den Händen und rieb sich mit kalten Fingern die Schläfen. Würde das jemals aufhören? Frederik hatte immer sie beide geliebt. Sie selbst hatte sich zwar mehr um ihn gekümmert, doch der Kleine machte in seiner Liebe keinen Unterschied. Jetzt stand er mit geballten Fäustchen vor ihr und starrte sie mit gesenktem Kopf an. Sie musste wider Willen lächeln.

„Schau mich nicht an wie so ein kleiner Stier, Herzchen. Ich bin auch traurig, dass nicht mehr alles so ist wie vorher. Oder so, wie ich es mir einmal gewünscht habe. Aber wir müssen nun gemeinsam sehen, wie wir das Beste daraus machen. Wir können jetzt Sandspielzeug von einem anderen Kind ausleihen, oder schaukeln, oder rutschen, oder wir gehen zurück in Anjas Wohnung und richten unser neues Zimmer weiter ein."

Frederik schien genug zu haben von der Erschließung seines neuen Lebensraumes. „Zurück zu Anja", murmelte er.

Sie streichelte über seine wüsten Locken. Was konnte sie nur tun, um es ihm leichter zu machen? „Hast du Lust, dass wir unterwegs im Café vorbeigehen und

Kuchen kaufen? Wir können Anja auch welchen mitbringen. Du darfst aussuchen", schmeichelte sie. Mit Erfolg: Sofort strahlte der kleine Mann wieder.

„Jaaaa! Ich will … ich möchte Erdbeerkuchen. Mit Schokolade. Und Eis." Er sah sie herausfordernd an.

Sie spürte, wie ihre Kraft nachließ. Würde das jetzt immer so sein? Würden auf jedes Angebot weitere Forderungen nach mehr folgen? Sie wäre zu gerne die liebevolle, grenzenlose Verwöhn-Mama, aber die Vorstellung, dass ihr süßer kleiner Sohn irgendwann ein egoistischer, egozentrischer Despot wie sein Vater würde, ließ Übelkeit in ihr aufsteigen.

Streng sah sie ihn an. „Kuchen! Ich habe von Kuchen geredet, Freundchen. Dabei bleibt es. Wenn du jetzt noch Eis willst, gibt es gar nichts! Man muss auch mal zufrieden sein mit dem, was man hat oder bekommt."

Mit demonstrativer Langeweile sah Frederik an ihr vorbei. Sie kniete sich erneut nieder. Nahm sein Gesicht in beide Hände und drehte es sich selbst zu.

„Frederik! Sieh mich mal an!"

Schicksalsergeben und ausdruckslos ruhte der Blick zweier blaugrauer Augen auf ihr. Sie strich sanft über seine vollen, weichen Wangen. „Frederikchen. Ich kaufe dir gerne einen Kuchen, und du darfst ihn auch aussuchen. Aber es ist sehr unhöflich, dann auch noch Eis zu wollen. Auch wenn du sauer bist, dass wir gerade kein Sandspielzeug haben. Okay?"

Er zuckte die Schultern, nickte – und schmiegte sich schließlich an sie. Wärme durchflutete sie, als sie ihn in ihre Arme schloss und an sich drückte. „Was für einen Kuchen willst du, Mama?", fragte er.

Sie lächelte. „Ach … das weiß ich noch gar nicht … willst du ihn für mich aussuchen? Du kannst das bestimmt viel besser als ich!"

Er riss sich strahlend aus ihrer Umarmung, griff ihre Hand und hüpfte. „Ja! Komm! Wir gehen sofort los!"

Während sie Hand in Hand durch die dicht bebauten Straßen liefen, redete Frederik in einem fort. Sie hatte nach wenigen Metern aufgegeben, seinen Gedankengängen zu folgen, die viel mit dem Muster der Pflastersteine zu tun hatten, und auf welche von denen man treten durfte, auf welche dagegen nicht, und gab sich ihren eigenen Überlegungen hin. Die Häuser waren hoch, hässlich und meistenteils unverputzt. In Ermangelung von Vorgärten zeigten einige Fensterbänke sorgsam bestückte Blumenkästen mit Begonien, Bellis und Stiefmütterchen. Zusammen mit den halbdurchsichtigen Häkelgardinen dahinter zeugten sie davon, welche Menschen den Kern dieses alten Arbeiterstadtteils bildeten: kleine Leute, Rentner größtenteils, die darauf achteten, dass sie mit akkuraten Fensterarrangements demonstrierten, wie sehr sie ihre kleine Welt im Griff hatten. Frauen, die stolz darauf waren, dass sie ihre Männer seit 40 Jahren so weit deckelten, dass diese zumindest nur samstags in die Kneipe gingen. Dann aber mussten sie sein, die Altherrenstammtische, in denen kurzsichtige Weisheiten parolisiert wurden – zum Beispiel über die Nachbarn, die links und rechts die Wohnungen der verstorbenen früheren Nachbarn übernommen hatten. Die Zugezogenen waren meist ausländischer Herkunft. Simone hatte in den vergangenen sechs Monaten nicht so viele Frauen mit Kopftuch gesehen wie in den vergangenen zwei Tagen. Einige von ihnen wirkten selbstbewusst und chic, andere verbargen ihre übergewichtigen Körper unter hausbackenen Mänteln in Schlammfarben, die inmitten der unverputzten Arbeiterhäuser eine Chamäleonfunktion übernahmen und die Frauen fast unsichtbar werden ließen. Simone empfand fast etwas wie Neid über diese Fähigkeit, sich ungesehen zu machen. Wie oft war es ihr schwergefallen, nach den vielen, giftigen Auseinandersetzungen geraden Rückens die Wohnung zu verlassen, in die Kanzlei zu fahren, immer perfekt gestylt, immer die Zielscheibe so vieler Blicke. Sie hatte niemals Schwäche gezeigt, bis heute nicht. Der Zusammenbruch im Amtsgericht war die einzige Ausnahme. Aber wie gern hätte sie sich manchmal ungesehen, heimlich in ihr Büro geschlichen, hätte die Akten bearbeitet und sich dann, ohne jeglichen Blicken standhalten zu müssen, wieder nach Hause verkrümelt.

Beim Anblick einer großen Türkeiflagge in einem Fenster wurde ihr dennoch beklommen zumute. Sie war bei Anja eingezogen ohne eine Vorstellung davon, wie lange sie hier wohnen würde. Aber allzu lange konnte es nicht sein! Frederik kam in zwei Jahren in die Schule. Dann sollte er mit Kindern lernen, die nicht erst von ihrer Lehrerin gute deutsche Grammatik beigebracht bekamen. Allerdings machten die deutschen Familien, die in den vergangenen Jahren zugezogen waren und den Stadtteil zum Kult erklärt hatten, das Bild für sie nicht gerade besser. Anja entsprach ihnen so ziemlich – und wäre Anja nicht ihre Freundin aus Jugendtagen, würde sie sicher nicht mit ihr zusammenwohnen! Es lebten überwiegend Links- und Grünwähler hier. Traumtänzer, fand Simone, die ihre Kinder bewusst einer multikulturellen Sozialstruktur aussetzten in der Hoffnung, dass davon alle profitieren würden. Und dann gab es auch noch die Kinder und Enkel der Rentner, die jetzt mit Begonien im Fenster ihre Version eines arrivierten Lebens zementierten. „Lu-Lu-Lu! Lukaaas Podolski!“, klang es in ihren Ohren nach. Simone sah Frederik an. Bei dem Gedanken daran, dass er ein primitive Sprüche skandierender Fußballprolet werden könnte, lief es ihr kalt den Rücken herunter. Er sollte das Beste aus sich herausholen! Ohnehin fand sie seine momentanen Trotz-Anwandlungen beängstigend. Wenn dann auch noch schlechter Umgang dazukam …

Sie kamen zur Einkaufsstraße, an der sich Telefonläden, günstige Boutiquen, alternative Buchläden und kleine Kaufhäuser dicht nebeneinanderdrängten. Wehmütig dachte sie an die exquisite, inhabergeführte Traditionskonditorei, in der sie mit Moritz regelmäßig sonntags Kuchen gekauft hatte. Hier war dagegen nur ein Bäckerkette ausfindig zu machen, die sonntags offen hatte. Immerhin. Frederik drückte sich die Nase an der gläsernen Theke platt. „Mama, das ist der richtige Kuchen für dich", sagte er und zeigte auf ein rosa marmoriertes Tortenstück. „Anja kriegt das da", fuhr er fort und zeigte auf einen Obstkuchen, der Trauben, Äpfel, Cocktailkirschen und Mandarinenstücke zwanglos durcheinanderwürfelte. „Und ich nehme die Brezel", vollendete er, auf eine Nougatbrezel mit Mandelblättchen zeigend.

Gewohnt, für ihn die Dinge zu managen, hob sie den Blick und wollte eben die Bestellung aufgeben, als eine Verkäuferin, deren pralle, weiße Unterarme aus dem T-Shirt-Ärmel hervorsprangen, sich vor ihr aufbaute, ihren Kittel glattstrich und in breitestem Kölsch sagte: „Dat hätt dä Jung ävver schön jesacht, wa? Soll isch datt dann jleisch so ein einpacken, oder essen Sie der Kooche hee?" Erstaunt sah Simone die Frau an.

„Is' jet?", fragte die, worauf Simone sich kurz schüttelte. „Nein, entschuldigen Sie vielmals. Ich … ich habe es nur noch nie erlebt, dass jemand so aufmerksam meinem Sohn zuhört. Normalerweise wird ja das Kindergeplapper in vielen Geschäften ignoriert …"

„Tja", schnaubte lachend ihr Gegenüber: „Ävver hee nit! Dat is doch uns' Kundschaff vun morje! Und dann su ne schöne Jung! Krieste ne Lutscher?", erkundigte sie sich.

Der „schöne Jung" nickte eifrig. ‚Danke', formten tonlos seine Lippen, als er gierig und schüchtern zugleich den pinkfarbenen Kirschlolli entgegennahm. „Na, dann wolle mer mal, wa?", fragte die Dicke und begann, die von Frederik bezeichneten Kuchenstücke auf einen Pappteller zu sortieren.

‚Vielleicht tut man den Leuten hier Unrecht', überlegte Simone, als sie schließlich mit ihrem Kuchenpaket den Laden verließ. Die Menschen in den Läden, wo sie bislang eingekauft hatte, waren zwar eher so, dass sie sich mit ihnen an einen Tisch gesetzt hätte. Aber kein Fremder hatte bislang je ihren ständig plappernden Sohn so aufmerksam und freundlich wahrgenommen.

✳✳✳

Daniela.

6. März (Sonntag)

Ich weiß gar nicht, wo ich anfangen soll.

Die Idee, vorgestern Nacht auch wieder zu Chris in den Club zu fahren, war scheiße. Das kann man in dem Fall einfach mal nicht anders sagen. Als ich kam, war er zuerst nirgendwo zu finden. Die Mitarbeiter grinsten nur, als sie mich sahen, und einer meinte was wie „Die schon wieder", wozu ein anderer in etwa sagte: „Die kommt auch nicht mehr lange." Irgendwie taten sie auch so komisch heimlich, und eins von den Mädels, was ich immer schon für etwas netter gehalten hatte, guckte mich mitleidig an und meinte: „Chris ist schon weg, geh lieber wieder nach Hause."

Ich hab das aber nicht geglaubt – der verlässt seinen Club nie, wenn noch alles läuft! Also meinte ich, „schönen Dank, aber ich hab einen Termin mit ihm", und bin an ihr vorbei in sein Büro spaziert.

Tja, was soll ich sagen – da war er dann. Ich sah ihn von hinten mit runtergelassener Hose vor dem Tisch stehen, umschlungen von nackten Frauenbeinen mit hochhackigen Schuhen.

Er hat gar nicht gehört, dass ich die Tür aufgemacht hab. Ich stand ein paar Sekunden wie versteinert. Dann hab ich mich umgedreht und bin gegangen. Ich glaub, ich hab sogar die Tür aufgelassen. Ich war so geflasht, dass ich überhaupt nicht mehr wusste, was und wie. Keine Ahnung, wie ich nach Hause gekommen bin.

Irgendwann lag ich im Bett und hab mich in den Schlaf geweint. Chris muss wohl nachts nach Hause gekommen sein, und anscheinend hat die andere ihn ziemlich angeturnt. Jedenfalls hat er, ziemlich betrunken, an mir rumgezerrt und versucht, mehr zu kriegen. Aber da hab ich ihn nur gefragt, ob er spinnt, und bin auf das Sofa umgezogen. Er hat noch irgendwas hinter mir hergepöbelt, aber er war anscheinend zu dicht, um noch richtig was auf die Reihe zu kriegen.

Ich hab lange geschlafen, und als ich wach wurde, war er nicht in der Wohnung. In der Küche hatte er „aufgeräumt", das heißt: alles Essen vom Abend vorher weggeschmissen, aber den Müll und den Abwasch für mich stehengelassen. Also hab ich das Zeug rausgebracht, die Teller weggestellt, die Platten gespült und die Anrichte saubergewischt. Als ich damit fertig war, hab ich das Bad gemacht und mich um die Wäsche gekümmert. Dann war erst früher Nachmittag, und ich war für 22 Uhr mit Nina verabredet. Ich hab kurz drüber nachgedacht, Mama anzurufen, aber ich hab mich nicht getraut. Wenn mir was rausgerutscht wäre wegen gestern, hätte es ihr das Herz gebrochen. Also hab ich ferngesehen. Keine Ahnung, was kam. Irgendwie war ich wie auf Droge.

Irgendwann war dann Abend. Ich hab mich in die Wanne gelegt, mir hinterher die Haare schön geföhnt, ein hübsches Kleid angezogen – aber irgendwie hab ich mich gefühlt wie ein Kleiderständer. Ich konnte das Bild von Chris' nacktem Hintern mit diesen Frauenbeinen nicht vergessen. Ich hab mich so schmutzig gefühlt! Ich hätte nie gedacht, dass man sich so entehrt fühlen kann. Ich versteh ihn auch gar nicht – ich meine, ist das etwa, weil ich einmal nicht da war, als er für mich gekocht hat?

Ich kann gar nicht richtig darüber nachdenken. Deswegen wollte ich auch gestern nichts schreiben. Ein Teil von mir stellt sich einfach tot und wartet, dass die Erinnerung bald erloschen ist.

Wie ein Zombie bin ich dann zum Music-Park gefahren; Chris war den ganzen Tag nicht im Haus, keine Ahnung, was er gemacht hat. Ich hab ihm einen Zettel dagelassen, dass ich eine Kollegin treffe und spät zurück bin.

Ich glaube, wenn ich nicht so total platt gewesen wäre, hätte ich Nina abgesagt, aber irgendwie fehlte mir sogar dazu die Energie. Und im Nachhinein bin ich froh. Es war gut, mal wieder unter Leuten zu sein. Ich hab nicht mal viel getrunken, aber ich hatte trotzdem eine gute Zeit. Wahrscheinlich umso mehr, weil ich so völlig fertig war, als ich ankam. Der Türsteher, ein netter Kerl, Typ Bär, quatschte mich direkt an: „Na, da hat aber jemand traurige Augen – lächel' doch mal!"

Eigentlich einer der schlechtesten Anmachsprüche aller Zeiten. Aber weil er so was Teddybärenhaftes hatte, musste ich tatsächlich lächeln. Er meinte dann, wenn's drinnen nicht gut laufen würde, sollte ich wieder zu ihm rauskommen und ihm Gesellschaft leisten. Und dass er Till heißt. Ich weiß schon ... er ist nur ein Türsteher. Aber trotzdem ... wenn es einem richtig beschissen geht, nimmt man die Freundlichkeit daher, wo man sie bekommen kann.

Nina kannte total viele Leute in dem Club von früher. Erst dachte ich: Na, danke schön, da werde ich wohl heute Abend fünftes Rad am Wagen spielen – aber dann wurde es richtig nett. Der Barkeeper fragte Nina, ob sie nicht ihren alten Job wieder machen wollte, aber sie meinte: Nee, so oft kann sie ihren Freund abends nicht allein lassen. Ich konnte gar nicht glauben, dass

Nina mal im Club gearbeitet hat! Sie wirkt immer so bieder. Eigentlich fast wie unsere Juristen. Aber sie muss wohl ein ziemlich heißer Feger gewesen sein, bis sie mit ihrem Freund zusammengezogen ist. Jedenfalls hat sie an der Bar gearbeitet, und dafür suchen sie jetzt gerade auch wieder jemanden. Andy, der Barkeeper, hat deswegen gleich mich gefragt. Und ich meinte, na ja, Zeit an den Wochenenden hätte ich, und Lust auch … aber sie suchen wohl schon ab den Donnerstagen wen. Ich müsste dann eigentlich eine Nacht in der Woche durchmachen. Vielleicht wird das zu stressig? Ich hab gesagt, ich überleg's mir.

Irgendwie würd ich auch gern noch mal vorher mit Chris darüber sprechen. Nicht, dass er dann noch wütender und eifersüchtiger wird.

***

5

Anja.

Von: Theo.Fritsche@gmx.de
An: Anja.Wilms@hotmail.com
Dienstag, 08.03. 08:05
Betreff: Neuigkeiten?

Liebe Anja!

Wow, da hast Du ja neulich einen ganz schön lebhaften Start
in den Sonntag gehabt. Ich hatte beim Lesen Flashbacks und
sah die Zeit vor mir, als Max in den Kindergarten kam … ein
Glück, dass der jetzt schon größer und zumindest etwas
vernünftiger ist, aber lustig war es doch.
Was das Dilemma Deiner Freundin angeht, das Kind nicht
überfordern, aber auch nicht verwöhnen zu wollen, kann ich
sie zwar verstehen, denke aber, sie sollte nicht zu streng
mit sich selbst sein. Mir scheint, es ist gut für sie,
gerade jetzt bei Dir zu wohnen; Du wirst mit Deiner lockeren
Art entspannend auf die Situation einwirken und kannst
sicher insbesondere dem Kleinen helfen, sich mit seiner
neuen Situation zurechtzufinden.

Aber sag mal, hattest Du nicht inzwischen Dein Date mit
Matthias? Das Date, von dem Du Dir nicht sicher warst, ob er
es auch als solches sieht … Bist Du da inzwischen etwas
weiter mit Deinen Analysen? Langsam sollte er doch mal in
die Gänge kommen. Als ich in seinem Alter war, hab ich
jedenfalls nicht so lange rumgehampelt, wenn eine attraktive

Frau mir Avancen gemacht hat.

Ich drücke Dir weiter die Daumen und warte gespannt auf
Deinen Bericht!

Liebe Grüße,
Theo

* * *

Simone.

Simone hatte den ganzen Abend über Akten gesichtet, bis ihre Wangen glühten. Jetzt strich sie sich erschöpft eine Haarsträhne hinter das Ohr, atmete tief ein und sah auf die dicht beschriebenen Blätter mit Notizen, die sie während des Lesens gemacht hatte.

Der Fall war umfangreich, aber sie war ziemlich sicher, ihren Mandanten aus der Sache herausholen zu können. Es ging um einen Bordellbesitzer, dem vorgeworfen wurde, über Jahre hinweg Steuern hinterzogen zu haben. Er war ein Stammkunde der Kanzlei, den sie auch früher schon vertreten hatte. Mal ging es um Geldwäsche, mal auch darum, dass bei ihm Minderjährige gearbeitet hatten. Mit einem angewiderten Schütteln erinnerte sich Simone daran, wie vor Gericht die Bilder der vollbusigen Mädchen diskutiert worden waren. Ihr Mandant hatte behauptet, ihm seien gefälschte Ausweispapiere vorgelegt worden, und angesichts der Statur der „Bienchen" hätte er nicht davon ausgehen können, dass diese noch so jung seien.

„Warum sollte ich denn wissentlich mit Teenagern arbeiten? Das habe ich gar nicht nötig. Es ist einem 50-Jährigen doch egal, ob er's mit einer 17-Jährigen oder einer 20-Jährigen treibt", hatte er argumentiert.

Simone spürte jetzt noch Schamesröte in den Wangen, wenn sie daran dachte. Das war einer der wenigen Fälle gewesen, in denen sie menschlich an ihre Grenzen geraten war.

Sie hatte sogar versucht, die Sache an einen Kollegen abzugeben. Das hatte ihr Chef aber nicht erlaubt. Der Bordellbesitzer hatte nämlich darauf bestanden, von einer jungen, hübschen Frau vertreten zu werden. Das fand er erstens angenehmer, zweitens meinte er, dass es gut für sein Image sei, wenn eine Frau die Sache verhandelte.

„Die Medien warten doch nur darauf, sich im Zusammenhang mit Prostitution auf Männer wie mich stürzen zu können", hatte der glatzköpfige Mittfünfziger gemeint. Er hatte sich sogar zu der Behauptung verstiegen, eigentlich nur deswegen so oft schlechte Presse zu bekommen, weil die „Schreiberlinge" mit ihren Texten eben nicht so viel zuwege brächten wie er mit seinen Mädels. Einer jungen Frau, so seine Theorie, würde man doch viel eher als einem Mann mittleren Alters glauben, dass die Arbeits- und Lebensbedingungen in seinem Laufhaus fantastisch wären. Sonst würde sie ja wohl kaum für ihn arbeiten – ob als Anwältin oder als Prostituierte.

Und da er nicht nur viel Geld einbrachte, sondern als ranghohes Mitglied einer Traditionsgarde im Kölner Karneval auch Einfluss in der Gesellschaft hatte, war ihr seitens der Kanzlei dringend nahegelegt worden, sich für den Fall mit all ihren Kräften einzusetzen.

Nun durfte sie, wann immer der Rotlicht-König mit dem Gesetz in Konflikt geriet, den Strafkammern und vor allem der Presse ihr hübsches Gesicht präsentieren.

Frederik in seinem improvisierten Kinderbettchen quietschte vom anderen Ende des Raumes her schlaftrunken auf. Was er wohl von ihr halten würde, wenn er wüsste, womit seine Mutter aktuell ihr Geld verdiente?

Sie trommelte mit den Fingern auf der Resopal-Tischplatte herum, bis sie unwillkürlich eine Glasmurmel ertastete, die Frederik von Anja erbettelt hatte. Mit einem Durchmesser von ungefähr drei Zentimetern war sie relativ groß und auffällig schön marmoriert.

Simone ließ die Kugel über ihre Handinnenfläche rollen und konzentrierte sich auf das kühle, glatte, reine Gefühl. Erst schloss sie die Augen, dann wieder hielt sie die Murmel gegen das Licht und verlor sich in ihren zarten Äderchen. Von einer Seite schien sie klar königsblau zu sein, doch auf der anderen Seite zerfaserte sie in Rot und Grün. „Alles hat immer noch eine andere Seite, von der man es betrachten kann. Die muss man finden", erklang ihr mit einem Mal die Stimme ihres Ausbildungsrichters im inneren Ohr.

Das stimmte schon. Im Rechtswesen ging es oft gar nicht so sehr um die Frage, ob etwas richtig oder falsch war. Es ging darum, wie man es sehen und dazu argumentieren konnte. Aber hatte diese Weltanschauung nicht irgendwo ihre Grenzen?

Sie war Anwältin geworden, weil sie fest davon überzeugt war, dass es möglich wäre, Karriere zu machen und gleichzeitig etwas für das Gute auf der Welt zu tun. Inzwischen war sie sich da nicht mehr so sicher.

***

Daniela.

10. März (Donnerstag)

Ich hab's mir überlegt. Ich lass das mit dem Club. Chris wäre total sauer. Nachdem er vorgestern und gestern gar nicht zu Hause war (ich denke mal, er war bei seiner Mutter), kam er heute mit einer richtig üblen Laune nach Hause. Ich hab gefragt, was los ist, und er meinte: „Das Geschäft läuft beschissen!"

Was das genau heißt, hab ich gefragt, und er meinte: Es heißt, dass er vielleicht bald zwei Leute rauswerfen und selbst wieder mehr hinter der Bar arbeiten muss. ‚Besser, als wenn du AM SCHREIBTISCH arbeitest', habe ich kurz gedacht, konnte mir den Satz aber grade noch verkneifen. Was soll ich darüber reden.

Also hab ich ihm nur meine Hilfe angeboten, aber er meinte: Nein, wenn ich bei ihm arbeiten sollte, würde er's schon sagen. Dann hat er noch über den Betreiber vom Music-Park geflucht, dass der an allem schuld sei, und bevor der aufgemacht hätte, wär alles besser gewesen. Ich meinte, so ist halt das Geschäft – aber da hat er mich so angeguckt, dass ich dachte, nächstes Mal sag ich einfach nichts.

Jedenfalls war die Situation dann natürlich nicht mehr so, dass ich hätte sagen können: „Hey, was meinst du, soll ich im Music-Park an der Bar anfangen?" Ich hab Andy auch schon eine Whatsapp geschickt, dass ich es leider aus privaten Gründen nicht machen kann. Schade, hat er zurückgeschrieben, und dass ich mich melden soll, falls ich es mir anders überlege.

***

6

Anja.

Von: Anja.Wilms@hotmail.com
An: Theo.Fritsche@gmx.de
Freitag, 11.03. 17:18
Betreff: Flirt oder nicht Flirt, das ist hier die Frage!

Lieber Theo!

Matthias - ja, der ist und bleibt mir ein Mysterium. Leider.
Wir haben uns tatsächlich getroffen; am vergangenen
Sonntagnachmittag, und aufgrund der Uhrzeit (17 Uhr) war ich
unschlüssig, ob das nun ein Date sein kann oder nicht. Was
soll ich sagen - hinterher war ich so schlau wie vorher.
Auf seine Frage, wo wir uns denn treffen wollen, habe ich
strategisch schlau gesagt, ich könne ihn ja abholen. Was mir
die Gelegenheit gab, einen Blick in seine Wohnung zu werfen.
Da gab es zumindest keine Anzeichen von irgendeiner Frau!
Keine Haarspangen im Bad, keine zweite Zahnbürste, nur
Schuhe von ihm im Flur etc.
Wir waren nur kurz bei ihm, dann sind wir gleich
aufgebrochen zu einer Kneipe in der Nähe, die aber noch
geschlossen hatte. Das zweite Lokal war voll, und das
dritte, ein französisches Bistro, hatte dann zum Glück was
frei.
Aber - der Mann macht mich wahnsinnig! Seine Sturheit ist
einfach unerträglich! Wie kann man denn so un-flirty sein?
Ich habe mir echt alle Mühe gegeben; ihn angelächelt,
Blickkontakt gesucht, unmittelbar neben seiner Hand mit

einem überzähligen Bierdeckel gespielt, den ich immer wieder
so zwischen meine Finger gleiten ließ, dass unsere Hände
sich ein paarmal sanft berührten … was er mit einem kleinen,
spielerischen Tick mit dem kleinen Finger quittiert hat,
aber mehr nicht.
Er behielt die ganze Zeit seine sture, Cowboy-hafte Art. Hat
mir aber andererseits von seinen ganzen bisherigen
Beziehungen erzählt, ohne dass ich auch nur ansatzweise
nachgefragt hätte. Ganz so, als wenn er sagen wollte: „Das
bin ich – take it or leave it." Insbesondere, weil er die
letzte Geschichte damit abgeschlossen hat, mir zu sagen, wie
traumatisiert ihn das zurückgelassen und dass er seitdem nur
noch Affären gehabt hätte. Und dass er glaube, er sei etwas
kompliziert geworden in der Zwischenzeit – und eine Frau in
seinem Leben müsse wahrscheinlich erst mal einiges an
Trümmerarbeit leisten, um wieder an seinen wahren Kern zu
kommen. FLIRT??? Ich habe keine Ahnung.

Nach dem Essen war ich sehr gespannt, ob er noch etwas
vorhätte oder ob wir den Abend weiter zusammen verbringen
würden, und deswegen habe ich insgeheim Luftsprünge gemacht,
als er später meinte: „Wollen wir noch ein bisschen laufen?"
Natürlich habe ich Ja gesagt, obwohl man ja eigentlich schon
mit 15 lernt, dass man sich in solchen Momenten rar machen
soll und sagen muss: „Eigentlich gern, aber heute Abend hab
ich noch was vor."

Aber, sorry, solche taktischen Spielchen liegen mir einfach
nicht. Also meinte ich: ja, gern – und wir steuerten den
Park bei mir in der Nähe an. Es war total schön dort, ruhig,
die Sonne schien so malerisch zwischen den Bäumen hindurch,

die Schwäne zogen ihre Runden auf dem Wasser, und als wir
auf der Brücke standen, die über den kleinen Weiher führt,
dachte ich: ‚Jetzt küss mich schon!'
Aber nein, er hat es vorgezogen mir zu erzählen, dass der
Hund seiner Mutter an dieser Stelle mal eine tote Ratte
gefunden hätte. (Ich mag eh keine Hunde.) Ich habe also
meine zugegebenermaßen etwas mädchenhaften Vorstellungen von
Romantik kurzfristig neu definiert und beschlossen, dass ich
erste Küsse auf Parkbrücken ohnehin ziemlich kitschig finde
und nicht mehr meinem Alter entsprechend; schließlich werde
ich bald dreißig.

Er hat dann auch, als wir den Heimweg ansteuerten, gefragt,
ob ich noch bei ihm einen Tee trinken mag, sodass mir
(vermeintlich!) klar war: So will er das natürlich! Nicht
einen Kuss irgendwo im Park, als hätte keiner von uns ein
Zuhause, sondern er nimmt mich mit zu sich, kocht Tee – und
so weiter … Klar habe ich Ja gesagt.
Bei dem Tee blieb es dann allerdings auch. Nach einer halben
Stunde meinte er, es täte ihm leid, aber er müsse jetzt weg,
er wäre noch mit Freunden verabredet.
Erst war ich sauer, obwohl ich natürlich gesagt habe, das
sei alles kein Problem – aber dann hat er gemeint, es täte
ihm leid, aber das Treffen mit den Freunden hätte schon
angestanden, bevor er was mit mir geplant hatte. Weil sie
sich in der Konstellation selten sähen, könne er das jetzt
auch schlecht verschieben. Das hat mir dann wieder Hoffnung
gemacht! Ich meine, wenn einer sich so ausführlich
entschuldigt, nur weil er weg muss … ? Oder?
Da machte es für mich auch noch mehr Sinn, dass er mich
nicht geküsst hat. Schließlich – wollte er noch weg. Und was

wäre das für eine Art … Mir fiel dann auch wieder ein, was
er beim Essen schon gesagt hat: dass er in den langen Jahren
seiner Single-Zeit wohl leider ein bisschen unflexibel
geworden sei. Sodass ich mir die Sache so erklärt habe, dass
er schon Interesse hat, aber dass er eben irgendwie
umständlich ist, wofür er sich ja auch schon quasi vorab
entschuldigt hat.

Was meinst Du als Mann dazu? Ich habe mir überlegt, dass ich
mir das Spiel jetzt noch zwei Wochen lang angucke. Wenn dann
nichts daraus wird, ist seine Frist abgelaufen. Ich will
mich ja nicht komplett zum Affen machen, bzw.: Ich will mich
zumindest nicht *dauerhaft* zum Affen machen.

Liebe Grüße,
Anja

***

Simone.

Hektisch schlug Simone die Autotür zu, betätigte im Weggehen das
ferngesteuerte Schloss und hastete zur Schlange der Einkaufswagen, zerrte ihr
Portemonnaie aus der Tasche und suchte ungeduldig nach einem Ein-Euro-
Stück. Eine ältere Dame schob ihren Einkaufswagen an ihr vorbei, sie wollte
ausweichen, geriet ins Stolpern und ihr Portemonnaie fiel zu Boden. „Ach Mist",
fluchte sie im Niederknien und begann, ihre Münzen wieder einzusammeln,
wobei sie endgültig feststellte, dass sie keinen einzelnen Euro hatte. Also würde
sie in den Laden gehen und Geld wechseln müssen, was weitere wertvolle

Minuten kostete. Dabei hatte sie doch Frederik versprochen, heute früher da zu sein.

In diesem Moment klingelte ihr Handy. „Hallo? Ach, Mami. Hallo. … Nein, nein, es ist alles gut. Ich bin nur ein bisschen in Eile. … Ja. Mach dir keine Sorgen. Ich ruf dich wieder an."

Ihre Mutter hatte ein seltsames Geschick dafür, in den ungünstigsten Momenten anzurufen. Moritz hatte sie dafür gehasst. Sie beide, genauer gesagt: seine Schwiegermutter, weil er keine Lust hatte, ständig an deren Existenz erinnert zu werden, und seine Frau, weil sie dieses Gefühl von Unwillkommenheit nicht in der von ihm gewünschten, drastischen Form an ihre Mutter weiterkommuniziert hatte.

Während Simone den Wagen durch die Gänge schob und ihn mit Wasser, Milch und Apfelsaft belud, erklangen Wortfetzen in ihrem inneren Ohr, die frostig durch ihr Gedächtnis waberten und sich bald zu einer Erinnerung zusammenfanden, die ihr ein Gefühl von völliger Kälte gab.

Sie war schon im Mutterschutz gewesen, während Moritz gerade eine ziemlich stressige Station des Referendariates durchlief. Er hatte einen Platz in einer renommierten Kanzlei ergattert, wo er in jeder Minute alles geben musste. Abends kam er meist spät und fiel dann nur noch ins Bett.

An dem Tag jedoch hatten sie sich zusammen auf das Sofa gelümmelt, um mal wieder ein wenig Zeit zu zweit zu haben. Da hatte das Telefon geklingelt, ihre Mutter war dran. „Hallo Mami. Sei nicht böse, aber wenn nichts Eiliges ist, würde ich dich lieber morgen zurückrufen. Moritz hat gerade ein bisschen Zeit…"

Sie hatte aufgelegt und sich wieder in seinen Arm schmiegen wollen, doch die Muskeln spannten jetzt bretthart unter dem Stoff seines Hemdes.

„Was wollte sie?", fragte er schroff.

Verwirrt hatte Simone ihn angesehen. „Wissen, wie es mir geht, wahrscheinlich. Ist doch jetzt egal. Ich hab doch aufgelegt."

Mit zusammengekniffenen Augen hatte Moritz sie angesehen. „Mich stört, dass sie dauernd anruft."

„Was soll ich denn machen? Ich kann es ihr ja nicht verbieten."

„Warum erzählst du ihr immer alles?", hatte er wütend gefragt.

„Ich habe ihr doch gar nichts erzählt!"

„Doch, das hast du! Du hast gesagt, dass ich jetzt gerade mal ein bisschen Zeit habe. Also weiß sie, dass ich ansonsten keine habe. Also wird sie sich jetzt mit deinem Vater das Maul darüber zerreißen, dass ich mich zu wenig um dich kümmere."

Augenrollend hatte Simone den Kopf geschüttelt. „Findest du das nicht ein bisschen paranoid? Wahrscheinlich freut sie sich einfach darüber, dass wir einen schönen Abend haben."

Mit einem Mal sprang Moritz auf. „Paranoid, ja? Ich sag dir was. Du wirst noch sehen, was du von deiner Familie hast. Paranoid? Paranoid ist, dass deine Mutter denkt, dass sie jede Minute aus dem Leben ihrer Kinder verfolgen müsste, weil sie sich sonst überflüssig fühlt."

Er wandte sich zum Gehen, drehte sich dann aber wieder zu ihr um und hielt ihr den ausgestreckten Zeigefinger entgegen. „Du", fauchte er und zeigte auf sie, „du wirst noch an meine Worte denken. Morgen früh wird sie dich anrufen und fragen, ob wir einen schönen Abend hatten. Und so wird das dein ganzes Leben lang gehen. Aber ich mach das nicht mit. Bis das Kind kommt, hast du gefälligst geschafft, dass sie dich nicht mehr anruft."

Simone sah ihn an, als hätte er von ihr verlangt, den gemeinsamen Wohnsitz, und zwar genau so, wie er jetzt war, nach New York City zu verlegen. „Wie soll ich denn ‚schaffen‘, dass meine Mutter nicht mehr anruft? Sie macht es einfach. Ich kann ihr das doch nicht verbieten."

Moritz lehnte im Türrahmen, die Arme vor der Brust verschränkt. „Es gibt auch Geheimnummern."

Sie sah ihn an, unfähig zu glauben, was sie gerade gehört hatte. Dann lachte sie schrill. „Du willst ja wohl nicht sagen, ich soll mir eine *Geheim*nummer zulegen, damit meine *Mutter* mich nicht mehr anrufen kann?"

Jetzt schien selbst Moritz zu spüren, dass er da etwas dick aufgetragen hatte. Allzu weit wollte er aber dennoch nicht zurückrudern. „Sag ihr, dass du sie anrufst, wenn du mit ihr reden willst. Darauf soll sie warten. Schaff, dass sie nicht mehr anruft. Spätestens, wenn das Kind da ist, will ich das nicht mehr." Er sprach brüsk, laut und bestimmt. Dann drehte er sich auf dem Absatz um und ging. Von einem gemeinsamen Abend war keine Rede mehr.

Telefonieren. Telefone. Alles rund um Telefone war ein ständiges Thema bei ihnen gewesen. Sie erinnerte sich an eine andere bizarre Diskussion, der sie nicht an allen Stellen hatte folgen können. Die Worte ISDN, DSL, Breitband, Standleitung und „eigene Nummern" hatten darin mit Preisangaben einen bunten Reigen getanzt.

„Ich brauche Telefon und Internet. Alles andere ist mir eigentlich egal, und auch der Preis. So verschieden kann das doch nicht sein", hatte sie bezüglich eines neuen Anschlusses zu Moritz gesagt – und nichts als Unverständnis geerntet.

„Der Preis kann dir doch nicht egal sein! Wenn wir im Monat fünf oder zehn Euro sparen können, sind das im Jahr 60 oder sogar 120 Euro! Außerdem will ich nicht, dass wir die gleiche Nummer haben. Und das geht nur, wenn ..." Erneut hatte er sie in einen Schwall technischer Schilderungen getaucht, die sie verständnislos an sich vorbeiziehen ließ.

„Warum willst du nicht, dass wir eine gemeinsame Nummer haben?", hatte sie gefragt. Eigentlich gefiel ihr die Idee sehr, dass sie abends ans Telefon ging, und es war ein Freund von ihm dran. Oder ihre Eltern würden auch mal mit ihm sprechen – war das nicht irgendwie nett? War das nicht typisch fürs Paarleben?

„Na, wenn wir eine gemeinsame Nummer haben, haben Leute vielleicht dich dran, die mich sprechen wollen“, meinte er.

„Wäre das so schlimm?“, hatte sie gefragt.

Ja, hatte er gemeint; die Leute wollten sicher nicht erst *ihr* erklären, dass sie mit *ihm* sprechen wollten. „Außerdem habe ich keine Lust, dreimal am Tag deine Mutter am Telefon zu haben.“

Beleidigt hatte sie gedacht, dass ihre Mutter nicht *dreimal* am Tag anrief, zumindest nicht jeden Tag dreimal. Doch da ihr die Kosten egal waren, überließ sie ihm die Regelung. „Ich brauche einen Telefonanschluss und Internet. Der Preis ist mir egal. Richte du es ein, wie du meinst.“

Das Resultat war ein Anschluss mit zwei verschiedenen Nummern gewesen – und dem strikten Hinweis, dass sie sein Telefon nicht zu benutzen habe. Einmal hatte sie es dennoch getan, und sie dachte mit Gruseln daran zurück.

„Hallo mein Schatz! Wollen wir einen Film zusammen sehen?“, hatte er eines Abends freundlich gefragt, nur um dann in eine eisige Tonlage zu wechseln, als er sah, was sie in den Händen hielt: „Warum hast du mein Telefon?“

„Bei meinem war der Akku leer“, hatte sie sich entschuldigt.

Er hatte sich vor ihr aufgebaut: „Und *warum* war der Akku leer?“

Nach einem Moment der Sprachlosigkeit hatte sie das Offensichtliche geantwortet: „Weil ich vergessen habe, es auf die Station zu stellen.“

Zuckersüß und lieb hatte er sie angesehen, doch jedes seiner mild gesprochenen Worte saß wie ein Peitschenhieb, während er das Gerät aus ihren Händen nahm: „Siehst du. Und ab jetzt achtest du einfach darauf, dass *dein* Telefon auf *deiner* Ladestation steht, damit du *deine* Gespräche führen kannst.“

Sie hatte es nicht fassen können. „Wir *leben* zusammen! Wir kriegen ein Kind! Und ich darf nicht dein Telefon benutzen?“

Kalt hatte er sie angelächelt. „Genau. Weil ich nämlich keine Lust habe, dass deine Leute auf meiner Nummer anrufen.“

Wie hatte sie auch denken können, dass eine Schwangerschaft und ein gemeinsamer Hausstand zu gemeinsamen Leuten und Dingen führen könnten? Es war einer der ersten Momente gewesen, wo sie nicht mehr hatte ausblenden können, dass das Zusammenleben mit ihm vermutlich nicht so toll werden würde, wie sie gedacht hatte.

Dagegen jetzt Anja: Was sie alles mit ihr teilte, ohne dass sie dazu eigentlich eine Veranlassung hatte! Das Leben hätte schon so viel früher so viel unkomplizierter sein können, wenn sie selbst nur konsequenter gewesen wäre.

***

Daniela.

17. März (Donnerstag)

Ich bin schwanger! Oh Gott, sieht das ekelhaft aus, die Worte jetzt so geschrieben zu sehen. Aber – es ist so. Oh Gott. Wie fürchterlich. Ich war heute bei Dr. Krüger, und er war sich ganz sicher. Er hat mir sogar das Kind auf dem Ultraschall gezeigt!! Ich wollte nicht glauben, dass das tatsächlich Aufnahmen aus meinem Bauch sind.

Ich geh nie wieder zu Routineuntersuchungen. Mama hat immer schon gesagt, geh nie zum Arzt, der findet immer was, was du nicht gebrauchen kannst, Kind. - Ja! „Kind", in der Tat. „Der findet was, was du nicht gebrauchen kannst – ein Kind." Oh, Scheiße. Ich weiß gar nicht, wie ich das Chris beibringen soll.

Kurz habe ich überlegt, ob ich es wegmachen lasse, ohne mit ihm zu reden. Aber das bringe ich nicht fertig. Vielleicht ist ja auch das Kind unsere

Chance? Vielleicht wird jetzt alles besser?

Ich muss mir jetzt erst mal einen Tee kochen. Irgendwas Heißes. Mama sagt immer, das hilft, wenn man merkt, dass Probleme kommen.

Später.

So. Jetzt noch mal von vorne. Das war echt zu schrecklich! Ich sitz auf diesem Untersuchungsstuhl, er mit seinem komischen Ultraschall-Stab in der Hand, den er in mich reinsteckt, was ja an sich schon entwürdigend genug ist. Und dann sagt er auf einmal, mit Blick auf das Geflacker auf dem Bildschirm: „Sie sind schwanger."

Er sagt es ganz freundlich, und ich dachte: ‚Warum will er mich jetzt so hinterhältig ärgern?'

„Kann nicht sein", sage ich, „ich nehm die Pille!" Da sagt er nur: Es gäbe eben keine hundert Prozent sichere Verhütungsmethode! Und dass ich staunen würde, wenn ich wüsste, wie viele Schwangerschaften er in den letzten 30 Jahren festgestellt hätte, die angeblich nicht hätten sein können.

Ich hab mich gefühlt, als hätte mir einer auf den Kopf geschlagen. Ich mein, ich bin gerade mal 23, kenne hier gar keinen außer meinem Freund und seiner Familie; wie soll ich denn hier ein Kind großkriegen? Aber er hat mir nur jede Menge Infomaterial in die Hand gedrückt und gesagt, andere würden das auch hinkriegen. Und dass ich in vier Wochen wiederkommen soll.

Wie soll ich das Chris beibringen? Der wird durchdrehen. Das weiß ich jetzt schon. Als die Freundin von seinem Freund Marco schwanger wurde, hat er gesagt, für Marco wär's besser, wenn er gleich tot wär. Was soll ich ihm überhaupt sagen? „Chris, ich bin schwanger." Da bringt er mich gleich um vor

Wut! Oder: „Hier, schau mal, diese Infobroschüren könnten demnächst mal interessant sein für dich." Haha. Oder ich sag einfach nix. Ich seh ja momentan auch noch ganz normal aus. - Die Frage ist nur, wie lange noch, und wie lange das noch gut geht.

Nachts.

Ich sag ihm erst mal nix. Als er kam, hatte er zur Abwechslung gerade mal richtig gute Laune, und er hatte sogar Pizza für uns beide geholt! Ich hab's einfach nicht über mich gebracht, ihm gleich wieder die Laune zu verderben. Auch wenn ich genervt war, weil's 'ne Pizza mit Champignons war und er doch langsam mal wissen müsste, dass das Einzige, was ich echt nicht mag, Champignons sind.

***

7

Anja.

Von: theo.fritsche@gmx.de
An: anja.wilms@hotmail.com
Montag, 21.03. 10:22
Betreff: Filmtipp

Liebe Anja!

Ich sitze gerade in der Bahn, bin wieder mal auf dem Weg
nach Berlin und habe viel Zeit zum Nachdenken. Die habe ich
jetzt mal Dir und Deinem Cowboy gewidmet! Und, ganz
ehrlich: Ich würde ihm nicht mehr zwei Wochen Bedenkzeit
einräumen. Höchstens eine. Am liebsten keine, wenn ich noch
ehrlicher bin.

Ich sehe Dich da ein bisschen mit Sorge in etwas
hineinschlittern, was mir irgendwie kein gutes Bauchgefühl
macht. Ich meine - wenn er Interesse hätte, hätte er dann
nicht irgendwann mal die Kurve gekriegt? Ihr schleicht ja
jetzt schon ein paar Wochen lang in dieser Art umeinander
herum. Selbst, wenn wir mal optimistisch davon ausgehen,
dass er erkannt hat, was für eine tolle Frau er da haben
kann - findest Du ihn nicht längst schon ein bisschen zu
zögerlich? Wo soll das hinführen? Wenn er jetzt schon so
einen langen Anlauf braucht, wird alles andere mit ihm
nicht einfacher werden, insbesondere für Dich, die Du gerne
alles spontan und sofort regelst. Ihr werdet immer wieder
aneinander ecken.

Deine Überlegungen sind schon alle irgendwie nicht unplausibel; vielleicht braucht er ja tatsächlich noch ein bisschen Zeit – aber vielleicht … sorry, wenn ich das so sage, aber: Vielleicht will er auch ganz einfach nicht.

In jedem Fall denke ich: Du bist eine wirklich attraktive Frau, Du bist lustig, intelligent, sehr selbständig und in vielerlei Hinsicht eine Traumfrau. Wenn Dein Matthias sich trotzdem so schwertut damit, Dich – mit oder ohne Park im Hintergrund – zu küssen, dann muss es triftige Gründe für sein Verhalten geben. Und eigentlich wünsche ich Dir etwas Unkomplizierteres, als hier nun herauszufinden, warum der Typ nicht in die Gänge kommt. Du hast das einfach besser verdient! Je mehr ich darüber nachdenke, desto mehr fühle ich mich an diesen Film erinnert, von dem meine Älteste eine Zeitlang so viel geredet hat: „Er steht einfach nicht auf dich".
Und damit hat er sich auch komplett disqualifiziert! Du hast es gar nicht nötig, Dir für diesen Spinner so sehr ein Bein auszureißen.

Also, mein Tipp Plan A: Besorge Dir die DVD von „Er steht einfach nicht auf dich" und schreib den Typen schnellstmöglich ab – und wenn Du das nicht kannst, Tipp Plan B: Gib ihm eine Woche Zeit und verfahre dann wie in Plan A …

Tut mir leid, dass ich Dir nicht etwas sagen kann, was sich aufbauender liest, aber ich möchte auch ehrlich sein. Vor allem finde ich, Du hast es überhaupt nicht verdient, Dich so auf die Folter spannen zu lassen. Es wird bald Frühling!

Wo bleibt Dein Tatendrang, Deine Lust auf Neues?!? Die Welt
steckt doch voller Möglichkeiten; für Dich erst recht.

Liebe Grüße,
Theo

* * *

Simone.

„Aaach, das war kuuuurz!" Simone seufzte, als ihr Söhnchen das allabendliche
Jammern anstimmte. „Aber wir haben doch vorher gesagt, nur ein Buch",
versuchte sie es mit sanfter Stimme. Doch Frederik beeindruckte das nicht
besonders. „Aber es war kurz", beharrte er.

Resignierend sah Simone auf das Buchcover. „Gehen wir heim, kleiner Bär"
war wirklich keine besonders lange Geschichte. Es nervte sie, dass Frederik
jeden Abend in den gleichen Klagegesang verfiel, aber sie musste zugeben,
heute hatte er recht damit. „Also schön. Noch ein Pixi-Buch."

Frederik schob beleidigt die Unterlippe vor. „Ich möchte Petterson ...", begann
er, unterbrach sich dann jedoch selbst, als er den resoluten Blick seiner Mutter
sah.

„Wir lesen noch ein Pixi-Buch oder gar kein Buch", sagte diese jetzt sehr
bestimmt.

Frederik nickte ergeben.

„Also, welches möchtest du?"

Eifrig wühlte der Kleine sich aus der Decke hervor, kletterte aus dem Bett,
huschte in seinem Schlafsack zu dem kleinen Regal, das sie für ihn eingerichtet
hatte, und begann, in der Mandarinenkiste zu kramen, die Anja ihm für seine

75

Pixi-Bücher geschenkt hatte. „Das", meinte er schließlich: „Huhu, das Gespenst!"

Simone nahm das Buch, machte es dem Kleinen wieder im Bett bequem und begann automatisiert zu lesen, ohne der Geschichte, die sie bereits gefühlte siebenhundertfünfzigmal gelesen hatte, gedanklich zu folgen.

Ob es einen Grund dafür gab, dass er sich ein Buch aussuchte, das aus besseren Zeiten stammte? Eigentlich reizten ihn doch inzwischen meist anspruchsvollere Geschichten. Vielleicht flüchtete er zurück in seine Kleinkindphase, um die Trennung der Eltern auszublenden. Aber dann, andererseits, musste sie zugeben: Sie war nun erst seit wenigen Wochen von seinem Vater getrennt. Frederik hatte kaum Bücher, die sie nicht auch schon in besseren Zeiten zusammen gelesen hätten.

Sie schüttelte über sich selbst den Kopf, streichelte durch die weichen Locken ihres Kindes und las die letzten Seiten des Büchleins.

Wieder schob sich schmollend eine kleine Unterlippe vor, doch diesmal war sie schneller: „Nein, das war nicht kurz", widersprach sie ihm, bevor er seinen Protest hatte formulieren können. „Wenn du artig bist und ruhig liegen bleibst, singe ich dir jetzt noch ein Lied vor. Wenn nicht, gehe ich jetzt raus."
Frederik lächelte, nickte, rollte sich zwischen Kissen und Decke ein und blieb still liegen. Halb für ihn, halb für sich selbst sang sie ihm vor. „In einem kühlen Grunde, da geht ein Mühlenrad. Mein Liebchen ist verschwunden, das dort gewohnet hat …"
Vielleicht sollte sie ihm gerade jetzt nicht solche traurigen Trennungslieder vorsingen. Andererseits hatte sie genau dieses Lied schon geliebt und gesungen, als er noch ein Baby war. Vielleicht sah sie Gespenster.
Um depressiven Gedanken keinen Raum zu gehen, sang sie anschließend noch „Irgendwo auf der Welt gibt's ein kleines bisschen Glück" und schlich sich dann leise aus dem Zimmer, einen kurzen Blick auf ihren improvisierten

Schreibtisch werfend, der eigentlich der ehemalige Küchentisch von Anjas Großmutter war. Eine dicke Akte blähte sich herausfordernd darauf, und sie seufzte.

Es war eine Befreiung, nicht mehr den unterschwelligen Gehässigkeiten ihres Ex-Mannes ausgesetzt zu sein. Dennoch war das Leben in vielerlei Hinsicht erst einmal komplizierter. Der Weg zur Kita war länger, genauso wie die Strecke zur Kanzlei, sodass sie täglich mehr Zeit für Fahrerei aufbringen musste. Gleichzeitig wusste sie, dass ihre Kollegin Kira nur darauf lauerte, ihr schlechte Arbeit nachsagen zu können. Gerade jetzt in der Trennungszeit durfte sie keine Schwachstelle bieten. So einfach würde sie es ihr nicht machen, und überhaupt … sie würde es allen zeigen, einschließlich ihres Ex-Mannes, der sicher nur darauf wartete, dass sie in wenigen Wochen wieder vor seiner Tür stehen und um Aufnahme bitten würde. Aber das konnte er sich abschminken.

Die meiste Mühe jedoch, das musste sie sich eingestehen, machte es ihr, ihrem Sohn eine gute Zeit zu bereiten. Sie fühlte sich unendlich kraftlos, schon morgens beim Aufstehen. Und doch wusste sie, dass er sie gerade jetzt am meisten brauchte, sodass sie sich nachmittags mit ihm, wenn irgend möglich, auf den Spielplatz oder in den Tierpark schleppte – um den Preis, dann am Abend länger arbeiten zu müssen. Das wiederum hatte jedoch zur Folge, dass sie vor Anja ein schlechtes Gewissen hatte, mit der sie in den vergangenen Tagen kaum gesprochen hatte.

Sie schämte sich sehr. Ohne dass die Freundin etwas gesagt hätte, fürchtete sie, dass sie in ihr wieder einmal die unpersönliche Karrierefrau sehen könnte, die keine Zeit hatte für private Gespräche.

Jetzt gerade wäre es sowieso sinnvoll, Frederik erst einmal allein im Zimmer zu lassen, bis er fest schliefe. Eine gute Gelegenheit also, um nach Anja zu sehen. Siedend heiß fiel ihr ein, dass die Freundin vor drei Tagen ein Date gehabt hatte, wegen dem sie ziemlich in Aufruhr gewesen war. ‚Ich habe noch nicht einmal nachgefragt, wie es gelaufen ist', dachte Simone beschämt.

Die Küche war leer, und so klopfte sie an Anjas Zimmer. Die Tür war nur angelehnt. Anja sah ihr vom Bett aus entgegen. Halb saß sie, halb lag sie unter der Decke, hatte ihren Laptop bei sich, schien teils mit ihm beschäftigt zu sein, zwischendurch jedoch auch Notizen in eine dicke Kladde zu kritzeln. „Schreibst du Tagebuch?", fragte Simone überrascht. In der Schulzeit hatten sie beide leidenschaftlich gern Tagebuch geschrieben, seitenlange Einträge verfasst und zeitweise jede freie Minute dafür genutzt, einschließlich der Pausen und langweiliger Schulstunden. Simone jedoch hatte das längst aufgegeben und deshalb instinktiv unterstellt, dass das auch für Anja galt. Im nächsten Augenblick wurde ihr jedoch klar, wie unsinnig diese Unterstellung war – Anja lebte und atmete fürs Schreiben. Ein Tagebuch in ihren Händen schien eigentlich die logischste Sache der Welt.

Anja schnaubte. „Ich schreibe Tagebuch und sehe nebenher einen Film, den Theo mir empfohlen hat. Heißt: ‚Er steht einfach nicht auf dich'. Theo meinte, mit Blick auf Matthias sollte ich mir den mal ansehen."

„Mit Blick auf Matthias?" Simone ging einige Schritte ins Zimmer hinein. „Ich hab noch gar nicht gefragt, wie es neulich gelaufen ist. Sorry." Sie setzte sich aufs Bett: „Wie war es denn?"

Anja schüttelte den Kopf, schob die Lippen vor, als wolle sie etwas sagen, hob die Hände, ließ sie dann aber wieder sinken und biss sich auf die Lippen, die Nasenflügel ärgerlich gebläht. „Er hat eine Freundin!", stieß sie nach einer kurzen Pause empört hervor: „Und er hat mir kein Wort davon gesagt!"

Simone sah sie an. „Du meinst, du hast es von anderen erfahren?"

Wieder schüttelte Anja den Kopf. „Nein, das auch nicht. Aber … es war so seltsam neulich. Auf der einen Seite war es schön, wir waren spazieren, zusammen etwas essen, er hat mir eigentlich seine ganze bisherige Beziehungskarriere erzählt. Hat gesagt: Es täte ihm leid, dass er wohl durch die lange Zeit seiner Single-Jahre etwas komplizierter im Umgang mit Frauen geworden sei. Und ich dachte: ‚Gut! Damit will er sich vorab entschuldigen, weil wir einen etwas komplizierteren Start haben werden. Damit kann ich leben.' Tja", sie lachte bitter: „Aber eine seiner Frauen hat er bei der Aufzählung leider vergessen. Und das war nun eben leider gerade genau die aktuelle."

Entschlossen klappte sie das stoffgebundene, dicke Buch, in dem sie geschrieben hatte, zu. „Er schrieb mir eine Whatsapp, dass er sich auf unser nächstes Treffen freue. Ich schrieb zurück, dass ich mich schon eine ganze Weile darauf freue – und dann kam nichts mehr. Bis heute. Er rief mich an und fragte, wie ich das gemeint hätte. Ich stotterte ein bisschen herum. So tough bin ich nun auch wieder nicht.

Na ja. Er also: Das hätte für ihn geklungen, als wenn da mehr wäre als Freundschaft. Ich frage: ‚Und wenn das so wäre?', woraufhin er sagt: ‚Dann müsste ich dir leider sagen, dass ich eine Freundin habe.'

Ich war total fassungslos. Habe ihm gesagt, dass ich es unfair finde, sich mit einer Frau zu treffen, wenn man in einer festen Beziehung ist, dann aber nichts von seiner Freundin zu sagen. Das ist mies ihr gegenüber und der anderen Frau gegenüber! Schließlich kann es immer sein, dass für einen von beiden mehr dahintersteht, wenn man sich trifft."

Anja fuhr sich mit der gespreizten Hand durch die Locken. „Zuerst hat er überhaupt nicht verstanden, wovon ich gesprochen habe. Er hat gemeint, er hätte doch alles richtig gemacht. Aber als ich gefragt habe, wie es auf mich wirken soll, wenn er mir ungefragt alle seine Beziehungen aufzählt und zum Abschluss sagt: Sorry, wenn ich in den vergangenen Jahren etwas kompliziert geworden bin – da wurde er doch immerhin etwas kleinlaut."

Voller Mitgefühl seufzte Simone. Anscheinend hatte sich nicht viel verändert in all den Jahren: Anja verliebte sich schnell und leidenschaftlich, hatte aber kein glückliches Händchen bei der Auswahl ihrer Schwärmereien.

„Er hat dich nicht verdient", meinte Simone, und strich Anja tröstend über den Rücken. „Es tut mir echt leid, dass das so blöd gelaufen ist. Und auch, dass ich in den vergangenen drei Tagen nicht für dich da war."

Anja zuckte mit tragikomischer Miene die Schultern: „Ach, mach dir keinen Kopf! Die vergangenen drei Tage waren ja gar nicht so schlecht, da hatte ich noch Hoffnung. Er hat mir den Korb ja erst heute gegeben, von daher ist dein Timing perfekt!"

Simone musste lächeln. Das war typisch Anja, die Kämpferin. Bloß nicht jammern und anderen dadurch ein schlechtes Gewissen machen.

„Ich versteh nur nicht, warum er dann diese ganzen Sachen gesagt hat. Beim Essen war er zwar noch etwas hölzern, aber beim Spazierengehen hat er sogar zweimal meine Hand genommen. Nur ganz kurz … aber trotzdem! Also – nach meiner Einschätzung war das ganz klar ein Flirt! So sehr kann man sich doch gar nicht täuschen."

Ratlos sah Simone auf ihre eigenen Fußspitzen.

Anja legte den Arm um sie. „Ach, sorry, das war ein blöder Spruch von mir. Natürlich kann man sich täuschen … – ach! Männer! Nichts als Ärger bringen die."

Von Anjas Laptop kam das zischende Geräusch, das eine neue Nachricht ankündigte. Sie sah auf den Bildschirm, errötete leicht und lächelte. „Ich muss da kurz zurückschreiben", meinte sie schnell und haute schon etwas in die Tasten.

Irritiert beobachtete Simone das Geschehen. „Alles klar bei dir?"

„Was? Ach so. Ja ja." Abwesend strich Anja sich eine Haarsträhne hinters Ohr, presste zwei Finger an die Lippen, starrte angestrengt auf den Bildschirm, tippte wieder etwas und wandte sich dann wieder Simone zu. Auf einmal schien alle Trübsal von ihr abgefallen, sie wirkte vollkommen aufgeräumt. „Wo waren wir gerade stehen geblieben?“

Mit hochgezogenen Augenbrauen sah Simone sie an. „Bei deinem Liebeskummer“, meinte sie gedehnt.

„Liebeskummer“, wiederholte Anja abwesend, dann gefasster: „Liebeskummer. Ja. Dafür ist das Leben zu kurz.“ Wieder der typische Nachrichtensound. Anja las, grinste, biss kurz überlegend auf die Unterlippe und schrieb dann zurück.

„Man braucht hier und da etwas Daffke im Leben“, erläuterte sie.

„Man braucht was?“, erkundigte sich Simone erstaunt.

Anja zuckte die Schultern, als wäre alles glasklar. „Daffke! Hat mir mal eine jüdische Kabarettistin erklärt. Daffke ist, wenn man den Rücken gerade macht und trotz allem das Lachen nicht verliert.“

Für einen kurzen Moment überlegte Simone, ob sie weiter nachfragen sollte. Doch dann fiel ihr die dicke Akte ein, die auf ihrem Tisch lag. Da Anja jetzt trotz allem guter Dinge und beschäftigt schien, konnte sie wohl ruhigen Gewissens an die Arbeit gehen, oder?

„Ist es okay, wenn wir später weitersprechen?“, frage sie zaghaft.

Anja schien sie nicht gehört zu haben oder nur am Rande zu bemerken, dass jemand mit ihr sprach. Den Blick noch auf den Bildschirm geheftet, zog sie fragend die Augenbrauen hoch, las offenbar noch ein paar Worte und wendete sich dann Simone zu: „Was meinst du, Mone?“

Misstrauisch sah Simone sie an. Was ging denn da nun vor? Aber – nein, sie musste wirklich arbeiten. „Ich habe nur gefragt, ob es für dich okay ist, wenn wir später weitersprechen.“

„Ja! Sicher!“ Anja schien eher erleichtert, lächelte ihr noch einmal kurz zu, herzlich, aber mit der deutlichen Botschaft, dass Alleinsein ihr jetzt gerade ganz gut in den Kram passte.

Kopfschüttelnd schloss Simone die Tür. Sie hätte schwören können, dass auf der anderen Seite dieser Leitung nicht Matthias saß. Anja war unglaublich. Die brachte es fertig, über ihren Liebeskummer mit einem Mann zu sprechen, während sie per Chat schon den nächsten klarmachte. Ob sie damit irgendwann glücklich werden würde?

Gedankenverloren setzte Simone sich an den Tisch und schlug mechanisch die Akte auf. Anja war für sie der Inbegriff von Lebensfreude. Oft hatte sie ihre unbeschwerte Art beneidet. Aber sie wusste nur zu gut, dass diese Art zu leben für sie selbst nichts wäre; sie hätte viel zu viel Angst vor den ständigen Enttäuschungen und Verletzungen, denen die Freundin ausgesetzt war. Aber seltsamerweise schien die das gar nicht so zu empfinden. Sie lernte jemanden kennen, sie verliebte sich – Knall auf Fall, innig und mit wehenden Fahnen. Eine Woche später konnte es dann vorbei sein. Mit einer Klarheit, die Simone jedes Mal die Schuhe auszog, legte Anja dann dar, warum die Sache von Anfang an zum Scheitern verurteilt gewesen war.

Augenscheinlich war Anja in diesem Punkt ganz die Alte geblieben. Das Leben war eine Art Spiel für sie, bei dem man mit der richtigen Einstellung immer nur gewinnen konnte. Stirnrunzelnd nahm Simone einen Stift in die Hand. Nein, für sie wäre das nichts. Es gehörte viel Selbsttäuschung dazu – das war zumindest ihre Meinung. Sicher: Auf den ersten Blick wirkte Anja glücklicher als sie. Ihr Leben schien unbeschwerter. Aber war es authentisch? Simone hätte nicht mit ihr tauschen wollen. Sie atmete tief ein, schob die Gedanken zur Seite und begann, sich auf ihre Arbeit zu konzentrieren.

***

Daniela.

23. März (Mittwoch)

Heute hatten wir im Gericht 'ne Unterhaltsgeschichte. Die Frau in Tränen
aufgelöst, der Typ: „Was heult die Alte mir die Ohren voll, ich wollte gar
kein Kind!"

Richter Schulze meinte, dass alleinerziehende Mütter das höchste
Armutsrisiko haben. Erst hab ich gar nicht verstanden, wie er das meinte. Es
war grad zwischen zwei Verfahren, und wir hatten ein paar Minuten zum
Reden. Er erzählt ja dann immer gern.

Und er meinte nur: „Na, was denken Sie denn – dann ist das Kind mal krank,
oder wenn man zwei Kinder hat, ist noch öfter eins von beiden krank, die
Mütter müssen viel zu Hause bleiben – das macht doch kein Arbeitgeber
lange mit! Solche Frauen haben echt Schwierigkeiten, einen Job zu finden."
Und dass er verstehen könne, dass die Frau Tränen in den Augen hatte. (Gab
auch 'ne saftige Geldstrafe für den Penner, der nicht für seine Tochter
zahlen will.)

Jetzt frag ich mich wieder, ob ich das Kind besser nicht bekomme. Bloß, sehr
viel Zeit zum Überlegen hab ich nicht mehr. Ich bin schon in der achten
Woche. Und eigentlich will ich auch gar nicht abtreiben. Was kann das Kind
dafür, dass es nicht geplant war?

Aber wie ich mit meinem Geld klarkommen soll, falls Chris sich querstellt,
weiß ich noch nicht so genau. Ich hab jetzt 1.200 Euro netto. 500 Euro gehen
drauf für Miete und Handy, 130 fürs Auto, 70 für die Versicherung, 100 fürs

Tanken. Bleiben 410 Euro, aber die sind auch jedes Mal am Monatsende weg. Wie teuer ist wohl so ein Kind? Was fallen da überhaupt für Kosten an? Milch? Windeln? Klamotten. Klamotten sind sicher ziemlich teuer; die brauchen ja ständig was Neues. Kinderwagen. Kinderbett. Spielzeuge … Oh Gott! Das wird Horror. Und dann ja noch ein Kita-Platz! Wie soll ich das denn hinkriegen?

Später.

Ich hab mal ein bisschen im Internet recherchiert, was so Kindersachen kosten. Da wird einem schlecht! Kinderbett mit Matratze, Bettzeug, allem drum und dran – da ist man ja sogar bei Ikea locker mit 300 Euro dabei! Und hat noch nix, wodrauf man das Kind wickeln kann. Ich glaub, ich muss dringend zusehen, dass ich irgendwelche Rücklagen bilde. Aber wovon? Erst mal tausch ich das Kleid wieder um, das ich mir neulich gekauft hab. Gut, dass ich das noch nicht anhatte.

Noch später.

Das war knapp!!! Ich hatte den Rechner laufen lassen, und dann kam Chris und wollte was nachgucken. Ich hatte die Ebay-Seite mit den Babysachen offen gelassen UND die Ikea-Seite mit den Kinderzimmern!!! Erst dachte ich, mir bleibt das Herz stehen, weil er auch gleich so brüllte und wissen wollte, ob ich ihm was zu sagen hätte.

Als ich sah, dass er am Rechner saß, und welche Seiten da noch waren, dachte ich kurz, ich fall tot um. Aber dann habe ich gesagt, ich hätte für eine Kollegin was nachgucken müssen, die gerade zu Haus kein Internet hat. Ich weiß gar nicht, wie ich auf die Idee kam, aber plötzlich war sie da, zum

Glück. Er hat zwar noch komisch geguckt, aber anscheinend hat er's geglaubt, oder wollte es glauben.

25. März (Freitag)

Ich war bei ProFamilia. Das muss man sagen, mit dem Termin waren die schnell. Heute Morgen hab ich angerufen, und um 15.30 konnte ich heute gleich vorbeikommen. Aber ab da war es schrecklich.

Die Frau war zwar freundlich – aber wahrscheinlich war ich der tausendste Fall. So richtig betroffen wirkte sie jedenfalls nicht. Ich hab ihr gesagt, dass ich schwanger bin und mir Sorgen ums Geld mache. Weil ich auch glaube, dass der Papa von dem Kind nicht so richtig für mich da sein wird. Sie hat gelächelt, aber es sah irgendwie eintrainiert aus, und meinte: Ach, da soll ich mir mal keine Sorgen machen, so was ist häufiger, als man denkt, und überhaupt, wenn das Kind dann erst mal da ist, sieht für viele Elternpaare die Welt schon ganz anders aus. Irgendwie dachte ich nur, die hat doch keine Ahnung. Sitzt da in ihrem Pädagoginnen-Strickpullover, hat wahrscheinlich zu Hause einen Mann, der Tee statt Bier trinkt und abends nicht nur auf häuslich macht, sondern sogar noch das isst, was sie auf den Tisch bringt. So'n modernen Frauenversteher, der ihr, wenn's sein muss, auch noch Tampons kauft.

Als ob Chris sich für ein Kind begeistern könnte, wenn er's erst mal sieht! Das wüsst ich aber. Als ich dann meinte, na ja, so sicher würde ich damit nicht rechnen, hat sie einen Taschenrechner aus der Schublade gezogen und gefragt, wie viel ich denn verdiene, und wie viel er. Und dabei auf die Uhr geguckt. Okay, ich will Freitag 16 Uhr auch nicht mehr arbeiten, aber dann soll sie mir doch für Montag einen Termin geben. Dann hätte ich mich nicht erst gefreut, dass sie Zeit hat, und am Ende hat sie gar keine. Oder auch einfach keine Lust, was weiß ich.

Ehrlich gesagt, hab ich dann auch gar nicht mehr so genau zugehört. Sie hat mir irgendwas vorgerechnet, von staatlicher Unterstützung geredet, und dass ich Anspruch hätte, und hier ist das Formular, bla, bla. - Na, danke schön! Ich will aber nicht Anspruch auf staatliche Unterstützung haben. Mein Kind soll stolz auf seine Mutter sein. Ich kann arbeiten gehen, und das werde ich auch tun.

***

8

Anja.

Von: anja.wilms@hotmail.com
An: theo.fritsche@gmx.de
Freitag, 25.03. 23:17
Betreff: Gedanken, Ideen, Perspektiven

Lieber Theo!
In den letzten Tagen kam ich nicht viel zum Schreiben, weil
ich jede Menge Arbeit hatte. Im Gericht hatte ich jetzt
schon die fünfte Schlägereiverhandlung in zwei Monaten. Ich
frage mich echt, ob die Typen auf dem Dorf nichts Besseres
zu tun haben? Ich geh hier in Köln ja auch ab und zu weg,
aber hier krieg ich irgendwie nie was mit von Schlägereien.
Aber in Rheinbach? - Das ist ja wie bei Michel aus
Lönneberga! Ich hab's neulich Frederik vorgelesen, da fiel
mir diese Parallele auf, und ich fand's unglaublich krass.
Es gibt da dieses eine Kapitel, wo Michel zu einer Auktion
fährt, und Alfred, der Knecht, gerät in eine Schlägerei. Und
am Ende heißt es, dass die Knechte sich eben jedes Mal
schlagen, wenn sie alle zusammenkommen, weil sie ansonsten
nicht wissen, wohin mit ihrer Kraft.
Wobei ich sagen muss, wenn ich mir die schmächtigen kleinen
Proletenkinder angucke, die dann da teilweise auf der
Anklagebank sitzen, kann „wohin mit meiner Kraft?" nicht so
ganz die Frage sein, die sie bewegt … Aber vielleicht so
etwas wie: „Wohin mit meiner Wut?"
Die meisten von ihnen schildern ja, dass sie arbeitslos
sind, oder mit 23 Jahren gerade mal eine Lehre angefangen

haben – da fragt man sich doch auch, was war denn vorher? Sehr schräg ist das alles. Ich wüsste wirklich gerne, ob deren Leben tatsächlich so perspektivlos sein müsste, oder ob die nicht auch selbst irgendwas falsch machen.
Jedenfalls hab ich mir überlegt, ich seh mir diesen einen Club, wo es ständig brummt, mal an. Interessiert mich einfach, ich kann gar nicht genau sagen, warum.
Ansonsten: Mein neues Familienleben hält mich auch auf Trab! Ich hole Frederik, wenn ich es zeitlich einrichten kann, von der Kita ab, um Simone etwas zu entlasten. Er ist dann immer total stolz, das ist richtig süß! Irgendwie scheint er es cool zu finden, dass er immerhin eine große Freundin hat, wenn schon ansonsten alles so schiefläuft in seinem Leben und er den Papa jetzt nur noch ab und zu mal sieht.
Ich will mich nicht zu hoch loben, und es liegt ja auch weniger an meiner Person als an der Rolle an sich, aber ich glaube schon, dass es ihm guttut, hier zu leben. Das ist aufregend für ihn, mal was ganz anderes als das, was er vorher kannte – und ein spektakulärer Ersatz, mit dem er in der Kita protzen kann! Gestern hat er mich seinem Freund vorgestellt: „Das ist meine Mitbewohnerin!" Da bleib mal ernst …
Aber für ihn freut es mich. Er hat nicht nur etwas verloren, er hat auch etwas gewonnen, was sonst keiner hat! Darauf ist er anscheinend stolz.
Ich meine – wenn er bei den Großeltern gelebt hätte, wäre es für ihn sicher auch cool gewesen, aber da hätte er ja doch über kurz oder lang den Stress mitgekriegt, den seine Mutter dadurch gehabt hätte. Und Stress hatte er mit seinen vier Jahren jetzt wirklich schon genug, der arme Zwerg. Ich finde es süß zu sehen, wie er mal so völlig Kind ist, und dann

wieder total altkluge Sprüche äußert. Gestern stand er vor dem Kühlschrank, der ja immerhin meiner ist, und bot mir einen Joghurt an.

„Danke", meinte ich, „ich möchte nicht." Und er sagte: „Nimm dir aber ruhig, wenn du willst! Weißt du, jedes Familienmitglied darf immer an den Kühlschrank gehen." - Das ist … ohne Worte! Oder? Mone hat gelacht, als ich es ihr abends erzählt habe, und meinte, den Spruch hat er von ihrer Mutter.

Na ja, jedenfalls: Mich inspiriert diese Zeit sehr! Vielleicht schreibe ich mal ein Kinderbuch.

Deinen Film habe ich übrigens INHALIERT!!! Ich habe ihn bislang ungefähr sechs Mal gesehen, und es ist immerhin erst zwei Wochen her, dass Du mir davon geschrieben hast. Aber er ist auch einfach zu großartig.

Ich liebe diese Szene im Club, wo Alex ihr sagt: „Wenn ein Typ dich behandelt, als wenn du ihm scheißegal bist, dann kannst du davon ausgehen, dass du ihm scheißegal bist!", worauf sie mit den üblichen, idiotischen Überlegungen kommt, die Frauen dann anstellen: „Vielleicht hatte er einen Unfall, oder seine Großmutter musste beerdigt werden …" - und er sagt: „Oder er hat einfach keine Lust, mit dir zu sprechen."

Sie guckt belämmert, meint gedehnt: „Jaaaa … das *könnte* sein … aber …", und er sagt: „Wenn ein Typ dich nicht anruft, dann will er dich nicht anrufen. Und so sind alle. Ohne Ausnahme."

„Darüber denk ich nach", sagt sie – und: Darüber denke ich jetzt auch nach. Ich habe mich mit Matthias total in etwas verrannt, oder? Eigentlich hätte mir das alles von Anfang an klar sein können.

Aber: Ablenkung ist schon zur Stelle! Ich sehe einfach nicht ein, hier traurig rumzusitzen und graue Haare über irgendeinen Typen zu bekommen, der zu feige ist für eine Beziehung mit einer temperamentvollen Frau, oder zu dumm, um zu sehen, welche Chance er sich gerade (freiwillig!) entgehen lässt.

Und – wer weiß? Vielleicht lerne ich ja bei meinem Investigativ-Ausflug nach Rheinbach den heimlichen Spitzenkandidaten von „Bauer sucht Frau" kennen und wir verlieben uns leidenschaftlich. Den teste ich dann aber erst mal auf seine Männlichkeit, indem ich behaupte, ein anderer hätte mir im Vorbeigehen an den Hintern gefasst, und wenn er ein ganzer Kerl ist, soll er dann gefälligst eine Schlägerei für mich anfangen. ;-)

Liebe Grüße und bis bald,
Anja

***

Simone.

Klapp-klapp, klapp-klapp, klapp-klapp. Durch den schummerigen Gang des Amtsgerichtes, eines seelenlosen 80er-Jahre-Gebäudes, klapperten hell ihre Schuhe. Sie sah zur Uhr. Das hier würde nicht lange dauern. Sie konnte noch vor dem Mittag wieder in der Kanzlei sein.

In der spartanischen Sitzecke gegenüber des Verhandlungssaales lungerte schon ihr Mandant auf einem der harten Holzstühle herum. Als er sie sah, stand er respektvoll auf. „Hallo, Frau Anwältin", strahlte er charmant und streckte ihr die Hand entgegen. Sie seufzte innerlich, während sie ihn begrüßte. Wenn er nur ein wenig von dem Respekt, den er ihr gegenüber an den Tag legte, auch gegenüber den Gesetzen dieses Landes zeigen würde, dann säße er jetzt nicht hier, auf den Stühlen, die er schon so gut kannte.

„In der Sache Kasei bitte alle Beteiligten auf Saal 18", tönte es blechern aus den Lautsprechern.

Die Tür von Saal 18 öffnete sich. Heraus trat eine Frau mit blondiertem Haar und eng anliegender Jeanskleidung. Die harten Linien ihres Gesichts waren unter dem grellen Make-up nur notdürftig verborgen. Die hochhackigen Schuhe aus schwarzem Leder mit goldenen Nieten sahen aus wie eine Kampfansage.

Sie blickte kurz zurück in den Saal, aus dem jetzt ein stiernackiger Glatzkopf kam, dessen muskulöse Arme stark trainiert waren. Er nickte die Jeans-Blondine kurz an, sie machte eine herrische Kopfbewegung Richtung Ausgang und stöckelte vorweg, er folgte ihr mit federndem Gang.

Simone beachtete die beiden kaum. Es war die Sorte Pärchen, die man am Strafgericht ständig sah. Sobald die Bahn frei war, stolzierte sie in professioneller Haltung in den Saal. Die Fähigkeit, alles auszublenden, was sie vor einer Verteidigung von ihrer Strategie ablenken könnte, hatte sie früh gelernt.

Sie setzte sich und blickte zum Richter. Es war einer derjenigen, die nach vielen Dienstjahrzehnten mit dem großen Amtsgericht auf sonderbare Weise verschmolzen schienen. Auch er schien davon auszugehen, dass es keine lange Verhandlung werden würde.

„Ihre Personalien haben wir ja beim letzten Termin schon erörtert", fing er, zu ihrem Mandanten gewandt, an: „Kommen wir also gleich zum Wesentlichen. Möchten Sie vielleicht gleich ein Geständnis ablegen? Die Sache ist ja sehr

eindeutig, und wie Sie wissen, kann es hier für Sie um fünf Jahre Haft gehen.
Dazu kommen eventuell die Strafen, die derzeit zur Bewährung ausgesetzt sind."
Der Mandant sah sie aus großen Augen beunruhigt an. Sie legte ihm
beschwichtigend die Hand auf den Arm und sagte: „Wir möchten uns zur Sache
nicht äußern und legen Einspruch ein gegen die Verwendung der Beweismittel."
Der Richter runzelte die Stirn. „Sie legen *Einspruch* ein? Da bin ich jetzt aber
mal gespannt. Wir haben doch hier vor zwei Wochen zusammengesessen und
uns darauf geeinigt, dass eine neuerliche Lichtbildvorlage gemacht wird. Und
nun legen Sie Einspruch ein gegen die Beweismittel?" Bei den letzten Worten
war seine Stimme laut geworden, die Empörung hallte spürbar durch die Luft.
Simone ließ das an sich abprallen, zog ihr vorbereitetes Schriftstück hervor und
reichte es dem Richter. „Zusammenfassend lässt es sich so sagen", erklärte sie:
„Der einzige Zeuge, der meinen Mandanten erkannt zu haben glaubt, war sich
bei den ersten Fotos, die ihm gezeigt wurden, schon nur zu 80 Prozent sicher.
Darauf lässt sich kein Urteil stützen, wie ich beim letzten Termin schon
ausgeführt habe. Sie haben daraufhin eine neue Lichtbildvorlage veranlasst. Aber
es ist doch wohl klar, dass der Zeuge nun bereits voreingenommen ist, denn er
hat meinen Mandanten im Gerichtssaal gesehen. Deswegen bringt er ihn nun
ohnehin mit der Tat in Verbindung."
Sie verschränkte die Arme vor der Brust und lehnte sich zurück. Die
Staatsanwältin sah sie mit hochgezogenen Brauen erstaunt an, schien aber um
Einwände verlegen. Der Richter rang sichtlich um Fassung, dann polterte er wie
eine Lawine los. „Frau Verteidigerin, bei allem Verständnis für Ihr Anliegen, die
Sache für Ihren Mandanten glimpflich abzuschließen, aber wir haben hier doch
wohl einen ganz klaren Fall! Der Zeuge hat Ihren Mandanten auf Fotos schon
unmittelbar nach der Tat einwandfrei identifiziert! Dann ist er zwar später etwas
zurückgerudert und hat gesagt, er sei nur zu 80 Prozent sicher. Aber nun hat er
bei einer zweiten Lichtbildvorlage genau den gleichen Mann wieder benannt!

Wollen Sie das Gericht zum Narren halten?"

Simone sah ihn reglos an. Kurz schoss ihr der Gedanke durch den Kopf, wie ihre Ehe wohl verlaufen wäre, wenn sie auch in privaten Situationen ein solches Gebrüll einfach an sich vorbeiziehen lassen könnte. „Der Zeuge war, als es zur zweiten Lichtbildvorlage kam, durch den vorangegangenen Verhandlungstermin beeinflusst. Sein vermeintliches Wiedererkennen ist daher als solches nicht zu verwerten."

Der Richter schnaubte vernehmlich.

Nun schaltete sich die Staatsanwältin ein. „Gibt es denn weitere Beweismittel?", fragte sie. „Ich war ja beim letzten Mal nicht zugegen, weil ich den Fall erst jetzt übernommen habe. Vielleicht können wir das hier in Ruhe klären", fügte sie zu Simones heimlicher Belustigung mit einem Blick auf den Richter hinzu.

Der rang noch immer um Fassung. „Wir haben den Zeugen hier", sagte er tonlos.

„Dann würde ich den jetzt trotz allem gerne hören", äußerte die Staatsanwältin resolut.

Wenige Minuten später betrat ein dünner Teenager den Saal. „Es war nachts im Park. Jemand griff mich von hinten an. Ich spürte eine Messerklinge an meinem Hals. Dann sagte eine Stimme, ich sollte mein Handy abgeben. Ich hatte total Angst, also tat ich das. Dabei sah ich für einen Moment den Täter."

Er sah sich im Gerichtssaal um. Sein Blick blieb beim Angeklagten haften. „Er hatte große Augen. So wie er."

Der Richter warf Simone einen triumphierenden Blick zu, doch sie blieb ungerührt. „Große Augen. Haben Sie sonst noch Merkmale wahrgenommen, die Sie jetzt wiedererkennen?"

Der junge Zeuge klopfte nervös mit dem Fuß auf den Boden. „Wie meinen Sie das?"

„Na ja. Sie sprechen von großen Augen. Viele Menschen, die aus der gleichen Region kommen wie mein Mandant, haben große Augen. Deswegen frage ich:

Gibt es noch etwas anderes, das Sie wiedererkennen?"

Der Junge schüttelte den Kopf. „Nein, ehrlich gesagt nicht."

Die Staatsanwältin strubbelte sich kurz durch ihre raspelkurzen grauen Haare.

„Ich beantrage Freispruch", sagte sie dann entschieden: „Darauf können wir keine Verurteilung stützen."

Mit einem missmutigen Blick wandte sich der Richter Simone zu. „Ich schließe mich an", lächelte sie charmant.

Als sie kurz darauf den Saal verließ, die Liste ihrer Erfolge um einen Freispruch in Sachen Raub mit Waffen ergänzt, hörte sie hinter sich eine bekannte Stimme. „Respekt."

Sie drehte sich um. Vor ihr stand Arne Brink, für dessen renommierte Kanzlei sie während ihres Referendariates tätig gewesen war. „Herr Brink!", freute sie sich und schüttelte ihm lächelnd die Hand, die er fest drückte.

„Ich freue mich, dass wir Ihnen offensichtlich einiges beibringen konnten", bemerkte er. Sie fand den Kommentar ein wenig gönnerhaft, freute sich aber trotzdem darüber. „Danke."

Er schüttelte belustigt den Kopf. „Einen Freispruch zu erreichen, wenn der Angeklagte zweimal auf Lichtbildvorlagen identifiziert wurde – das muss man erst mal schaffen!"

Die nächste Verhandlung wurde aufgerufen. „Das ist mein Termin. Deswegen war ich zufällig da und konnte Ihre Verhandlung verfolgen. Jetzt muss ich wieder rein", erklärte er und griff schnell in die Innentasche seines Jacketts. „Sie sind bei Waldhausen, wie ich gehört habe. Guter Name. Tolles Haus. Aber wenn Sie jemals wechseln wollen …" Er drückte ihr die Karte in die Hand. „Vor Ihnen liegt eine strahlende Karriere! Machen Sie was daraus!"

Dann war er auch schon weg. Simone sah auf die Karte. Die Worte hallten in ihrem Kopf nach. „Karriere. Karriere. Karriere. Machen Sie was daraus." Sie seufzte, und nach dem Hochgefühl ihres Erfolges holte sie nun die Realität

wieder ein. Karriereplanung. Das wäre schön. Momentan war sie leider mit dem
nackten Überleben beschäftigt.

***

Daniela.

2. April (Freitag)

Heute war Chris zum Glück den ganzen Tag im Sportstudio. Ich hab fast nur
im Bett gelegen. Und viel geschlafen, aber zwischendrin hab ich immer wieder
nachgedacht. Wie wird das, wenn das Kind da ist? Ich will es bekommen, das
hab ich mir jetzt überlegt. Es soll sich nicht so allein und abgeschoben fühlen
wie ich mich grade. Ob wir dann ausziehen müssen? Kommt wohl darauf an,
wie Chris sich entscheidet. Alleine mit Kind reicht mir hier der Platz.
Wenn er bleibt – dann brauchen wir wohl über kurz oder lang ein drittes
Zimmer. Aber erst mal könnte neben unserem Bett ja schon noch ein
Babybett stehen. Aber eine Wickelkommode? Hm.

Vielleicht braucht man die auch gar nicht. Eigentlich kann man Kinder auch
auf dem Tisch wickeln, oder? Oder auf dem Bett. Oder auf dem Fußboden.
Aber ich find es auch Mist, dass mein Kind noch gar nicht geboren ist und in
Gedanken leg ich es schon auf den Fußboden.
Also, irgendwie muss man hier was umschieben. Vielleicht kann Chris'
Heimtrainer weg. Darauf hab ich ihn eh in den letzten sechs Monaten nie
gesehen; er geht ja immer ins Studio.
Aber das wird bestimmt ein super Start, wenn er für das Kleine hier erst mal

95

seine heiligen Sportgeräte rauswerfen muss … Spätestens dann ist er weg.
Oh Mann!

Aber – ich muss mich jetzt erst mal fertig machen. Ich bin zwar müde (vom
Rumliegen, bescheuert genug), aber ich will nicht, wenn's dann irgendwann
rauskommt mit der Schwangerschaft, dass er dann sagt: Ach, deshalb hast
du mir nicht mehr im Club geholfen! Ich will, dass er sieht, dass ich genauso
fit bin wie immer und ihm genauso viel helfe wie immer. Auf keinen Fall soll er
irgendwann denken, dass er durch die Schwangerschaft Nachteile hat.
Deshalb fahre ich gleich zu ihm.

4. April (Sonntag)

Gestern wars echt widerlich im Club. Kurz bevor ich kam, haben sich zwei
Jungs die Köpfe eingeschlagen, und es roch überall nach Blut. Ich hab mir
wieder die üblichen blöden Blicke der Mitarbeiter angesehen, aber als ich
kam, waren die fast alle schon beim Gehen. Eine Blonde hing wie eine Klette
an Chris … Als ich ihre Schuh sah, wurde mir schlecht.
Aber ich habe die Zähne zusammengebissen; ‚so leicht nicht', hab ich
gedacht. Zum Glück hat Chris sie dann auch ziemlich derb vor die Tür
gesetzt. Ich hab ihm beim Putzen geholfen, und ich glaube, er war froh, dass
ich da war. Ihm wird ja schlecht, wenn er Blut sieht. Also hab ich das alles
weggewischt, und er hat die Kasse gemacht.

Heute haben wir dann lange ausgeschlafen und danach sogar ein bisschen gekuschelt. Zwischendurch hab ich schon überlegt, ob ich's ihm sage. Aber dann hat er meinen Bauch geküsst und gemeint: „Sieh bloß zu, dass du so einen sexy tollen Bauch behältst!" Und dass er sich schon auf den Sommer freut, wenn ich wieder bauchfrei trage. Na, herzlichen Glückwunsch.

***

9

Anja.

Von: theo.fritsche@gmx.de
An: anja.wilms@hotmail.com
Sonntag, 03.04. 12:34
Betreff: Vielleicht noch mal drüber nachdenken?

Liebe Anja!
Ich würde es Dir ja gönnen, dass sich Männer für Dich
prügeln, aber glaubst Du wirklich, dass es eine gute Idee
ist, in diesen Schläger-Club zu gehen? Ich weiß, Du lebst
und stirbst für Deinen Beruf, aber ich finde, das ist ein
bisschen viel des Guten.
Oder willst Du eine Serie schreiben? Teil 1: Hier begleiten
wir Hans in den Club. Er will mal einen trinken gehen und
ist gefrustet, weil er seit drei Jahren eine Lehrstelle
sucht. Teil 2: Hier begleiten wir Hans zur Lehrstelle, die
er endlich gefunden hat. Teil 3: Hans feiert im Club seine
neue Lehrstelle. Vor lauter unausgelasteter Energie fängt
er eine Schlägerei an – und hier Teil 4: Ein Jahr später
begleiten wir Hans ins Gericht, weil jetzt das Nachspiel zu
der Schlägerei von damals kommt und für ihn das Urteil:
Haftstrafe auf Bewährung, das heißt: Noch eine einzige
solche Nummer und beim nächsten Urteil kann er sich seine
Lehrstelle wieder abschminken, weil er erst mal für sechs
Monate in den Bau geht.
Hm. Ich weiß nicht. Aber wenn Du schon meinst, gehen zu
müssen – falls Du männliche Unterstützung brauchst, sag
Bescheid! Wobei wahrscheinlich andere prädestinierter dafür

sind, Dich zu begleiten. Mich würden sie vermutlich schon aus Altersgründen nicht reinlassen.

Der kleine Frederik - ja, kann ich mir vorstellen, dass Du mit Deiner Theorie recht hast. Ich bin froh, zwischen den Zeilen den Humor und die Kinderliebe zu erkennen, mit denen Du ihm begegnest. Genau das wird er jetzt brauchen. Toll, wenn Du für ihn die traumatische Erfahrung dieser Wochen ein wenig abpuffern kannst.

Liebe Grüße,
Theo

PS: Jetzt hätte ich doch fast vergessen, nachzufragen. Aber seit wann arbeitest Du auch mit so komischen Andeutungen? Also, was genau heißt: Ablenkung ist schon zur Stelle? - Ablenkung ist gut, genau das kann ich gerade auch brauchen, ich bin von meinem Job momentan ziemlich genervt. Also bitte, tu mir gut und lenk mich mit einer hübschen Geschichte ab, ja? ;-)

***

Simone.

Am Samstagvormittag saß Simone am Frühstückstisch und las die Zeitung. Seitdem sie alleinerziehend war, begnügte sie sich meist damit, durch Radio und Online-Meldungen einen groben Überblick zu behalten. Für alles andere fehlte einfach die Zeit.

Aber heute war es anders. Frederik war seit gestern bei Moritz, wo er bis Sonntagabend bleiben sollte. Sie hatte zwar für das Wochenende einige Akten mit nach Hause genommen, aber ein, zwei Stunden Luft, um ein bisschen mehr vom Weltgeschehen mitzukriegen, mussten doch drin sein, fand sie.

Gedankenverloren nahm sie noch einen Schluck Tee. In der Reportage, die sie gerade las, ging es um ein inzestuöses Geschwisterpaar, das um das Sorgerecht für zwei gemeinsame Kinder kämpfte. Sie dachte darüber nach, ob die rechtliche Einschätzung des Falles auch ihrer ethisch-moralischen Vorstellung entsprach. Durfte man zwei Menschen, die sich liebten, wirklich so einfach das Recht auf ein gemeinsames Glück verwehren? Sicher; Kinder aus einer solchen Verbindung hatten ein hohes Risiko, auf unterschiedlichste Weise gesundheitlich beeinträchtigt zu sein. Andererseits konnten auch alle möglichen anderen Faktoren dazu führen, dass Kinder bereits mit einer ungünstigen Disposition, mit einer Erkrankung oder Behinderung zur Welt kamen. Alkoholismus oder Drogenabhängigkeit der Mutter, um nur zwei Beispiele zu nennen. Trotzdem verbot man Suchtkranken nicht die Elternschaft.

Ein Klingeln riss sie aus ihren Überlegungen. Sie setzte ihre Teetasse ab, um zur Tür zu gehen, hörte aber dann Anjas Schritte auf dem knarrenden Dielenboden. Sie lauschte. Die Wohnungstür wurde geöffnet. Sie hörte Anjas Stimme und die eines Mannes. Nach einem kurzen Wortwechsel schloss die Tür wieder und Anjas Schritte näherten sich der Küche.

 Simone senkte die Zeitung und sah Anja entgegen.

„Hi", sagte diese. Mit einem Brief in der Hand und einem sonderbaren Ausdruck auf dem Gesicht blieb sie im Türrahmen stehen.

„Hallo", lächelte Simone. „Alles okay?"

Anja spitzte die Lippen und zog die Stirn kraus, kaute dann nachdenklich auf ihrer Unterlippe und zuckte leicht die Schultern.

Simone hatte Tee und Zeitung jetzt komplett beiseite gepackt und wandte sich ihrer Freundin zu. „Ist etwas nicht in Ordnung? Hast du Ärger? Brauchst du Hilfe?"

Anja sah sie nachdenklich an, schüttelte langsam den Kopf und holte zögerlich
den Brief hervor. „Ich nicht. Eher du", sagte sie betreten.

Alarmiert sah Simone auf den Brief, griff danach und suchte den Absender.
Moritz. Der Brief war per Einschreiben verschickt worden. Hektisch fetzte sie
den Umschlag auf.

Hallo Simone.

*Wie ich erfahren habe, wurden seit unserer Trennung mehrere schriftliche
Informationen vom Kindergarten an die Eltern verschickt. Bei mir sind diese
nicht angekommen. Ich muss Dich nicht darauf hinweisen, was das bedeutet.
Als Sorgeberechtigter habe ich Anspruch auf alle Informationen, die mein Kind
betreffen. Du wirst diese künftig an mich weiterleiten.*

*Ich erwarte, dass Du Deinen Verpflichtungen nachkommst. Wenn Du nicht
imstande bist, diese zu erfüllen, werden entsprechende Maßnahmen einzuleiten
sein.*

Gruß, Moritz

Es schoss ihr wechselweise heiß und kalt ins Gesicht, während sie die Zeilen
überflog. Beim zweiten Lesen begann ihre Hand zu zittern. Die Zeilen
verschwommen vor ihren Augen.

Sie hörte Geräusche, konnte sie aber nicht einordnen. Zu laut war das Rauschen
in ihren Ohren. Erst als sie eine warme Hand auf ihrem Arm spürte, begriff sie,
dass Anja sie angesprochen hatte. Mit einer völligen Leere im Kopf starrte sie
ihre Freundin an.

Die ergriff sie jetzt mit beiden Händen behutsam an den Schultern. „Simone!
Zeig mir, was da steht. Lass mich das sehen. Was ist denn los?"

Unfähig zu irgendeinem klaren Gedanken oder gar Wort hob Simone langsam
das Schreiben hoch. Anja nahm es ihr aus der Hand. Nachdem sie mit dem

Lesen fertig war, lachte sie spöttisch auf. „Der hat sie doch nicht mehr alle“, meinte sie kopfschüttelnd. „Ich hatte schon befürchtet, es wäre etwas Schlimmes. Aber darauf kannst du ja nichts geben.“

Verstört sah Simone an ihr vorbei. „Du verstehst das nicht.“

Anja schüttelte lachend ihre wilden Locken. „Nee. Das verstehe ich nicht. Aber da gibt es auch nichts zu verstehen. Das ist Schwachsinn. Was glaubt er denn, was du für gravierende Schreiben vom Kindergarten bekommst? Worum ging es denn da überhaupt?“

Simone fuhr sich mit der Hand durch das dunkle Haar und atmete schwer aus. „Ich muss mal überlegen. Ein Elternabend. Eine Kampagne, weil der Kindergarten umziehen soll, aber das wollen die Eltern nicht. Es gibt irgendwelche Protestaktionen dagegen. In Frederiks Gruppe war außerdem noch ein kleines Fest …“ Da Anja nicht antwortete, sah sie zu ihr auf. „Ich sage ja: Das verstehst du nicht.“

Anja rollte die Augen. „Simone! Jetzt werde doch mal bitte wieder vernünftig! Ich will wirklich nicht deine Gefühle verletzen. Du machst dir Sorgen, und das verstehe ich. Grundsätzlich. Aber nicht in dieser Situation. Dieser Brief ist völliger Schwachsinn! Dem kannst du keine Bedeutung beimessen! Und wenn er hundertmal per Einschreiben kommt. Na, wenn schon! Dann hast du halt dusselige Kindergartenpost nicht weitergeleitet. Wer bist du? Der Briefträger? Moritz wäre doch eh nicht zu irgendeiner Kindergartenparty gekommen. Nie im Leben. Und ob er von dieser Elternkampagne nun früher oder später erfährt – ja, mein Gott. Das ist doch völlig egal.“

Ein leichtes Zittern schüttelte Simones schmale Schultern. „Er wird das anders darstellen.“ Sie machte eine kurze Pause. „Er hat immer gesagt: Wenn ich ihn verlasse, nimmt er mir Frederik weg“, sagte sie leise. „Er wird sagen, ich sei mit allem überfordert. Ich … war ja selbst nicht bei diesen ganzen Terminen. Ich habe das einfach nicht geschafft.“

Ungeduldig schlug Anja mit dem Handrücken gegen den Briefbogen. „Du bist ja auch überfordert! Na und? Jeder wäre das in deiner Situation. Was sollst du machen? Jeden Termin in der Kita wahrnehmen und von staatlicher Unterstützung leben? Das ist doch alles völlig bescheuert!"

Sie legte den Brief wieder weg und sah Simone ungeduldig an. „Ehrlich, Simone. Es wird Zeit, dass du aufwachst. Was glaubst du denn? Dass ein Richter dir das Sorgerecht entzieht, weil du eine Einladung zum Kindergartenfest nicht weitergeleitet hast? Mach dich nicht lächerlich!"

Erneut traten Simone Tränen in die Augen. Anjas Stimme wurde sanfter. „Es tut mir leid. Ich verstehe deine Sorge. Aber das hier ist Quatsch, wirklich. Der will dir nur dein freies Wochenende verderben. Wahrscheinlich ist er noch genervt, dass Frederik zweieinhalb Tage lang bei ihm ist, weil er sich jetzt mal rund um die Uhr kümmern muss. Der wird dir Frederik niemals wegnehmen. Er will doch gar nicht, dass der bei ihm lebt."

Hilflos zuckte Simone die Schultern und sah vor sich hin. „Ich schaff' das alles nicht", murmelte sie.

Einen Moment lang sagte keiner etwas. „Vielleicht wäre es gut, wenn du ein bisschen weniger arbeitest", meinte Anja schließlich.

Simone schob mit dem Zeigefinger ein paar übrig gebliebene Brötchenkrümel auf der Tischplatte zusammen. „Weniger ist in meiner Kanzlei nicht gerade ein populäres Wort. Und ich mache ja schon längst nicht mehr so viel wie früher."

Sie trommelte den Brötchenkrümelberg platt. „Ein paar Richter am Familiengericht sind völlig irre", sagte sie leise. „Ich habe Kollegen gefragt, deren Fachbereich das ist. Da hört man die tollsten Sachen. Ich kann einfach nicht ausschließen, dass Moritz dort einen Antrag stellt und damit durchkommt. Er könnte sagen, dass es zu einer Entfremdung zwischen Vater und Kind beiträgt, wenn durch mein Verschulden Moritz gemeinsame Termine nicht wahrnehmen kann. Oder er könnte sagen, dass mir das Wohl meines Kindes egal ist. Immerhin haben wir gezielt diesen Kindergarten ausgesucht. Nun soll er einfach verlagert werden an einen anderen Standort, und andere Eltern gehen deswegen auf die Barrikaden. Aber mir ist das egal; ich kümmere mich nicht drum. Moritz könnte sagen, dass ich nicht mehr in der Lage dazu bin, im Blick zu behalten, was das Beste für mein Kind ist."

Da Anja nicht antwortete, sah sie nach einer Weile zu ihr auf. „Du denkst, ich rede Quatsch, oder?"

Anja zuckte die Schultern. „Ich will dich nicht verletzen. Aber: ja, irgendwie schon. Das ist doch alles lächerlich. Frederik geht jeden Tag gut und sauber angezogen in die Kita, er entwickelt sich normal, er spricht, er ist frech – er ist genau wie alle anderen kleinen Jungen auch. Ist es nicht das, worauf es ankommt?"

Simone sah ausdruckslos vor sich hin.

„Ich habe gleich einen Termin, ich muss mich fertig machen", sagte Anja. „Mach dir nicht so viele Sorgen!" Sie verließ die Küche. Seufzend sackte Simone auf ihrem Stuhl zusammen und stützte den Kopf in die Hände. Nun war auch noch Anja von ihr genervt. Vielleicht zu Recht. Aber es gab einfach wirklich weniges, das so unwägbar war wie die Entscheidungen des Familiengerichts. Nachdem man geschiedene Väter jahrzehntelang entrechtet und finanziell ausgenommen hatte, gab es nun einen seltsamen Paradigmenwechsel. Richter hatten noch in den absurdesten Konstellationen Sorge, Väter zu diskriminieren, und trafen daher bisweilen bizarre Entscheidungen. Würde sie weiter im Süden der Republik leben, dann wäre das ganz anders.

Sie faltete die Zeitung zusammen. Die Freude am Lesen war ihr vergangen.

***

Daniela.

11. April (Montag)

Heute hab ich's ihm gesagt. Oder besser gesagt, er hat's rausgefunden. Und
– wie ich erwartet habe: Er ist total durchgedreht. Und dabei – was für ein
ätzender, überflüssiger Zufall!

Weil es heute so warm war, hab ich die helle Jacke angezogen. Eigentlich hab
ich mich gefreut, dass man endlich mal wieder die Sommersachen rausholen
kann. Aber ich konnte ja nicht wissen, was ich damit auslöse … Also, helle
Jacke, und dazu hab ich dann nicht die schwarze Ledertasche genommen,
sondern die rosa Häkeltasche. Hab auch mein Portemonnaie umgepackt und
die Make-up-Dose für unterwegs. Aber als ich auf der Arbeit ankam, hab ich
dann gemerkt, dass mein Büroschlüssel nicht da war. Ich war ziemlich nervös,
weil ich schon dachte, vielleicht hab ich ihn verloren. Eigentlich wollte ich
zurück nach Hause fahren, aber weil wir direkt Verhandlung hatten und ich
mitschreiben musste, ging das nicht. Also hab ich Chris 'ne Whatsapp
geschickt, ob er in meiner schwarzen Tasche nach dem Schlüssel gucken
kann, wenn er aufgestanden ist.

Nach der ersten Verhandlung: nichts, aber da war es auch noch früh. Nach
der zweiten Verhandlung: auch nichts. Nach der dritten und vierten
Verhandlung: nichts, obwohl es schon zwölf Uhr war und er doch sonst unter
der Woche versucht, immer um zwölf im Fitness-Studio zu sein. Zum Glück
dauerte die nächste Sache nur kurz, sodass ich nach der fünften Verhandlung
wieder auf mein Handy gucken konnte – und da hatte ich dann 37 Anrufe in

Abwesenheit. Alle von seiner Nummer. Ich weiß nicht, wie ich's noch geschafft habe, die sechste und letzte Verhandlung an diesem Morgen zu protokollieren. Mir war ja klar, dass etwas nicht in Ordnung wäre. Ganz leise, ganz weit hinten im Kopf, hat auch ein Teil von mir gedacht: „Vielleicht hat er's rausgekriegt." - Aber dass es dann wirklich so war!!!!

Ich rief ihn zurück, sobald ich konnte, und er brüllte nur ins Telefon. Ob er sich das richtig zusammengereimt hätte, dass ich von ProFamilia was über Unterstützung für Alleinerziehende in der Tasche hab, und neulich die Babysachen auf dem Rechner, und bei der Gelegenheit hätte er jetzt auch noch in der Wohnung gewühlt und in meinem Schrank eine Tüte gefunden mit jeder Menge Hefte, auf denen Babys und Frauen wie Walfische drauf seien. Die hatte ich schon wieder ganz vergessen. Aber was sollte ich sagen? Ist ja nun mal so. Also habe ich gemeint: „Ja, und es tut mir auch leid, und ich hätte es dir gerne anders gesagt, aber ich wusste nicht, wie."

Er hat mich dann nur noch beschimpft, dass ich eine Schlampe bin und eine Nutte und eine Betrügerin, dass ich ihm gesagt habe, dass ich die Pille nehme, dass er mir nie wieder ein Wort glaubt. Und ob es überhaupt von ihm wäre? Da hab ich angefangen zu heulen und hab gesagt: „Chris, ich bin deinetwegen hierhergezogen. Ich bin hier total alleine, aber ich bleibe, weil ich dich liebe. Von wem anders als von dir soll denn das Kind sein?" Da hat er aufgelegt.

Jetzt bin ich vor einer Stunde in eine Wohnung gekommen, die ein totales Chaos ist. Ich weiß nicht, ob der auch in der Matratze nach Babyheften gesucht hat. Aber es sieht aus, als wär hier 'ne Razzia gewesen. Und von ihm natürlich keine Spur.

Ich werde jetzt wohl erst mal aufräumen.

12. April (Dienstag)

Heute Nachmittag war Chris zu Hause, als ich kam. Er hatte sich einigermaßen beruhigt. Er war zwar weder freundlich noch liebevoll, aber wir konnten einigermaßen miteinander reden. Er hat gesagt, dass er kein Arschloch sein will, aber dass er schwangere Frauen halt einfach ekelhaft findet. Und Babys auch. Und wenn es hier anfängt nach Pampers zu stinken, dann zieht er aus. Und ob man das Kind nicht wegmachen kann. Weil er's eigentlich schön fände, mit mir zusammenzuleben, aber eben ohne Kind.

Ja. Was sagst du da? Ich hab ihm gesagt, dass ich finde, das Kind kann nichts dafür, und nein, ich will's nicht wegmachen. „Wenn deine Mutter so gedacht hätte, gäb's dich heute nicht", hab ich gemeint. Da hat er nur gesagt: „Ja, aber guck dir meine Mutter mal an." Gut. Die sieht aus wie 70, obwohl sie noch nicht mal 50 ist. Sie hat mehr Falten als Opa, und ihre Stimme knarzt wie die vom Weihnachtsmann, weil sie seit Jahren Kette raucht. So will ich nicht aussehen in 20 Jahren. So will ich überhaupt nie aussehen. Aber es muss doch auch irgendwie anders gehen.

Später.

Ich hab Andy 'ne SMS geschickt. Vorher hab ich Chris gefragt, ob er das ernst meint, dass er weg ist, wenn das Kind kommt, und er hat gesagt: „Da kannste von ausgehen."

Also muss ich jetzt irgendwie sehen, dass ich Geld gespart kriege. Wenigstens für die erste Zeit. Danach muss ich einfach sehen, wie's weitergeht. Aber wenn ich ab sofort im Club drei Schichten in der Woche mache, dann kriege ich 400 Euro zusätzlich, plus Trinkgeld, und das geht ja schwarz.

Dann könnte ich vielleicht jeden Monat 600 bis 800 Euro zur Seite legen. Das würde schon mal die erste Zeit gut abpuffern. Danach wird sich irgendeine Lösung ergeben. Alles planen kann man halt nicht.

Andy hat auf jeden Fall geschrieben, dass er sich freut, und dass ich morgen gleich anfangen kann.

Noch später.

Ich habe jetzt meinen Wochenplan aufgestellt. Drüber nachdenken darf ich nicht, sonst wird mir schlecht ... Aber ich bin ja noch jung; andere schaffen da ganz andere Sachen. Ich werde, das ist jetzt der Plan, immer donnerstags, freitags und samstags im Club arbeiten. Ich habe mir das schon genau ausgetüftelt: Donnerstags fahre ich vom Gericht aus nach Hause und habe da noch zwei, drei Stunden Zeit für mich, in denen ich mich ausruhen kann. Dann geht es abends in den Club, und die Donnerstagnächte mach ich dann immer komplett durch: kellnern und aufräumen bis 6.30, und um 7 bin ich dann wieder im Gericht. Freitags kann ich da ja zum Glück oft schon um 15 Uhr abhauen. Dann fahre ich wieder nach Hause, leg mich zwei Stunden hin und fahre abends wieder in den Club, auch wieder bis gegen 6.30 Uhr. Samstags kann ich ja dann zum Glück tagsüber schlafen, und da die

Supermärkte jetzt ja fast alle so lange offen haben, bleibt dann immer noch genug Zeit, um einkaufen zu gehen und den Haushalt zu machen. Samstagsabends fahre ich in den Club, und von dort aus morgens dann weiter zu Chris, um ihm in seinem Club mit den Aufräumarbeiten zu helfen. Er soll unbedingt merken, dass ich nicht weniger stark bin, nur weil ich schwanger bin. Ich will ihn ja nicht noch mehr abschrecken … Sonntagnachmittag ist dann immer noch Zeit, um auszuruhen, und am Montag geht die Woche dann wieder normal im Gericht los, 7.00 Uhr bis 15.30 Uhr. Und ab Donnerstag dann wieder das gleiche Spiel von vorne.

***

10

Anja.

Von: Anja.wilms@hotmail.com
An: Theo.fritsch@gmx.de
Donnerstag, 14.04. 21:54
Betreff: Feuerteufel …

Lieber Theo!
Heute habe ich mich dran erinnert, dass Du meintest, ich
soll mir überlegen, ob ich mit einer Mutter und ihrem Kind
zusammen eine WG will. Deine Bedenken galten wohl eher dem
Kind … aber hättest Du gedacht, dass die Mutter das
eigentliche Risiko ist? Als ich heute nach Hause kam, stank
es aus dem Treppenhaus heraus schon bis auf die Straße
bestialisch, und leider wurde das penetrante Aroma von
verbranntem Plastik schlimmer und schlimmer, je näher ich
meiner eigenen Wohnung kam! Als ich die Tür öffnete:
drinnen nebelweiße Rauchschwaden! Ein verschüchterter
Frederik an der Schwelle zu seinem Zimmer, Blick Richtung
Küche, war das Erste, was ich sah. Die Küchentür war zu,
drinnen hörte ich es rumpeln. Ich riss die Tür auf.

Simone, im Glauben, ich sei Frederik, fuhr herum und schrie
panisch: „Ich hab dir doch gesagt: Bleib in deinem Zimmer!"
Aber als sie erkannte, dass ich es war, durfte ich bleiben.
Wie nett. Sie war gerade mit dem Versuch beschäftigt, meine
vollgepackte Fensterbank abzuräumen, um das Fenster weit zu
öffnen, hustete und sah ziemlich ungesund aus. Auch ich
selbst merkte sehr schnell, wie mir flau und kurzatmig

wurde, und fegte kurzerhand Zwiebeln, Döschen, Post und
Toaster mit dem Unterarm von der Fensterbank, um das Fenster
aufzureißen. Dann hab ich sie erst mal rausgezogen, die Tür
geschlossen und wir standen japsend im Flur, wo es leider
nach wie vor gottserbärmlich stank. Immerhin waberten die
Nebelschwaden langsam ihres Weges.

Frederik drückte sich weinend in Simones Arme, die mir jetzt
endlich erzählte, was überhaupt passiert war: Total
übermüdet, hatte sie Espresso kochen wollen. Und während sie
so neben der Kanne stand, die sie auf den Herd gestellt
hatte, wunderte sie sich noch über die dicken, schwarzen
Kaffeeblasen, die unten aus der Kanne herauskamen, statt den
Kaffee in den oberen Bereich zu sprudeln – und dann war es
schon zu spät. Sie dachte halt, ich hätte eine dieser
typischen Old-Style-Espressokannen, aber leider ist/war das
ein Fake: Mein Espressokocher ist/war elektrisch und hatte
unten einen Standfuß … aber um den brauche ich mir jetzt
wohl keine Gedanken mehr zu machen, denn Simone hat diese
Kanne mit ihrem Kunststoffboden auf die Platte gesetzt, voll
aufgedreht – und den Rest kannst Du Dir denken. Was da hätte
passieren können! Mir wurde ganz schlecht bei der
Vorstellung. Irgendwie ist die echt ziemlich fertig.
Ich will mal versuchen, ihr ein bisschen mehr Arbeit mit
Frederik abzunehmen … aber auf der anderen Seite sagt sie
auch immer, er brauche jetzt gerade sie, weil er ohnehin
schon verunsichert sei über die Trennung. Vermutlich ist da
auch was dran. Ich glaube, sie steht auch total unter Strom
wegen ihrem besch…euerten Ex-Mann. Was der sich alles
einfallen lässt! Nur um sie zu schikanieren.
Neulich war ich mal an der Tür, als er Frederik nach Hause

brachte. Da sagt der doch glatt zu mir: „Richte bitte Simone aus, dass Zeugen bestätigen können, dass sie keine Regenjacke eingepackt hat, obwohl Regen vorausgesagt war. Wenn das nochmals passiert, werde ich über weitere Schritte nachdenken. Anscheinend ist sie mit der Kindspflege überfordert."

Bei so was kann ich mich nicht beherrschen, auch wenn es vielleicht diplomatisch wäre! Ich habe ihm in deutlichen Worten, bei denen Simone bestimmt rot geworden wäre, gesagt, was ich von ihm halte und wohin er sich scheren soll. Einen Teufel werde ich tun, Simone noch seine schikanösen Botschaften auszurichten!! So ein Arsch. Kein Wunder, dass sie Plastikkannen auf Herdplatten stellt und völlig fertig ist. Auch, was sie sonst von ihm erzählt, schrecklich; solche Leute dürften gar nicht rumlaufen.

Na ja. Ich hoffe, Dir demnächst wieder schreiben zu können, und dass hier nicht alles in die Luft fliegt! Die Feuerzeuge habe ich zur Sicherheit alle einkassiert, damit die nicht als Nächstes auf einer hochgedrehten Herdplatte liegen.

Liebe Grüße und bis bald,
Anja

***

Simone.

Kaffee oder nicht? Sie war todmüde, nachdem sie bis zwei Uhr nachts über den Akten gesessen hatte. Gott sei Dank hatte sie trotzdem um sieben Uhr ihren Wecker gehört: Heute Morgen war ein wichtiges Meeting mit einem der größten Klienten der Kanzlei. Nicht, dass sie viel dazu würde beisteuern können: Es ging um baurechtliche Sachen. Aber ihr Chef wollte den Klienten mit einem großen Aufgebot an Personal hofieren.

Ein Blick auf die Uhr. Doch, dafür reichte die Zeit gerade noch. Sie hielt bei Starbucks an, holte sich einen Caramel Macchiato, stieg wieder ein und fuhr weiter.

Was war denn das? Etwa siebenhundert Meter von der Kanzlei entfernt blockierte ein Müllwagen die enge Altbaustraße. Ausweichen war unmöglich, umkehren genauso: Binnen Minuten blockierten locker sieben Autos hinter ihr den Rückweg. Na toll. Simone sah auf die Uhr. Zwanzig vor neun. Gemächlich rollte der Müllwagen ein Haus weiter vor.

Die fröhlichen Männer in Orange, die eben mit einem lässigen Sprung das Plateau erklommen hatten, sprangen jetzt wieder ab, holten die Tonnen von den Nachbarhäusern rechts und links, klemmten sie in die Vorrichtung am Wagen, kippten sie aus und brachten sie wieder zurück.

Nachdem sie diesen Bewegungsablauf dreimal beobachtet hatte, jeweils unterbrochen von einem stückweisen Vorwärtsrollen des Mülltransporters, dämmerte Simone, dass es keinen Sinn machte, die Sache so gespannt zu verfolgen, als sei sie mit Frederik unterwegs.

Sie trommelte mit ihren Fingern, die gut mal wieder eine Maniküre vertragen konnten, auf das Lenkrad und sah sich suchend um, obwohl sie ja wusste, dass hier keine Straße mehr abging. Sie würde dem Müllauto folgen müssen, bis die Straße nach 500 Metern auf den mehrspurigen Ring mündete.

Erschöpft stütze sie die Ellenbogen auf den Lenker und vergrub ihr Gesicht in den Händen.

Vielleicht konnte sie hier parken und zu Fuß weitergehen? Voller Hoffnung über diese neue Idee sah sie sich um, nur um gleich einzusehen, wie lächerlich allein der Gedanke war. Die Autos parkten dicht an dicht, und an einen freien Parkplatz war hier gar nicht zu denken.

Okay. Was Anja wohl in dieser Situation sagen würde, fragte sie sich. Wahrscheinlich würde sie ihre geschwungenen Lippen schürzen, die sommersprossige Nase rümpfen und mit überlegen angehobener Augenbraue sagen: „Ist jetzt eben so. Müllautos fahren durch die Stadt. Das passiert halt." Aber Anja machte ihre Termine eben auch nur für sich und nicht für eine Kanzlei, die ihren Klienten 600 Euro in der Stunde berechnete.

Die plötzliche Stille in der Straße erregte ihr Aufmerksamkeit. Mit nervös zuckenden Augenlidern wurde sie gewahr, dass der Motor des Müllwagens nicht mehr lief, obgleich dieser noch immer mitten in der engen Straße stand. Die penetrant fröhlichen Abfalleinsammler hatten offenbar etwas zu besprechen; sie lachten, während sie die Köpfe zusammensteckten und einer von ihnen eine Thermosflasche hervorbrachte, deren Becher er dann unter seinen Kollegen rundgehen ließ. Die wollten doch jetzt wohl nicht einen Kaffee trinken?!? Während sich in ein leichter Anflug von Hysterie breitmachte, stieg sie aus und ging auf die Männer zu.

„Guten Morgen, schöne Frau", sagte der erste sonnig.

Sie ging nicht darauf ein und sprach stattdessen seinen Kollegen an, der älter aussah. „Entschuldigen Sie – geht es hier gleich weiter?"

Der rundliche Mann sah sie freundlich an. „Guten Morgen erst mal", grinste er jovial: „Für Sie auch einen Kaffee?"

Simone spürte, wie ihr Magen sich nervös verkrampfte. „Nein, danke", sagte sie angespannt: „Ich müsste bitte in ein wichtiges Meeting. Könnten Sie freundlicherweise den Weg freimachen?"

Der Mann zuckte mit unbeteiligter Freundlichkeit die breiten Schultern.

„Getriebeschaden", meinte er nur: „Der Motor muss auskühlen."

„Wie?", fragte Simone gereizt. „Was soll das heißen, Getriebeschaden? Eben lief doch noch alles!"

Der Mann nickte: „Ja. Aber holperig. Und deswegen muss der Motor jetzt erst einmal fünf Minuten lang auskühlen. Das haben wir öfter mal."

Simone sah ihn entgeistert an. Wollte er einen Scherz mit ihr machen? Oder stimmte seine Geschichte? „Die lassen Sie doch nicht mit einem kaputten Wagen losfahren", unterstellte sie: „Warum gehen Sie nicht in die Werkstatt?"

„Kein Geld", antwortete ihr Gegenüber: „Die Stadt hat kein Geld."

Simone sah ihn fassungslos an. Sie spürte, wie etwas in ihr hochkroch, kalt und aggressiv. „Ich muss in ein Meeting", zischte sie, „es geht um einen unserer wichtigsten Kunden, ich kann nicht zu spät kommen, ich …" Sie merkte, wie ihre Stimme immer dünner wurde: „Ich muss jetzt wirklich weiter. Zu Fuß kann ich nicht gehen, denn den Wagen hier stehen lassen kann ich auch nicht. Würden Sie bitte den Weg freimachen?"

Während der Dicke gemütlich lächelte, „jaja, machen wir gleich", trat hinter ihm ein jüngerer hervor, dessen blondiertes Haar in gegelten Strähnchen vom Kopf abstand.

Abschätzig guckte er sie an, die Arme vor der Brust verschränkt. „Jetzt hör mal zu, Lady. Wir haben hier auch ein Meeting. Wir sind seit 5.30 Uhr unterwegs, und dein Kunde wird es wohl gerade noch abwarten können. Der will schließlich auch nicht, dass sein Müll nicht mehr abgeholt wird." Provokant nippte er in kleinen Schlucken von seinem dampfenden Kaffeebecher.

Simone sah ihn an, hilflos und ohnmächtig vor Wut. Sie schloss einen Moment die Augen, holte tief Luft, drehte sich um und ging zum Auto. Das Letzte, was die Typen hatten, war ein Getriebeschaden am Fahrzeug. Sie hätte sich die

Fahrzeugnummer notieren können, sie könnte sicherlich eine
Dienstaufsichtsbeschwerde einleiten. Aber sie hatte keine Kraft mehr dazu.
Wie betäubt stieg sie in ihren Wagen, der nach dem inzwischen erkalteten
Caramel Macchiato roch. Sie spürte, dass sie eine Toilette gebraucht hätte.
Verzweifelt ließ sie ihren Kopf auf das Lenkrad sinken. Warum konnte denn
nicht ein einziger Tag mal glatt anfangen?

***

Daniela.

16. April (Samstag)

Erster Arbeitstag im Music-Park. Ich weiß nicht, wie ich das die ganzen
nächsten Monate über schaffen soll! Natürlich trinke ich nichts mit, weil ich
arbeiten muss und wegen des Kindes, aber dadurch ist die Lautstärke
spätestens ab der dritten Stunde unerträglich. Und die ganzen Gerüche!!! Im
Moment geht das gar nicht für mich. Mir ist immer fürchterlich schlecht vom
dem Gestank nach Zigaretten. Ich hoffe nur, das geht wieder weg.
Ich stehe hinter der Bar, das ist ja eigentlich noch ganz nett. Das Publikum
ist gemischt; ein paar Prolls sind dabei, aber auch echt nette Leute, und
manche geben wirklich großzügig Trinkgeld; ich war überrascht. Bin mit
hundert Euro schwarz da rausgegangen! Aber das war auch echt sauer
verdient. Ich hätte nicht gedacht, dass es mich auch körperlich so anstrengt.
Stehen, laufen, reden, nachfragen, antworten, nicht verstanden werden,
lauter schreien, Kisten holen, hochstrecken für die Schnäpse, die oben

116

stehen, bücken für die Softdrinks, die unten im Kühlschrank sind ... Wenn ich mal für einen Moment nicht die Zähne zusammenbeiße, könnte ich sofort anfangen zu heulen.

Es soll ja Männer geben, die ihre Frauen noch mehr als vorher lieben, wenn sie hören, dass sie schwanger sind. Die sie in Watte packen möchten. Ihnen alle Arbeit abnehmen. Und ich stattdessen ... nehme einen Job an, mit dem ich eine Fehlgeburt riskiere. Ich weiß ja, dass das Mist ist, was ich mache. Aber was soll ich tun? Ich weiß einfach keinen anderen Weg.

Immerhin, Chris verhält sich wieder ziemlich normal. Neulich hat er sogar mal Pizza mitgebracht und gemeint, ich soll mir nicht immer so viel Arbeit im Haushalt machen. Aber vom Kind redet er nicht eine einzige Silbe, und wenn ich etwas dazu zu sagen versuche, verlässt er den Raum. Ich frage mich: Ist das eine Art von Hilflosigkeit? Oder will er es wirklich überhaupt nicht haben?

***

11

Simone.

Kaum hörte man, wie sie den Raum betrat. Die Mahagonitüren schlossen mit einem äußerst dezenten, wohligen Ton, und ihre Schritte versanken tonlos im weichen Veloursteppich.

Ihr Kollege Bernd, der ihr noch nie besonders wohlgesonnen gewesen war und nun gerade mitten in einer Präsentation steckte, verzichtete dennoch auf jegliche Diskretion und zeigte sich entschlossen, den Fauxpas voll auszuschlachten. Er unterbrach sich mitten im Satz und beobachtete scheinbar gebannt, wie sie den Raum betrat, sich kurz orientierte, welcher Platz ihr zugedacht war, und sich dann zu ihrem Stuhl durchschlängelte. „Unsere Kollegin Simone Neuhaus. Wie schön, dass sie es auch in unsere Runde geschafft hat. Alles in Ordnung?", fragte er mit geheuchelter Besorgnis.

Simone biss die Zähne zusammen und schüttelte innerlich den Kopf. Was wollte er damit erreichen? Seine eigene Position verbessern? Durch ein negatives Bild beim Kunden? „Das schlechte Bild jedes Einzelnen fällt auf die ganze Kanzlei zurück", das war es doch, was Dr. von Waldhausen immer predigte.

Von Waldhausen, der die Kanzlei seines Großvaters von seinem Vater übernommen hatte, war ihr bislang freundlich gegenübergestanden, doch er hasste jede Form von falschem Benehmen. Zuspätkommen im Kundentermin stand auf der Liste von inakzeptablem Verhalten ganz oben.

Jetzt sah er sie kurz an, nickte ihr zu und wandte den Blick dann mit leicht hochgezogener Augenbraue wieder ab. Aufgrund der langgezogenen Stille, die Bernds Schweigen verursachte, sah sie sich zu einer Erklärung genötigt.

„Es tut mir leid. Entschuldigen Sie bitte. Ein Müllwagen hat eine halbe Stunde lang die Straße blockiert." Sie ließ den Blick von von Waldhausen zu den Kunden hinüberschweifen und lächelte den drei älteren Herren zaghaft zu.

Die blickten drein, als fänden sie nichts so belanglos wie das Zuspätkommen einer Person, die ohnehin nichts zum Gespräch beizusteuern hatte, und warteten darauf, dass Bernd seinen Vortrag fortsetzen würde, doch Kira stieß ein kurzes, schrilles Lachen aus. „Gefangen hinter dem Müllwagen … ", stieß sie aus.

Simone starrte sie an. War sie nicht mehr bei Trost? Sich verspäten, das war das eine, aber solches Benehmen, wie es die beiden an den Tag legten – das *schadete* ja regelrecht dem Image der Kanzlei!

„Bernd, wenn ich Sie jetzt bitten dürfte, fortzufahren", donnerte von Waldhausen mit fester Stimme, die Kira das Lachen im Hals abschnürte. Mit launigem Lächeln, das Simone an Jungliberale im Wahlkampf denken ließ, legte Bernd den Schalter um und war sogleich wieder Rechtsanwalt Böhringer, Vertreter einer der renommiertesten Adressen der Stadt, Jurist mit Prädikatsexamen und Experte für alle rechtlichen Belange im Zusammenhang mit komplexen Bauvorhaben.

Simone spürte kalten Schweiß auf der Innenseite ihrer Handflächen. Was lief denn hier? Sie hätte zwar nicht sagen können, dass Bernd und Kira sich in den letzten Wochen von einer Seite gezeigt hätten, die ihr neu war, aber in dieser Dimension hatte sie die Intriganz und Gehässigkeit der zwei noch nicht kennengelernt.

Kaum war sie nach dem Meeting zurück in ihrem Büro, klingelte ihr Telefon. Es war von Waldhausen, der sie zu sich bat.

Mit klopfendem Herzen und einem unguten Gefühl in der Magengrube stand sie wenige Minuten später vor ihm. „Sie wollten mich sprechen?"

Er erhob sich und deutete ihr an, Platz zu nehmen. Während er stehen blieb, sah er sie forschend an. „Geht es Ihnen gut?", fragte er schließlich mit freundlicher, sachlicher Stimme.

Sie erwiderte seinen Blick und suchte nach einer diplomatischen Antwort. „Es … ja … danke.“

Von Waldhausen, der stehen gelieben war, sah zur ihr herunter. „Simone. Ich kenne Sie jetzt seit vielen Jahren, und Sie haben mich schon als Studentin durch Fleiß, Klugheit und Gewissenhaftigkeit überzeugt.“

Er machte eine Pause, während ihr Gehirn fieberhaft arbeitete. Worauf wollte er hinaus? Seine blauen Augen hinter der schlichten, silbernen Brille waren undurchdringlich, doch sie sollte es gleich erfahren.

„Sie wissen, ich lege Wert auf gute Umgangsformen. Dass Sie heute einmal zu spät waren – Schwamm drüber. Das erlebe ich in den vielen Jahren, die ich Sie nun kenne, zum ersten Mal von Ihnen. Aber das ist nicht alleine der Punkt.“

Jetzt setzte er sich auf seinen Schreibtischstuhl, ihr unmittelbar gegenüber, und beugte sich vor. Mit halblauter Stimme fuhr er fort. „Sie haben die Reaktion Ihrer Kollegen erlebt. Hier ist niemand blind. Man sieht, dass sie um vier Uhr gehen und abends keine Kundentermine mehr wahrnehmen. Es wird getratscht. Dass Sie in Trennung leben, ist ein offenes Geheimnis.“

Simone spürte, wie ihr das Blut in die Wangen stieg und in den Ohren rauschte. Er würde ihr kündigen. Jetzt gleich würde er ihr kündigen.

„Ich wertschätze die Offenheit, mit der Sie vor ein paar Wochen mit mir über Ihre neue Lebenssituation gesprochen haben“, fuhr von Waldhausen fort. „Ich stehe auch dazu, was ich Ihnen gesagt habe: Wir sind ein Familienunternehmen, in dem jeder Einzelne zählt. Gute Mitarbeiter können sich auch in schlechten Zeiten auf mich verlassen, und dass Sie eine meiner besten Mitarbeiterinnen sind, steht außer Frage. Aber ich muss auch auf das Betriebsklima achten. Bernd Böhringer ist eine Koryphäe auf seinem Gebiet, und Kira Mendelssohn hat neben dem Fachanwalt für Strafrecht, den sie mit Ihnen teilt, noch zwei weitere Fachanwaltstitel. Das ist Ihnen bekannt.“

‚Bitte nicht – bitte nicht – bitte nicht‘, skandierten Simones Gedanken. Sie brauchte ihre Arbeit. Sie brauchte sie so dringend. Für ihr inneres Gleichgewicht, für ihr Selbstbild, für ihren Lebensunterhalt natürlich – und um sich gegen Moritz behaupten zu können.

„Du kannst doch für ein Kind alleine gar nicht sorgen", hatte er ihr in einem Streit verächtlich entgegengeschleudert, als sie noch schwanger war und in einem heftigen Streit die Option einer Trennung in den Raum gestellt hatte. *„Wie kommst du darauf? Du weißt, dass ich eine sehr gute Karriere gemacht habe"*, hatte sie entgegnet, aber er hatte nur gehässig gelacht. *„Du redest wie eine Aufziehpuppe. Eine sehr gute Karriere. Eine sehr gute Karriere. – Ja, aber wann hast du behütetes Töchterchen denn einmal etwas tun müssen, wo es wirklich um was ging? Für dich ist das doch alles nur Spielerei. Arbeiten spielen, ja, das kannst du. Aber unter Druck arbeiten, wenn du weißt, dass dein Kind auf dich wartet ... lächerlich! Du bist total von mir abhängig. Jetzt schon!"*

Sie verkrampfte ihre eiskalten Hände ineinander und starrte ängstlich auf die blauen Linien der Adern, die sich auf ihrem Handrücken abzeichneten. Jetzt sprach Dr. von Waldhausen weiter. „Ich räume Ihnen eine Sonderstellung ein, Simone. Mehr als Sie glauben." Er hielt einen Moment inne und sprach dann weiter. „Ich habe keine Kinder. Wenn mir eine Tochter vergönnt gewesen wäre, hätte ich mir gewünscht, sie wäre gewesen wie Sie. Zielstrebig, klug, gewissenhaft und gut. Aber genauso, wie ich von mir selbst immer die meiste Leistung in dieser Kanzlei verlangt habe, wäre ich auch gegen meine Familie nicht nachgiebig gewesen. Und ich kann es auch gegen Sie nicht sein." Seine Stimme klang jetzt wieder fester, als hätte er einen Teil seines Inneren, der sich einen Weg nach außen hatte bahnen wollen, wieder in seine Schranken verwiesen. „Sie haben einen Job zu machen. Meinetwegen mit einer verlängerten Mittagspause zwischen 16 und 20 Uhr, meinetwegen mit Nachtarbeit; wann Sie schlafen, das ist mir egal. Ich halte Ihnen den Rücken frei vor Ihren Kollegen, was die Heimarbeit angeht. Aber: Das Ergebnis muss fehlerfrei sein. Auch im Auftreten. Früh gehen und zu spät kommen, das ist nicht drin. Ich kann es mir nicht leisten, dass zwei meiner besten Anwälte schlechte Laune in der Kanzlei verbreiten, weil eine dritte einen übermäßigen Sonderstatus genießt. Das muss Ihnen klar sein.“

Simone nickte betreten. „Es tut mir wirklich leid, Herr Dr. von Waldhausen“, murmelte sie zerknirscht.

Von Waldhausen, jetzt wieder ganz Geschäftsmann, nickte nur kurz. „Damit ist mir aber wirtschaftlich nicht geholfen. Wirtschaftlich zahlt es sich aus, wenn alle Mitarbeiter motiviert sind. Das sind Sie momentan nicht, und der Grund dafür ist Ihre persönliche Situation. Also sorgen Sie dafür, dass Sie in Ordnung kommen. Wenn Sie dafür eine Auszeit brauchen – kein Problem! Frau Mendelssohn übernimmt Ihre Fälle gern für einige Zeit. Aber solange Sie hier arbeiten möchten, müssen Sie die volle Leistung bringen. Haben wir uns verstanden?“

Auf einen Schlag spürte sie eine Gänsehaut am ganzen Körper. Kira – ihre Mandanten übernehmen? Für eine *Zeit?* Wenn Kira ihre Fälle übernehmen würde, gäbe es kein Zurück mehr. Ein solcher Schritt wäre ihr Ende in der Kanzlei, und sie wusste es gut. Für eine vierwöchige Mutter-Kind-Kur, wie Anja sie ihr empfohlen hatte, war das hier nicht das Umfeld.

Sie straffte die Schultern und sah ihren Chef voll an. „Es tut mir leid, dass ich Sie enttäuscht habe, Dr. von Waldhausen. Es wird nicht wieder vorkommen, darauf gebe ich Ihnen mein Wort.“ – „Das freut mich“, sagte von Waldhausen, während er nach seinem Füller griff und ihn aufschraubte, offensichtlich schon mit dem nächsten Arbeitsschritt beschäftigt: „Die andere Lösung würde uns beiden nicht gefallen. Wenn ich Sie jetzt bitten dürfte …“

Paralysiert saß Simone später an Anjas abgewetztem Küchentisch. Sie hatte keine Erinnerung daran, wie sie es geschafft hatte, im Nachgang dieses Gespräches noch einen dicken Stapel abzuarbeiten, aber irgendwie war sie fertig geworden.

Anja zündete sich eine Zigarette an. „Der Typ ist ein Wichser", meinte sie.

Simone zuckte zusammen. Der Ausdruck stand in einem zu krassen Gegensatz zur Person, die er beschreiben sollte. „Er muss an die Kanzlei denken", rechtfertigte sie ihren Chef.

Anja lachte böse auf. „Einen Scheiß muss der an die Kanzlei denken! Der spielt schamlos deine noch schamlosere Kollegin gegen dich aus!"

Simone schüttelte den Kopf, konnte Anja mit ihrer Wut nicht recht geben. „So ist das eben bei uns. Aber … was ich nicht verstehe, ist sein komischer Richtungswechsel. Erst gibt er sich so persönlich, dann plötzlich fällt eine Klappe. Was ist das denn?"

Wieder stieß Anja ein böses, raues Lachen aus. „Was das ist? Eine waschechte Persönlichkeitsstörung! Der Mann manipuliert dich, wie er es gerade braucht, hat vielleicht helle Momente, in denen Anteile ehemaliger Freundlichkeit durchkommen, unterdrückt diese aber gleich wieder, um bloß seine Macht nicht zu schmälern. Solche Spinner gibt es viel mehr, als man glaubt."

Befremdet sah Simone in ihren heißen, scharf duftenden Yogi-Tee, den Anja ihr ausgesucht und aufgegossen hatte. Glückstee. Aber eine Antwort enthielt er auch nicht. „Ich muss weitermachen", sagte sie und nahm den Tee mit hinaus: „Sonst geht genau der Teufelskreis los, vor dem ich Angst habe."

***

Anja.

Von: anja.wilms@hotmail.com
An: theo.fritsche@gmx.de
Sonntag, 24.04. 11:27
Betreff: Ortstermin

Lieber Theo,

ich mache mir immer noch ziemliche Sorgen. Simone wird
jeden Tag blasser und arbeitet bis zum Umfallen. Ich finde
das nicht mehr gut. Ist ja schön, wenn sie ihre
Unabhängigkeit bewahren will, aber irgendwie glaube ich,
dass Frederik dabei zu kurz kommt. Ganz zu schweigen von
ihrer eigenen Gesundheit. Dann macht ihr auch noch Moritz
Stress mit lächerlichen Drohbriefen, die sie unter normalen
Umständen wahrscheinlich gar nicht ernst nehmen würde, aber
weil sie momentan so fertig ist, zieht sie sich jeden Schuh
an.
Mich regt dieser blöde Moritz so auf! Ich würde ihm gerne
mal die Meinung sagen. Und eigentlich möchte ich auch
Simone am liebsten mal kräftig schütteln. Die sieht ja
langsam gar nicht mehr, was das wirkliche Leben ist! Immer
geht es nur um ihre Arbeit und ihren Streit mit Moritz.
Manchmal denke ich, sie nimmt sich gar keine Zeit mehr, um
zu sehen, wie süß Frederik ist.
Ich war aber trotz allem im Club. Mit dem ganzen Mist im
Hinterkopf hatte ich nur noch halb so viel Spaß daran, aber
ich hatte es mir ja nun mal vorgenommen.

Und stell Dir vor, da habe ich sogar jemanden getroffen,

den ich kannte! Eine Protokollführerin aus dem Amtsgericht.
Für die muss es ja auch komisch sein, wenn sie in den
Verhandlungen Sachen mitschreibt über Leute, die im
gleichen Laden feiern wie sie. Wobei sie gar nicht zum
Feiern da war. Sie kellnert wohl dort.

Krass, oder? Wie kann man denn tagsüber einen vollen Job
machen und dann noch mehrere Nächte der Woche irgendwo
Nachtschichten schieben?
Das geht doch auch nur, wenn man im öffentlichen Dienst
ist. Bestimmt ist die beim Gericht einfach nicht
ausgelastet. Jedenfalls haben wir uns ganz nett
unterhalten.

Was ich von ihr halten soll, weiß ich trotzdem nicht so
richtig. Irgendetwas an ihr wirkt rätselhaft. Aber
vielleicht denke ich das auch nur, weil der investigative
Abend ansonsten eher eine Enttäuschung war. Bemerkenswerte
Auseinandersetzungen habe ich jedenfalls nicht mitbekommen.
Dafür hat mir ein Typ von der freiwilligen Feuerwehr seine
Telefonnummer gegeben. Er tanzte mich penetrant, leider
aber total grobmotorisch an und hat mir dann bei einem Bier
seine halbe Lebensgeschichte erzählt. Olli heißt er. Aber
ich weiß nicht mal mehr, ob ich den Zettel mit seiner
Nummer noch habe, eigentlich fand ich ihn eher peinlich.
Genau genommen durfte er mich auch nur zum Kölsch einladen,
weil es völlig an Alternativen mangelte. Also, den Abend
hätte ich mir auch schenken können.
Und da fällt mir ein, ich schulde Dir noch eine Antwort auf
die Frage von neulich. „Ablenkung ist schon zur Stelle." Na
ja, ich war mit einem der Wachtmeister aus. Das war

allerdings keine so gute Idee. Erst fand ich ihn attraktiv,
aber das Date war, ehrlich gesagt, ein Desaster. Jetzt
wirft er mir immer so waidwunde Blicke zu. Ich weiß nicht
so richtig, wie ich das glattbügeln kann. Ich muss ja auch
dauernd an ihm vorbei, wenn ich ins Gericht gehe. Na ja.
Irgendwann wird er ja wohl wen anders kennenlernen …

Liebe Grüße und bis bald,
Anja

* * *

Daniela.

24. April (Sonntag)

Gestern war mein dritter Arbeitstag im Music-Park, und schon passiert was
Komisches: Ausgerechnet die Journalistin, die oft ins Gericht kommt, steht
plötzlich vor mir und will was bestellen!

Erst wusste ich gar nicht, woher ich sie kannte. Aber dann fiel es mir ein.
Ich war total überrascht, sie dort zu sehen. Sie wohl auch. Aber dann haben
wir uns doch ganz nett unterhalten.
Ich glaube allerdings, dass sie ein bisschen spinnt. Wie solche Leute halt
sind. Sie war gar nicht zum Feiern im Music-Park! Sondern: zur Recherche.
Weil ihr aufgefallen ist, dass vor Gericht so viele Schlägereien aus dem
Music-Park verhandelt werden. Und nun wollte sie sich den Laden mal

angucken.

Ich habe gesagt: Da gibt's nicht viel zu gucken! Ist ein normaler Club wie tausend andere in diesem Land! Aber sie meinte, nein, die Leute seien speziell. Na, wenn sie meint.

Sie hat mich gefragt, wie es kommt, dass ich im Club arbeite, wo ich doch schon im Gericht bin. Die ist ja ganz schön direkt! Ich wusste so schnell gar nicht, was ich antworten sollte. Aber dann habe ich einfach gemeint: Ich brauche das! Ich brauche Ablenkung und Action, ich schlafe eh nicht viel und zu Hause langweile ich mich nur, weil mein Freund auch immer bis spät in die Nacht arbeitet. Sie hat ein bisschen befremdet geguckt, aber ich glaube, sie hat mir geglaubt.

Leute wollen ja meistens ganz gerne das glauben, was die einfachste Erklärung ist. Sie hat dann noch gefragt, ob es nicht sehr anstrengend ist mit zwei Jobs, und ich habe gesagt, ach wo, überhaupt nicht.

Anja heißt sie. Sie hat mir ihre Telefonnummer gegeben und gesagt, dass ich mich doch mal melden soll, wenn ich mag, und dass wir einen Kaffee zusammen trinken gehen können.

Ich weiß noch nicht, ob ich mich traue. Sie hat das ja vielleicht nur so gesagt. Oder weil sie hofft, pikante Details aus dem Gericht zu erfahren. Aber eigentlich wirkt sie wirklich sehr, sehr nett. Und es wäre so schön, hier eine Freundin zu haben!

Es macht mich fertig, so abgeschottet zu sein. Ich habe mir immer vorgestellt, mal so wie meine Eltern zu leben. Mit einem offenen, herzlichen

Haus, in dem Freunde ein- und ausgehen.

Hier bin ich ein Niemand. Eine Fremde. Manchmal fühle ich mich, als wäre ich nur noch halb lebendig.

***

12

Daniela.

27. April (Mittwoch)

Heute war ich wieder beim Arzt. Man erkennt jetzt schon richtig die Arme,
die Beine, den Kopf ... Es ist abgefahren. Verrückt. Ich mag nicht glauben,
dass das alles in meinem Körper stattfindet. Zwischendurch frage ich mich
immer wieder, ob ich das Kind wirklich bekommen möchte, aber wenn ich es
dann so sehe ... Es fühlt sich so fremd an! Aber ich kann mir schon auch
vorstellen, wenn man zu zweit so etwas erlebt, dass es toll ist. Momentan
macht es mir einfach nur Angst. Jetzt sitze ich hier mit dem Ultraschallfoto
und überlege, ob Chris anders denken würde, wenn er das mal sehen würde?
Nicht nur das Foto, sondern wenn er mal am Bildschirm sehen würde, wie die
kleinen Arme winken, die zu seinem Kind gehören? Der Arzt meint, das hat er
schon oft erlebt. Männer, die sich erst mit Händen und Füßen gegen ein Kind
wehren, aber dann sehen sie den Ultraschall und sind total verliebt. Für mich
klingt das ja wie im Märchen. Ich würde mir sooo sehr wünschen, dass Chris
sich ein bisschen für das Kind interessieren würde.
Ich versteh ihn auch gar nicht. Er fand es doch auch immer scheiße, keinen
Vater zu haben. Will er es jetzt selbst genauso schlecht machen wie der
Alte? Jedenfalls habe ich einen Termin abgemacht und mir überlegt, ihn
unter einem Vorwand mitzunehmen.

***

Anja.

Von: theo.fritsch@gmx.de
An: anja.wilms@hotmail.com
Freitag, 29.04. 18:42
Betreff: Zeit für Perspektivwechsel?

Liebe Anja!

Wenn ich mich recht erinnere, war Dir von Anfang an klar,
dass Deine Freundin Simone nicht immer die gleichen
Prioritäten setzt wie Du. Von daher solltest Du nicht allzu
hart mit ihr ins Gericht gehen. Menschen können eben nicht
aus ihrer Haut!
Besorgniserregend finde ich das allerdings schon, was Du
schreibst. Ich würde sagen: Eine Mutter-Kind-Kur wäre doch
eine super Idee – aber es ist ja absehbar, dass sie sich
dafür keine Zeit nehmen würde. Das ist ganz schön
vertrackt.
Im Grunde kannst Du nichts tun, als ihr und ihrem kleinen
Sohn ein Gleichgewicht zu den restlichen Turbulenzen ihres
Lebens zu bieten. Deinen Wunsch, diesem Moritz die Meinung
zu sagen, kann ich nachvollziehen, aber ich würde mich da
nicht einmischen. Damit reizt Du ihn nur zusätzlich und
schadest am Ende Simone und Frederik.
Also keine Schlägerei in Deiner Provinz-Disco. Ehrlich
gesagt, bin ich froh darüber. Ich hatte mir ein bisschen
Sorgen um Dich gemacht. Und was Deine Flirts angeht … So
ganz verstehe ich Dich nicht. Ich bin ja nun schon um
einiges älter, vielleicht funktioniert das heute nicht mehr
alles so wie vor 20 Jahren.

Ich bin aber ganz sicher: Eines ändert sich nie. Und das
ist die Tatsache, dass man sich nicht nur attraktiv finden,
sondern auch auf intellektueller Ebene zueinander passen
sollte.

Nichts gegen Deine Wachtmeister und Feuerwehrmänner aus der
Provinz, aber ich kann mir einfach nicht vorstellen, welche
geistigen Interessen Du mit denen teilen willst.

Du lebst doch auch ganz anders als die. Du bist durch und
durch Stadtkind, Freigeist und, ja wie soll ich sagen – Du
lebst eine gewisse Art von Bohème. Du solltest Dir jemanden
suchen, der dazu passt.

Hier ist noch immer Land unter. Aber nächste Woche habe ich
das Projekt abgewickelt. Ich glaube, dann fahre ich mal für
ein verlängertes Wochenende in die Berge. Ich muss mal ein
bisschen abschalten.

Liebe Grüße,
Theo

***

Simone.

Das Klingeln des Handys ließ sie zusammenfahren. „Hallo?"

„Hallo Simone! Hier ist Petra, von der musikalischen Früherziehung!"

Simone war einen Moment lang total benommen. Musikalische Früherziehung?

Was hatte das mit Steuerhinterziehung zu tun? Dann schreckte sie zusammen.

Früherziehung. Klar. Hier ging es nicht um den Mandanten, dem sie gerade

schrieb, sondern um ihren Sohn. „Hallo Petra", antwortete sie mit dünner

Stimme. „Nett, dass du dich meldest. Wie geht es dir?"

Petra klang überrascht. „Mir geht es gut, danke. Ich hatte mich eigentlich eher

131

gefragt, wie es euch geht.“

Simone schloss die Augen, um sich selbst davon abzuhalten, parallel zum Gespräch ihre Unterlagen weiterzulesen. „Wie es uns geht. Ja. Warum? Stimmt etwas nicht?“

Aus dem Telefon kam ein irritiertes Lachen. „Na ja, ihr habt die letzten zwei Termine ausfallen lassen und euch gar nicht abgemeldet!“

Oh ja. Richtig. Es kam ihr jetzt selbst ziemlich lange her vor, dass sie zuletzt in dem hübschen Altbau gewesen war, der die kleine, privat geführte Musikschule beherbergte.

„Und da wollte ich fragen, ob Frederik vielleicht irgendetwas nicht gefallen hat?“

Simone legte zwei Finger über ihre geschlossenen Augen. War das wirklich schon alles so lange her? Ja, musste wohl so sein. „Ich habe momentan einfach viel zu tun. Ich fürchte, ich habe es einfach vergessen. Mit deinem Kurs ist alles in Ordnung, Petra. Frederik geht sehr gerne hin. Ich schaffe es bloß momentan nicht so richtig, ihn regelmäßig zu allen Terminen zu bringen.“

Einen Moment lang war Stille. Dann sagte Petra: „Na ja. Du musst ja wissen, wie du es einrichten kannst. Ich finde es nur schade für Frederik, wenn er sein Talent nicht weiter entfalten kann. Und für die anderen Kinder bringt es Unruhe in den Kurs, wenn jeder kommt, wann er will. Vielleicht findet ihr ja eine Lösung?“

Simone nickte erschöpft. „Ja. Ich überlege mir was. Danke für deinen Anruf.“

Nachdem sie aufgelegt hatte, schlug sie die Akte zu. Steuerhinterziehung. Darauf konnte sie sich jetzt gerade nicht mehr besonders gut konzentrieren. Wie ein langes Band, das zum Ende hin immer diffuser wurde, sah sie den Weg vor sich, den sie und Moritz einmal für Frederik geplant hatten.

Eine gute Förderung von klein auf. Nächstes Jahr wollten sie ihn in einem renommierten Kinderchor anmelden. Dadurch hätte er gute Chancen, auf jener Grundschule genommen zu werden, die mit ihrem musisch-religiösen Profil als beste in der Stadt galt. Es hieß ja, dass nur Kinder, die von dort kamen, Aussichten darauf hatten, am erzbischöflichen Gymnasium angenommen zu werden, dessen Ruf so exzellent war.

Sie ließ unschlüssig einen Kugelschreiber zwischen ihren Fingern hin und her wippten. Dann fasste sie sich ein Herz. Hier ging es um die Zukunft ihres Kindes. Da konnte sie mal über ihren Schatten springen. Und schließlich hatte Moritz neulich noch geschrieben, dass er mehr in alles einbezogen werden wollte. Sie öffnete eine neue E-Mail.

„Hallo Moritz.
Wir hatten seinerzeit entschieden, dass wir musikalische Frühförderung für Frederik wichtig finden. Momentan bin ich in der Kanzlei sehr stark eingespannt. Würdest Du es übernehmen, ihn in den nächsten Wochen aus der Kita abzuholen und zum Kurs zu fahren?
Viele Grüße,
Simone“

Sie zögerte kurz, drückte dann auf „Senden“ und wandte sich wieder ihrer Arbeit zu. Einige Zeit später erklang das helle „Pling!“ einer eingehenden Mail.

„Hallo Simone.
Es war Deine Entscheidung, Frederik in die Situation zu bringen, in der er jetzt ist. Du hast das allein zu verantworten.
Gruß, Moritz.“

Sie starrte auf die E-Mail. Das war ja klar gewesen. Kurz überlegte sie. Ob sie ihre Mutter fragen sollte? Aber die würde ihr nur wieder Vorwürfe machen. Anja? Die tat schon genug für sie. Eine Babysitterin? Sie kannte keine.

Kraftlos nahm sie ihr Handy. „Petra? Hallo. Hier ist Simone, die Mutter von Frederik. Es tut mir leid. Ich muss ihn vom Kurs abmelden. Das geht momentan nicht anders."

Während Petra antwortete, sah sie ihr kühles, distinguiert lächelndes Gesicht vor sich. Petra, die mit irgendeinem Musikprofessor verheiratet war und nur arbeitete, um etwas zum Erzählen zu haben.

„Das tut mir ja sehr leid für Frederik! Mir schien, er war nicht untalentiert. Zudem hattet ihr, wenn ich mich richtig erinnere, ja auch Pläne mit ihm." Sie machte eine bedeutungsvolle Pause und setzte dann hoheitsvoll fort: „Aber dann notiere ich diese Entscheidung und nehme sie zu den Unterlagen."

Niedergeschlagen stützte Simone den Kopf in beide Hände. Dann erinnerte sie sich daran, was Anja gesagt hatte. „Er spricht, er ist frech – er ist genau wie alle anderen kleinen Jungen auch. Ist es nicht das, worauf es ankommt?" Vermutlich hatte sie recht. Menschen hatten schon größere Herausforderungen durchgestanden. Und momentan gab es einfach nur eines, das wichtig war: Sie musste in ihrer Karriere fest im Sattel bleiben, um Moritz in jeder Hinsicht dauerhaft die Stirn bieten zu können. Sie brauchte das Geld, und sie brauchte die Anerkennung. Sie war jemand in der Branche. Leute hielten etwas von ihr und ihrem Können. Sie durfte sich jetzt keinen Fehler leisten. Nur dadurch konnte sie sich dauerhaft vor Moritz' Intrigen schützen.

***

13

Simone.

Ein würziger Ofengeruch waberte durch die Wohnung. Frederik, der unter unaufhaltsamem Plappern die Stufen hinaufgestapft war, hielt inne, blähte seine kleinen Nasenlöcher auf und jubelte: „Hühnchen!" Er warf die Arme in die Luft und rannte stolpernd in die Küche.

Tatsächlich: Hier stand Anja, erhitzt und mit roten Wangen. Sie hantierte mit allerlei Gerätschaften, während im Ofen ein Hühnchen brutzelte. Frederik hielt sein kleines Gesicht dicht vor das Glas.

„Bekommst du Besuch?", fragte Simone, die ihrem Sohn gefolgt war, überrascht.

Anja strahlte sie an. „Nein! Ich dachte einfach, heute ist mal ein guter Tag für ein schönes, gemeinsames Abendessen."

Erstaunt sah Simone sie an. „Du hast für uns gekocht?"

„Ganz genau!", nickte Anja, während sie zwei Gläser mit Rotwein füllte.

Frederik beobachtete sie misstrauisch. „Was bekomme ich?", fragte er während er genau beobachtete, wie Anja seiner Mutter ein Glas Wein in die Hand drückte.

„Oh!" Anja lächelte ihn an. „Dich habe ich natürlich nicht vergessen! Du bekommst Kinderpunsch." Grinsend präsentierte sie eine Flasche Rotbäckchensaft.

Erneut erntete sie Simones skeptischen Blick. „Was ist denn heute los? Gibt es etwas zu feiern?"

„Nein. Ich dachte einfach, die letzten Wochen waren wirklich sehr stressig, und heute läuten wir mal eine neue Zeit ein."

„Ha! Wenn das mal so einfach wäre …“ Mit einem Seufzer stieg Simone aus ihren Pumps.

Frederik hatte Schuhe und Jacke bereits quer durch die Küche verteilt und war nun damit beschäftigt, Tupperdosen aus dem Schrank auszuräumen.

Simone machte sich daran, sie wieder einzusammeln, aber Anja winkte ab.

„Lass nur. Das mache ich nachher. Ich bin so in einer halben Stunde fertig. Das passt euch doch?“

„Klar!“ Simone, in der einen Hand ihre Schuhe, in der anderen einen grünen Plastikdeckel, sah sich noch mal in der Küche um. „Und das machst du wirklich einfach so für uns? Mensch, Anja! Das ist total toll! Und ich reagiere so verstockt. Das ist … ich war einfach nur überrascht. Aber das ist wirklich lieb von dir. Danke! Ich glaube, genau so etwas kann ich jetzt richtig gut gebrauchen. Ich wasche mir nur schnell die Hände und decke dann den Tisch!“ Aber Anja hielt sie am Arm fest. „Lass mal, Liebes. Wirklich. Schau lieber, was Frederik macht. Ich glaube, der braucht dich momentan dringender als ich.“

Eine Stunde später saßen sie um den Esstisch herum. Frederik strahlte über sein ganzes glänzendes Gesicht, auf dem die Hühnchenschenkel sichtbare Spuren hinterlassen hatten. „Machen wir das jetzt jeden Abend?“, fragte er.

„Fände ich schön“, sagte Anja. „Morgen kochst du. Ich hoffe, du kannst mit einem Puppenherd umgehen.“

Frederik zog ein Gesicht. „Puppen sind für Mädchen.“

Anja grinste. „Aber Herde sind für alle, die gut kochen können! Zum Beispiel damit.“ Sie zog aus einer Kiste, die neben ihrem Stuhl gestanden hatte, einen kleinen Topf und einen Schneebesen hervor.

Interessiert kam der Kleine näher. „In meinem Zimmer ist noch mehr davon. Möchtest du es dir anschauen?“ Frederik griff nach dem kleinen Metalltopf, spiegelte sich kurz darin und nickte dann. „Dann geh. Die Tür ist ja offen.“

Auf Simones fragenden Blick hin erklärte sie: „Eine Kollegin hat im Kinderzimmer ihrer Tochter ausgemistet. Ich dachte, er hat ja momentan nicht allzu viele Sachen hier … Aber, Simone, eigentlich wollte ich über etwas anderes mit dir reden."

Sie schaute in das blasse Gesicht der Freundin, aus dem ihr zwei blaue Augen mit dunklen Ringen darunter entgegensahen. „Ich mache mir Sorgen um dich!" Simone hob die Augenbrauen, doch Anja ließ ihr keine Zeit zum Antworten, sondern griff nach ihrer Hand. „Du arbeitest zu viel! Ich mache mir Sorgen um euch beide. Wirklich. Schau dich mal an, du bist ja nur noch ein Schatten deiner selbst!"

Simone schüttelte den Kopf. „Ach Anja. Das ist Unsinn. Ich hatte in den vergangenen Jahren immer mal stressige Zeiten. Das hier ist gar nicht so ungewöhnlich für mich."

„Umso schlimmer", versetzte Anja. „Frederik ist nur einmal klein! Weißt du eigentlich, was du mit ihm verpasst, dadurch, dass du so viel arbeitest?" Simone öffnete den Mund, doch Anja ließ sie nicht zu Wort kommen. „Er freut sich immer so sehr über dich! Und er ist dankbar für so kleine Dinge. Fürs Vorlesen. Für ein Lied. Für ein bisschen Knuddeln. Er ist einfach absolut süß!! Und in ein paar Jahren steht er dir als pickeliger Teenager gegenüber, der auf seine alte Mutter überhaupt keinen Bock hat. Wirklich, Simone! Du wirst es bedauern, wenn du diese Zeit jetzt nicht viel stärker für euch nutzt." Simone spielte gedankenverloren mit dem zierlichen Schneebesen, den Frederik liegen gelassen hatte. „Glaubst du, ich wüsste das nicht? Aber ich kann momentan nichts ändern. Du weißt, wie es in der Kanzlei läuft. Wenn ich jetzt nicht alles gebe, bin ich bald weg vom Fenster! Außerdem brauche ich Geld für die Scheidung, für eine neue Wohnung – für alles Mögliche. Um mich sicher zu fühlen vor Moritz, vielleicht auch. Ich kann jetzt nicht weniger arbeiten." Frederik stieß die Tür auf. In der Hand hielt er einen blauen Emailletopf und eine rote Pfanne. „Nachtisch", strahlte er und knallte das kleine Kochgeschirr unbeschwert auf die Teller der beiden Frauen.

„Toll", lachte Anja ihn an. „Was gibt es denn?"

Mit schief gelegtem Kopf sah Frederik seine Mutter an, die nachdenklich auf ihren Teller starrte. „Mama, was ist dein Lieblings?"

Sie schüttelte irritiert den Kopf. „Wie?"

„Dein Lieblings!"

„Lieblings-was?"

Anja stieß sie unter dem Tisch dezent an. „Nachtisch. Wir reden über Nachtisch. Frederik hat gekocht."

„Oh. Klar." Jetzt fuhr Simone mit der Hand durch das Haar ihres Söhnchens und begegnete dessen erwartungsvollem Blick. „Mein Lieblingsnachtisch. Ich glaube … Karamellcreme."

Frederik strahlte. „Das ist welche!" Er drückte seiner Mutter die kleine Pfanne fast in den Mund.

Sie wehrte sie lachend ab, griff aber danach. „Lass mich das machen. Hm … Karamellcreme! Schmeckt toll. Anja, du musst auch probieren. Frederik hat einen ganz tollen Nachtisch gemacht …"

Anja stocherte bereits mit ihrer Gabel in dem kleinen Topf herum. „Wirklich lecker!", lobte sie. „Machst du uns noch mehr davon?" Frederik nickte, raffte Topf und Pfanne wieder an sich und rannte davon. Aus Anjas Zimmer hörten sie ein wildes Klappern.

„Siehst du, was ich meine?", fragte Anja leise. „Du bist so in deinen Sorgen gefangen, dass du viele schöne Dinge gar nicht mehr mitkriegst. Du hast einen so tollen kleinen Jungen! Und du bist doch weit entfernt davon, knapp mit Geld zu sein. Meinst du nicht, es gäbe eine Möglichkeit, weniger zur arbeiten? Wie gesagt, er ist nur einmal klein."

Müde zuckte Simone die Schultern. Als Frederik wieder hereinstürmte, zog sie ihn auf ihren Schoß und versteckte das Gesicht in seinem zerzausten Haar. Kurz schmiegte er sich an sie, dann zappelte er sich frei. Über seinen Kopf hinweg sah Simone Anja an. „Ich weiß, dass du recht hast“, seufzte sie. „Aber ich weiß nicht, wie ich das lösen soll. Ich habe wirklich Angst vor dem, was passiert, wenn ich meinen Job verliere.“

Anja legte ihr die Hand auf den Arm. „Aber du bist doch so gut! Du würdest wieder eine neue Stelle finden!“

Simone dachte an die Begegnung mit Arne Brink. *„Wenn Sie jemals wechseln wollen ...“* Vielleicht hatte Anja recht. Sie könnte dort nachfragen. Aber was sollte sie sagen? Dass sie in Teilzeit arbeiten wollte? Da konnte sie sich auch gleich ein Schild um den Hals hängen und darauf schreiben: *„Überstunden kommen für mich nicht infrage.“*

„Ich würde, wenn ich könnte“, murmelte sie. „Aber ich weiß wirklich nicht, wie das funktionieren soll. Ich muss das jetzt irgendwie überstehen. Ich muss irgendwie das Beste daraus machen.“ Sanft strich sie über Frederiks Haarschopf. „Es wird okay sein für ihn. Irgendwie wird es okay sein. Ich bin sicher, dass es ihm guttut, dass wir bei dir sind. Du bist eine große Hilfe für uns. Nicht nur, weil du uns heute mit einem leckeren Essen überrascht hast. Du bist eine Hilfe, weil es mir Kraft gibt, dich als Ratgeberin an meiner Seite zu wissen.“

Anja seufzte. „Das, was du sagst, heißt: Thanks, but no thanks. Es geht mir doch nicht darum, Dank für irgendetwas einzuheimsen. Ich würde dich gerne dazu bewegen, dass du dein Leben nicht aus den Augen verlierst. Versprich mir wenigstens, dass du darüber nachdenkst!“

Simone biss sich kurz auf die Lippen. „Ich versuche es“, versprach sie. Aber sie konnte ihrer Freundin dabei nicht in die Augen sehen.

***

Daniela.

5. Mai (Donnerstag)

Er kommt mit! Ich habe ihm den Termin gesagt, und er hat ihn sogar in sein iPhone getippt!!!

Na ja. Wenn ich ehrlich zu mir selbst bin, ist das kein Grund für große Freude. Er kommt nur mit, weil er denkt, dass ich abtreibe …

Ich habe ihn gefragt, ob er mitkommt zum nächsten Termin. Er fiel fast in den Fernseher, als er die Frage hörte. „Ich komm höchstens mit zur Abtreibung", hat er mir dann verächtlich entgegengeschleudert. Ich war so perplex, dass ich nur gesagt habe: „Ja."

Er meinte dann ganz misstrauisch: „Was ja? Treibst du ab?"

Ich habe rumgedruckst und mich vor meinem Kind so geschämt, es so blöde zu verraten, aber ich habe trotzdem gesagt: „Ach ja, weißt du, das hat doch keinen Zweck", sodass er denken musste: „Cool, jetzt ist das Thema ausgestanden."

Und er war auch gleich viel freundlicher als irgendwann in den ganzen vergangenen Wochen, küsste mich auf die Schläfe und meinte: „Na gut. Dabei lass ich dich nicht alleine. Kluges Mädchen."

Dass die Frist für eine normale Abtreibung längst abgelaufen ist, ist ihm natürlich gar nicht bewusst. Der könnte ja nicht mal sagen, in welchem Monat ich bin. Na ja, ist ja in diesem Fall umso besser.

Ein Teil von mir will ihn hassen dafür, dass er sich freut über den Gedanken, sein Kind würde abgetrieben. Aber ein anderer Teil von mir konzentriert sich nur auf die Zärtlichkeit in seinem Blick, als er sagte: „Dabei lass ich dich nicht alleine." Auf seine Art ist er auch für mich da. Er ist eben nur anders! Und es fehlt ihm ja auch ein Vatervorbild.

Im Grunde seines Herzen ist er ein guter Kerl. Ich weiß das. Er kann es nur nicht immer so zeigen. Es wird schon alles gut werden.

Oder? – Doch.

Manchmal muss man auch einfach dran glauben.

***

14

Anja.

Von: anja.wilms@hotmail.com
An: theo.fritsche@gmx.de
Freitag, 06.05. 23:55
Betreff: Mission gestartet

Lieber Theo!
Danke für Deine vielen Tipps in Sachen Simone. Ich habe sie
gleich beherzigt und neulich mal für uns zweieinhalb
gekocht. Es war lustig! Aber ob wirklich etwas zu ihr
durchgedrungen ist, als ich gesagt habe, Frederik sei doch
nur einmal klein … keine Ahnung. Ich versuche immer wieder,
ihr zu zeigen, dass es mehr im Leben gibt als Geld und
Karriere. Das werde ich auch weiterhin tun. Schon um
Frederiks willen. Den habe ich echt inzwischen zum Fressen
gerne; so ein Sonnenschein!

Hm, hm. Du meinst also, ich soll mir mal einen
intellektuellen Typen suchen, ja?? Na schön, weil Du es
bist. Simone erzähle ich es erst mal noch nicht; sie wäre
geschockt oder könnte auch einfach nicht verstehen, wie man
sich so schnell umorientieren kann.

Also. Da gibt es Florian … einen Musiker. Ich hab ihn vor
ein paar Jahren kennengelernt und etwas über ihn
geschrieben. Damals fand ich ihn süß, aber ich war gerade
mit Carsten zusammen, und der war ja so fürchterlich
eifersüchtig … Florian hatte mich damals zum Essen einladen

wollen, aber Carsten drehte völlig durch, als er davon
erfuhr, und so habe ich ihm damals gesagt, ich hätte gerade
wenig Zeit.

Irgendwann sind wir uns dann alle im Sommer am Aachener
Weiher über den Weg gelaufen; es war einer dieser Abende,
wo alles aussieht wie Woodstock, weil alle grillen und auf
den Wiesen liegen. Ich hatte einen sehr kurzen Rock an, und
Florian schaute ziemlich anerkennend, woraufhin Carsten,
nachdem er aus meiner Begrüßung den Namen „Florian" gehört
und richtig kombiniert hatte, ungefähr so dreinblickte, als
würde er gleich auf ihn losgehen, und ich dann schnell
dafür gesorgt habe, dass jeder in eine andere Richtung
weiterging. Das war's, für damals.

Dann habe ich ihn ein paar Mal auf der Straße gesehen,
teils auch nur von Weitem, selten so, dass wir uns
überhaupt gegrüßt haben.

Und jetzt hat er mich neulich auf Facebook kontaktiert. Ich
hatte irgendeinen lustigen Satz von Frederik gepostet, den
er gelesen und kommentiert hat, und so kamen wir „ins
Gespräch".
Mir tat es ja eigentlich die ganzen letzten Jahre schon
leid um die nette Einladung zum Essen … ;-) Also hab ich
ihn gefragt, ob er nicht demnächst mal wieder ein
interessantes Konzert gibt, zu dem ich kommen könnte.
Er meinte, klar, jede Menge, aber vor allem sei er gerade
dabei, mit einem Freund zusammen in eine alte Fabrikhalle
zu ziehen, und da wollen sie dann ein Atelier mit Kunst und
Musik eröffnen. Der Freund ist nämlich Bildhauer. Irgendwie
cool, dieses Projekt.

Also haben wir uns erst mal auf einen Kaffee verabredet,
damit er mir mehr darüber erzählen konnte, und nächste
Woche bekomme ich eine Führung durch das neue Atelier.
Alles aus rein beruflicher Neugier, natürlich! :-)
Nein. Natürlich nicht rein beruflich. Ich kann zwar was
darüber schreiben, das habe ich schon abgemacht, aber ich
glaube, so ganz nebenbei genießen wir auch beide ein
bisschen, wieder Kontakt zu haben. Zumindest schicken wir
uns ab und zu nette Whatsapps. Ich halte Dich auf dem
Laufenden!

Liebe Grüße,
Anja

＊

Daniela.

6. Mai (Freitag)

Manchmal denke ich, ich möchte nach Hause, zu Mama, auf die Couch, mit
einer Wolldecke. Sie bringt mir geschnittene Apfelstückchen und heißen
Kakao und Schwarzbrotschnitte mit Butter. Wenn ich mir das vorstelle,
könnte ich anfangen zu heulen.
Der Arzttermin war ganz große Scheiße. Ich habe echt geglaubt, wenn er das
Kind auf dem Bildschirm sieht, legt sich bei ihm der Schalter um. Aber – er
hat einfach keine Regung gezeigt!

Irgendwann hat er natürlich geschnallt, dass es einfach eine Untersuchung war und keine Abtreibung. Ich sah, wie sich seine Kiefermuskeln angespannt haben; vor dem Arzt wollte er nichts sagen.

Dr. Krüger hat ihm und mir alles Mögliche erzählt, über die Herztöne, die Entwicklung der Organe und was weiß ich. Nachdem ich Chris' Blick gesehen hatte, hatte ich solche Angst, dass ich gar nicht mehr richtig zuhören konnte.

Auf der Straße hat er kein Wort gesprochen. Ich dachte, im Auto macht er mir eine Szene, und dann kann ich mich wenigstens rechtfertigen. Aber er hat nur geschwiegen, den ganzen Heimweg über, und starr geradeaus geguckt. Ich hätte so gerne etwas gesagt, aber ich habe mich nicht getraut. Und ich habe auch nicht gewusst, was? Entschuldigen? Gut, ich habe ihn angelogen – aber andererseits: Muss ich mich dafür entschuldigen, sein Kind nicht abzutreiben? Das ist doch pervers.

Jetzt ist er seit Stunden unterwegs. Ich weiß nicht, wo er ist und wann er wiederkommt. Sein Handy hat er mir, als wir zu Hause waren, demonstrativ vor die Füße geschmissen. Damit ich auch keinen Zweifel daran habe, dass er wirklich nicht zu erreichen ist.

Immer wieder gehe ich ans Fenster. Ich fange an, die Sicht auf diese Straße richtig zu hassen. Ich hasse die Straße dafür, dass sie so stumpf und unbeteiligt daliegt und Chris nicht ausspuckt, weder am einen, noch am anderen Ende. Er kommt einfach nicht nach Hause. Das kann doch nicht sein!

Es kann natürlich schon sein. Es ist ja auch nicht neu. Es ist das, was er seit Monaten mit mir macht. Wenn er sauer ist, macht er mich fertig – ob mit Worten oder mit Schweigen –, und dann haut er ab. Aber jedes Mal wieder kommt es mir vor wie ein unglaublicher Albtraum, der einfach nicht wahr sein kann.

Als wir uns kennengelernt haben, damals, im Urlaub, da war er so anders!!! Ich hätte niemals gedacht, dass so viel Niedertracht in ihm stecken könnte. Er war liebevoll, zärtlich, sensibel. Er hat mir zugehört und mich zum Lachen gebracht. Als ich ihm erzählt habe, dass bei uns zu Hause die Jobs alle schlecht sind und es auch nicht viele gibt, da hat er mir solchen Mut gemacht!

„Komm doch zu mir", hat er gemeint. „Bessere Infrastruktur, bessere Bezahlung, lustigeres Leben. Was willst du denn wo, wo die jungen Leute alle weggehen? Du bist doch zu schade für so eine öde Region! Du bist so eine tolle Frau. Ich bin sicher, du kannst einen super Job bei mir in der Nähe finden. Und ich würde mich freuen ..."

Damals habe ich mich mit anderen Augen gesehen. Ich war nicht mehr die kleine Daniela aus dem Osten, die nirgendwo eine Chance hat mit ihrem mittelmäßigen Berufsschulzeugnis.

Ich war plötzlich eine schöne, starke, selbstbewusste Frau mit abgeschlossener Ausbildung und einem Meer von Möglichkeiten, das mir zu Füßen lag. Kein Wunder, dass ich innerhalb von drei Wochen den Job hier hatte. Ich muss damals den Erfolg angezogen haben; ich war so glücklich!!

Und die erste Zeit war ja auch toll. Aber dann fing es an. Im Streit haute er ab, immer schon, das kenne ich ja schon gut. Aber ich kann mich nicht daran gewöhnen. Erst recht nicht an die Gleichgültigkeit, die er seinem Kind gegenüber hat. Was ist denn, wenn mir hier etwas passiert? Wenn ich aus lauter Angst, dass er nicht wiederkommt, hysterisch werde und das Kind verliere? Oder wenn ich Schmerzen habe, irgendwas. Andere Schwangere haben ihren Partner, der sofort alles stehen und liegen lässt. Ich habe niemanden. Ich habe ja hier nicht mal eine Freundin. Ich finde es so unerträglich!

Ich fühle mich so einsam. An der Litfaßsäule gegenüber hat die Kirche ein Plakat aufgehängt. „Herr, Deine Güte reicht, soweit der Himmel ist und Deine Wahrheit, so weit die Wolken ziehen."

Ich sehe es und denke: „Das stimmt nicht. Es muss heißen: Herr, meine Einsamkeit reicht, so weit der Himmel ist, und meine Not, so weit die Wolken ziehen."

8. Mai (Sonntag)

Heute war unerwartet Anke hier! Chris hatte natürlich gar nichts davon erzählt, dass seine Mutter kommen würde, obwohl sie sagt, sie hätte es mit ihm abgemacht, weil sie uns einen Ficus Benjamini vorbeibringen wollte, den sie bei sich nicht mehr haben will.

Ich brauch wohl gar nicht erst zu sagen, dass Chris natürlich selbst nicht zu Hause war … Ich dachte, es wäre der Paketbote für die Nachbarn, der kommt ja am Nachmittag öfter.

Wenn ich gewusst hätte, dass sie es ist, hätte ich meine Decke ins Schlafzimmer gelegt!! Aber die Zeit blieb mir gar nicht. Die Haustür hatte wohl offen gestanden und sie marschierte mit ihrer etwas plumpen Art direkt durch in die gute Stube.

Und fragt natürlich auch noch sofort: „Wer schläft denn von euch auf der Couch? Habt ihr Streit, Danni?"

Ich wusste nicht, was ich so schnell sagen sollte, und sie hat sofort gemerkt, dass etwas nicht stimmt. Besonders taktvoll ist sie ja nicht, aber einfühlsam schon. Sie hat mir direkt in die Augen gesehen, mich richtig fixiert, während ich irgendwas gestottert habe, und dann bin ich in Tränen ausgebrochen.

Sie hat dann gemeint, sie kocht erst mal einen Tee, und dann reden wir – und da habe ich noch mehr geheult.

Ich hab's ihr dann erzählt. Dass ich schwanger bin, meine ich. Und dass Chris auf getrennten Schlafzimmern bestanden hat, seit er es weiß, weil er ekelhaft findet, dass ich schwanger bin. Und dass er das Kind nicht will.

Ich hab sogar von dem Arztbesuch neulich erzählt, und dass ich Angst habe, dass ich das Kleine alleine nicht großkrieg.

Ich muss sagen, sie hat mich ganz schön erstaunt! Sie steht ja immer total hinter ihren Söhnen und kritisiert nie was von denen, und das hat sie auch jetzt nicht getan, aber sie hat gemeint: „Dannichen, das Kleine kriegen wir auch noch groß! Ich hab vier Söhne allein großgezogen, und ein Enkelkind schaff ich auch noch."

Da hab ich mir das erst mal alles überlegt. Stimmt ja. Sie war mit ihren vier Jungs auch alleine, und sie hat nur geputzt! Da hab ich mir gedacht, wenn die das mit ihrem Putzjob geschafft hat, dann werd ich das ja wohl mit einem einzigen Kind und einem richtigen Job auch auf die Reihe kriegen!

Hinterher hab ich mich gefragt, ob es falsch war, ihr das zu erzählen.

Vielleicht ist Chris jetzt noch mehr sauer auf mich? Aber andererseits hat es mir auch so geholfen, und ich war ihr so dankbar!!! Ich hab ja hier niemanden sonst.

Wenn sie ab und zu helfen würde, das wäre natürlich wirklich toll. Ich hab mir das alles noch gar nicht richtig überlegt – ich brauch ja dann wohl auch einen Krippenplatz für das Kind! Darum muss ich mich dann mal kümmern.

Bis jetzt war das alles so unreal für mich. Aber jetzt, wo ich zum ersten Mal mit jemandem drüber gesprochen hab, der sich für mich freut, ist es ein Gefühl, als wenn kalte Füße langsam wieder warm werden. Ich glaube, heute hab ich mich zum ersten Mal auf mein Kind gefreut.

Ich schaff das schon. Mit Chris oder ohne ihn.

Nach dem Wochenende fahr ich zu meinen Eltern, hab ich mir überlegt. Die wissen das ja noch gar nicht. Wird ja langsam Zeit ... Aber irgendwie hätte ich nicht gewusst, wie ich ihnen das hätte sagen sollen. Ich hatte selbst so viel Angst und Zweifel, und wenn dann von ihnen auch noch so was gekommen wäre ... Jedenfalls hab ich mir Montag bis Mittwoch freigenommen. Dann kann ich bis Samstag noch im Club arbeiten gehen, schlafe ein bisschen, und Sonntagmittag fahr ich dann los. Am Wochenende hätten sie vielleicht mehr Zeit, aber ich kann's mir echt nicht leisten, die Schichten im Club zu verpassen.

***

Anja.

Von: theo.fritsche@gmx.de
An: anja.wilms@hotmail.com
Freitag, 13.05. 14:10
Betreff: Schöner Aufwärtstrend!

Liebe Anja,

das hört sich doch ganz vielversprechend an! Sowohl Euer
WG-Abend als auch Deine Schilderungen zu Florian. Musiker
sollen ja sensibel sein; vielleicht gibt Dir das endlich
mal die Ruhe, die Du brauchst. Zumindest dürftest Du mit
ihm wohl ein paar interessante Gespräche führen können,
nach allem, was Du von ihm und seinem neuen Wohnprojekt
schreibst. Dann seid Ihr also beide in einer
unkonventionellen WG; vielleicht schafft das eine gute
Basis? Ich bin gespannt darauf, wie es weitergeht!

Simone tut mir, ohne sie zu kennen, wirklich sehr leid. Ich
glaube nicht, dass es nur darum geht, ob Geld und Karriere
ihr wichtig sind. Du schreibst ja, dass sie auch Angst vor
ihrem Ex-Mann hat. In meinem Bekanntenkreis sind in den
vergangenen Jahren zwei Ehen auseinandergebrochen, und was
dann zum Teil losgeht an Rechtsstreitigkeiten, das kann man
sich als normaler Mensch gar nicht vorstellen. Als Anwältin
hat sie sicherlich immer auch das im Hinterkopf und möchte
sich und ihr Kind absichern. Sei also nachsichtig mit ihr!
Was sie braucht, ist eine Freundin - nicht noch jemand, vor
dessen Urteil sie Angst hat.

So, ich verabschiede mich jetzt ins angekündigte Eifel-
Wochenende; das hat zum Glück geklappt – und danach erzähle
ich mal wieder ausführlicher, was es bei mir Neues gibt.

Liebe Grüße,
Theo

***

Simone.

„Schön. Wenn wir uns alle einig sind, dass wir auf die letzten drei Zeugen
verzichten können, schließe ich die Beweisaufnahme", verkündete die
Vorsitzende. Sie legte den Kopf, auf dem ein grau-blonder, strenger Dutt thronte,
in den Nacken und sah über ihre randlose Brille hinweg erst zur Anklagebank,
dann zum gegenüberliegenden Pult, wo sie einen jungen, dunkelhaarigen
Staatsanwalt mit glattem Gesicht fixierte. „Wann können Sie plädieren?"
Der junge Staatsanwalt überschlug sich fast vor Begeisterung. „Gleich nach der
Mittagspause", sagte er, während sich seine Wangen vor Aufregung rosig
färbten.
„Also 13.30 Uhr", notierte die Vorsitzende, um sich dann prompt Simone
zuzuwenden: „Und Sie, Frau Verteidigerin? Heute, 16 Uhr?"
Simone zögerte, während die Richterin genervt die Augenbrauen hob. „Private
Verpflichtungen?", fragte sie sarkastisch.
In Simones Ohren rauschte es plötzlich. Sie sah, wie die Vorsitzende die Lippen
bewegte, hörte aber nicht, was sie sagte. Stattdessen sah sie Frederik vor sich,
mit schief gelegtem Kopf und bittendem Blick, und Anja, die energisch sagte:
„Er ist nur einmal klein!" Dann schob sich Moritz vor ihr inneres Auge, der

feixend einen Kontoauszug voller Nullen präsentierte, und sie sah das Bild einer leeren Wohnung, in die jemand kam, um Frederik abzuholen. „Sie haben nicht mal Möbel. Und keine Zeit", sagte ein fremder Mann, auf dessen Brust ein Anstecker mit dem Schriftzug „Jugendamt" stand.

Das war zu viel.

Simone senkte den Kopf, drückte kurz mit den Zeigefingerspitzen auf ihre Nasenwurzel, holte tief Luft und blickte der Vorsitzenden voll ins Gesicht. „Es tut mir leid, aber das ist ausgeschlossen. Mein Mandant hat ein Anrecht darauf, dass ich sein Plädoyer mit der angemessenen Ruhe vorbereite. Deswegen werde ich nicht heute um 16 Uhr plädieren. Morgen um 9 Uhr ist ja ohnehin ein Fortsetzungstermin in der Sache anberaumt, den können wir gerne dafür nutzen." Einen winzigen Moment lang gefror die Mimik der Kammervorsitzenden. Dann aber nickte sie knapp. „Dann also heute, 13.30 Uhr, Plädoyer der Staatsanwaltschaft, und morgen, 9 Uhr, Plädoyer der Verteidigung", fasste sie fürs Protokoll kurz zusammen.

Simone spürte eine Last von sich abfallen. Anja hatte also gar nicht so unrecht. Hier und da gab es doch einen kleinen Verhandlungsspielraum. Man musste nur die richtigen Argumente finden. Und darin war sie schließlich gut.

***

Anja.

Von: anja.wilms@hotmail.com
An: theo.fritsche@gmx.de
Sonntag, 15.05. 16:28
Betreff: Spontanes Doppel-Date

Lieber Theo!
Das war ziemlich lustig neulich! Ich hatte mit Florian, also dem Musiker, abgemacht, dass ich nachmittags auf einen Kaffee in seinem Atelier vorbeikommen würde. Kurz vor drei rief mich dann ganz hektisch Simone an und fragte, ob ich Frederik abholen könnte, weil sie im Gericht aufgehalten worden war und es nicht pünktlich geschafft hätte. Natürlich war es jetzt nicht gerade der Nachmittag, wo mir das optimal passte, aber man will ja auch keinen hängen lassen. Ich hab also gesagt, ja, aber ich würde dann gerne einfach Frederik mitnehmen, und sie könnte ja später zum Atelier kommen und ihn dort einsammeln. Fand sie okay. Und eigentlich war es dadurch sogar erst richtig gut! Ich meine, diese immer gleich ablaufenden Dates sind ja ein bisschen wie „Täglich grüßt das Murmeltier". Ein Kind bringt da, ehrlich gesagt, mal so richtig Abwechslung rein! Ich glaube fast, ich nehme Frederik jetzt öfter mal mit; das ist genial. ;-) Innerhalb von drei Minuten hat man raus, ob jemand unter seinem lässigen Mantel ein Spießer ist oder nicht! Florian ist keiner, aber das wusste ich ja schon vorher, ein bisschen kannte ich ihn ja.
 Er war süß im Umgang mit dem Kleinen! Hat sich direkt zu

ihm runtergekniet, als er ihn begrüßt hat. Frederik hat
sich erst mal ziemlich uncharmant weggedreht, hat mein Bein
so umklammert, dass ich mich kaum hinsetzen konnte, und
„Ich kann nicht sprechen" gespielt. Ich konnte es ihm nicht
verübeln, irgendwie muss die Location auch einschüchternd
auf ihn gewirkt haben, obwohl es aus Erwachsenensicht
wirklich cool ist dort!!
Die beiden haben einen Teil einer alten Fabrikhalle in
Nippes gemietet, man sieht überall den puren Backstein der
Mauern und die Räume sind einfach gigantisch hoch! Dadurch
hallt es auch ziemlich stark. Florian hat mir irgendwas
erzählt von einer Zwischendecke, die er einziehen will. Aber
alles in allem glaube ich, eigentlich macht die Halle mehr
Sinn für seinen Freund, den Bildhauer. Aber weil er gerade
knapp bei Kasse ist, hat er sich erst mal an den
drangehängt.

Wie auch immer: Florian hat irgendwann seine Geige geholt
und darauf gespielt, während er wie ein Pantomime durch den
Raum gekaspert ist.
Frederik war total fasziniert, von der Halle, der Musik, von
jeder Menge halbfertiger Skulpturen, die dort herumstanden.
Ich wiederum war von Frederik fasziniert - und ein ganz
kleines bisschen vielleicht auch von Florian.
Auf einer ausrangierten Wandergitarre, die Florian irgendwo
herumfliegen hatte, durfte Frederik dann selbst ein bisschen
zupfen - und so hatten wir unsere Ruhe! :-) Es war ein sehr
netter, lustiger Nachmittag. Mit ihm konnte ich mich
wirklich gut unterhalten! Sogar über Bücher. Wir lieben
beide Oscar Wilde! Ich habe noch nie einen Mann getroffen,
der Oscar Wilde liebt. Obwohl mir das ganz unverständlich

ist, denn der ist so wunderbar! Jedenfalls hat er gemeint, nächste Woche sei in Bonn eine Wilde-Lesung. Und das ist jetzt quasi unser nächstes Date.

Er meinte: „Vielleicht kannst du was darüber schreiben", und ich meinte: „Na ja, eigentlich ist das nicht mein Bereich", woraufhin er sagte: „Wir können ja auch privat einfach hingehen und sehen, ob sich beruflich was ergibt! - Kann man das so sagen?" Ich fand, man kann's jedenfalls besser so sagen als andersherum.

Später kam dann auch noch der Bildhauer; Jasper. Ein total netter, bodenständiger Typ - und ich glaube fast, Simone und er hatten einen Draht zueinander!

Simone kam kurz nach ihm. Eigentlich wollte sie ja nur Frederik abholen, aber der hatte sich dann anscheinend schon in den Bildhauer verliebt und ließ nicht mehr von ihm ab. Jasper hatte seinen Spaß daran. Hat ihm ein kleines Stück Speckstein und eine Feile gegeben und gezeigt, wie man die spitzen Kanten glatt feilt. Ich glaube, als Simone das sah, war es ein bisschen um sie geschehen. Aber andererseits ist sie ja auch sehr kopfgesteuert und hat so ihre speziellen Ansichten dazu, wann und in wen man sich verlieben sollte. Jedenfalls, als die Jungs vorschlugen, dass wir noch alle zusammen ein paar Nudeln kochen, hat sie lieber das Weite gesucht. Schade eigentlich; ich glaube, ein bisschen Ablenkung täte ihr mal gut. Ich zumindest habe mit der Strategie meistens Erfolg, aber ich sehe auch ein, wenn sie nicht für jeden passt.
Ich bin noch mit Florian zu einem kleinen Kneipenkonzert gegangen, und es war ein echt netter Abend! Auch wenn

Florian schon irgendwie ein selbstverliebter Chauvi ist; man
kann es nicht anders sagen. Zitat zu seiner Ex-Freundin:
„Die Beziehung funktionierte super, weil wir so begeistert
voneinander waren. Also, nicht gegenseitig, sondern jeder
von sich selbst." Ohne Worte …
Aber – ich muss ihn ja nicht gleich heiraten. Er ist witzig
und charmant. Ehrlich gesagt: Mehr erwarte ich gar nicht
von einem Mann.

Liebe Grüße,
Anja

PS: Wer ist eigentlich Matthias? ;-)

***

Daniela.

17. Mai (Dienstag)

Home sweet home. Irgendwie hab ich mir das Nachhausekommen anders
vorgestellt. Ich hatte extra Klamotten angezogen, in denen man mir die
Schwangerschaft noch nicht so ansieht; da habe ich ja auch durch die Arbeit
im Club genug Tricks drauf.
Sonntagabend kam ich an. Mama hat sich total gefreut, und Papa auf seine
Art sicher auch, aber erst mal meinte er nur: „Schön, dich auch mal wieder zu
sehen." In einem Ton von: „Warum meldest du dich denn so selten?"
Ich hätte gleich wieder heulen können, aber irgendwie hab ich's geschafft,

die Zähne zusammenzubeißen. Mami hat auch dafür gesorgt, dass Papa aufgehört hat, und hat gemeint: „Na, nun freuen wir uns umso mehr, dass du da bist!"

Beim Essen hab ich's ihnen dann gesagt. Irgendwie mit der Tür ins Haus, obwohl ich das gar nicht so vorhatte. Aber es ergab sich einfach. „Bier?", hat Papa gefragt, und als ich meinte: „Nein", hat er direkt gefragt: „Bist du schwanger?" - Da blieb mir ja nichts anderes übrig.

Und dann war das Drama groß! Ich hab ja irgendwie gedacht, sie würden sich wenigstens ein bisschen freuen. Stattdessen hatte Mama gleich Tränen in den Augen und meinte, sie sieht dann ja ihr Enkelkind kaum, weil es so weit weg ist. Papa meinte, ob ich denn sicher sei, dass Chris der Richtige ist. Es war fürchterlich. Irgendwann hab ich gesagt, ob wir nicht erst mal essen können, und dann hab ich später noch mal mit Mama alleine geredet. Das war einfacher, aber schöner war es nicht!

Ich wollte ihr natürlich nicht erzählen, wie krass es bei uns läuft, aber ich habe schon gesagt, dass Chris skeptisch ist. Sie hat mich dann gefragt: „Willst du denn das Kind?", und ich habe gemeint: „Was würdest du denn wollen?" Da hat sie gesagt: „Ich würde ein Kind wollen von einem Mann, den ich liebe, und der mich liebt, und den ich heirate."

Na toll. Danke, Mama. Der Weg zu euch hat sich ja so richtig gelohnt. Wie wunderbar aufbauend.

Vorhin habe ich noch Lilly getroffen. Das war viel besser als das Gespräch mit meinen Eltern! Traurig hat es mich auch gemacht, aber anders. Sie hat sich so gefreut! Bei ihr konnte ich auch ganz offen über Chris reden. Ich glaube, sie würde ihn am liebsten köpfen …

Aber über das Kind hat sie gemeint, dass sie das wunderbar fände, dass sie sich als Patentante fühlt, und dass sie kommen will, so oft sie kann.

Sie hat nur gemeint, ich soll mir überlegen, ob ich nicht mit dem Kind zurück hierher gehe. Obwohl sie ja weiß, wie schwer hier die Jobsituation ist! Sie schlägt sich ja selber nur so mit diesem und jenem durch. Aber in den Kitas kriegt man wohl leichter Plätze, das mag sein. Und ich hätte hier halt viel mehr Hilfe …

Ich weiß nicht. Wenn Chris weiterhin so schrecklich ist und sich einen Scheißdreck um sein Kind kümmert, dann ist das vielleicht wirklich der beste Weg. Ich könnte mich mal erkundigen, ob ich mich am Gericht beurlauben lassen kann. Dann könnte ich ja mal für eine Weile ausprobieren, wie ich hier zurechtkomme? Es wäre so schön, Lilly wieder öfter sehen zu können. Eine Freundin zu haben. Ich habe Angst davor, morgen zurückzufahren in diese Einsamkeit. Sicher, ich habe Chris – aber der interessiert sich ja eigentlich gar nicht für mich. Geschweige denn für unser Kind …

Und dann gibt es Anke, die ist ja schon lieb, aber hier habe ich halt meine eigene Mutter. Das ist irgendwie doch etwas anderes.

Ich habe auch noch mal nachgedacht. Ich kann meine Eltern ja auch verstehen; die machen sich um mich natürlich mehr Sorgen als Anke, die ja letztlich für ihren Sohn nichts zu befürchten hat.

Ach, irgendwie ist das doch alles elend. Wenn man schwanger ist, ob geplant oder nicht, sollte man sich doch nicht so alleine fühlen.

***

Simone.

„Oh, schon wieder!" Frustriert trat Frederik gegen den Küchenschrank.

„Frederik!", schimpfte Simone entsetzt: „Was soll das?"

Mit verschränkten Ärmchen ließ sich der Kleine an Ort und Stelle nieder. „Das ist langweilig", motzte er.

„Was ist langweilig?"

„Immer das Gleiche!"

Ein wenig ratlos, schwankend zwischen dem Wunsch, zu verstehen, und aufkeimendem Ärger, sah Simone ihren Sohn an.

„Immer mit dem Gleichen essen ist langweilig!", blökte er ihr schließlich verdrossen ins Gesicht.

„Oh! Verstehe", nickte sie. „Immer der Gleiche – das bin ich, ja?"

Keine Antwort. Dann: „Können wir die mal wieder besuchen?"

„Wen denn, ‚die'?"

„Na, die Coolen."

‚Schön', nickte Simone innerlich: ‚Ich bin ‚immer der Gleiche', andere sind ‚die Coolen'.' Sie versuchte ein souveränes Mama-Lächeln. „Was meinst du mit ‚cool', Schätzchen? Und woher hast du das Wort eigentlich?"

„Von Anja! Cool ist cool."

„Aber weißt du auch, was es bedeutet?"

Frederik rollte die Augen. „Mama! Das weiß doch jedes Baby! Dass man was mag!"

Simone nickte mit gespitzten Lippen vor sich hin, während sie Butter auf seine Laugenbrezel strich. Der Kleine hatte echt einen Entwicklungssprung gemacht in den vergangenen Monaten. Die Art, wie er mit ihr redete, war auf einmal um so vieles selbstbewusster … War das normal und altersgemäß? Oder lag es daran, dass er sich mit neuen, härteren Realitäten arrangieren musste?

„Also, können wir die jetzt mal wieder besuchen?"

„Wen denn, kleiner Mann?"

„Die zwei mit der Geige und den Steinen!" Frederik stellte sich auf die Zehenspitzen, um auf den Teller schielen zu können, der auf der Anrichte stand. „Ich will auch Käse."

„Das heißt: Ich möchte bitte", korrigierte Simone, um etwas Zeit zu gewinnen.

„Also … ob wir die noch mal besuchen? Ich weiß nicht. Das sind doch Freunde von Anja, nicht von uns!"

„Neeeiiiin. Das sind auch Freunde von uns."

„Meinst du? Aber so schnell kann man doch keine Freundschaften schließen." Inzwischen hatte sie die Paprika in Streifen geschnitten, richtete diese mit einem Stückchen Gouda neben der Brezel an und stellte das kleine Abendessen auf den Tisch. „Setz dich, Frederik. Ich mach dir noch Milch warm."

„Warum wolltest du nicht, dass wir da essen?"

Simone seufzte. Das war doch nun schon ein paar Tage her, warum nur beschäftigte es ihn plötzlich so sehr?

„Weil ich nicht wollte. Am Abend gehören kleine Kinder nach Hause in ihr eigenes Bett", erläuterte sie resolut.

Genüsslich leckte Frederik die Butter von seiner Brezel, was Simone veranlasste, empört mit der flachen Hand auf den Tisch zu schlagen. „Wie isst du denn? Frederik! Wo hast du das denn gesehen?"

Ungerührt leckte sich Frederik mit der Zunge die fettglänzenden Lippen ab. „Bei Aldo."

„Und wer ist Aldo?"

„Aldo ist auf dem Spielplatz." Nach einem Moment kurzen Nachdenkens schob er nach: „Ist das hier denn mein Zuhause und mein eigenes Bett?"

,Manchmal sind Kinder, die mitdenken, einfach nur anstrengend', dachte Simone. „Es ist *bis auf Weiteres* unser Zuhause." Diese Antwort beschäftigte

Frederik erst einmal ein paar Minuten, die er kauend, angestrengt aus dem Fenster schauend und schweigend verbrachte. „Der Große war netter", meinte er dann unvermittelt.

„Wie bitte?"

„Der Große war netter", wiederholte er, leicht genervt von der Begriffsstutzigkeit seiner Mutter: „Der mit den Flicken auf der Hose."

„Jasper, meinst du." Der Bildhauer hatte seinen Musikerfreund gut um Haupteslänge überragt. Es stimmte, er hatte Flicken auf der Hose gehabt. Genau das hatte sie ja so befremdet – seine ganze äußere Erscheinung. Das verwaschene Shirt und die viel zu weite graue Hose umschlotterten seine schlanke Statur auf eine Art, die an die Arbeiter aus Charles Dickens' Romanen erinnerte. Er hatte ein freundliches Gesicht, und sein Umgang mit Frederik hatte ihr Herz erwärmt. Aber wenn sie ihn als Mann beurteilen sollte … Sie verstand nicht, warum man so herumlief wie er. Armselig und abgewrackt, in ihren Augen.

„Der war der netteste Mann, den ich kenne, außer Papa", verkündete Frederik mit kindlicher Offenheit.

Ein kleiner Nadelstich. Papa. Ja, er vermisste Moritz. Ein neuer Mann im Umfeld täte ihm vielleicht nicht schlecht. Aber sollte sie sich deswegen mit einem Mann verabreden, der Flicken auf der Hose hatten? Nein.

„Vielleicht lädt Anja ihn ja mal ein", spekulierte Frederik hoffnungsvoll. Er sah rührend aus, die Augen groß und glänzend, über der Lippe ein Milchbart.

Simone hätte ihm gerne die Freude gemacht, dass seine Welt wieder heil wäre und aus Vater-Mutter-Kind bestünde. ‚Aber es wäre nicht richtig', sagte sie sich. Sie war neun Jahre lang mit Moritz zusammen gewesen und erst seit wenigen Monaten getrennt. Energisch beendete sie das Thema. „Na, siehst du. Papa ist immer noch der Netteste, und den siehst du ja auch in ein paar Tagen wieder. Und jetzt iss bitte auf, ich möchte dich ins Bett bringen."

***

16

Anja.

Von: theo.fritsche@gmx.de
An: anja.wilms@hotmail.com
Mittwoch, 18.05. 22:45
Betreff: Land unter

Liebe Anja!

Deine Mails haben mich erst mit ein paar Tagen
Verzögerung erreicht, denn ich bin tatsächlich mal
einfach vor allem geflüchtet und war für ein paar Tage
in der Eifel. Eine kleine Pension irgendwo im
Nirgendwo.
Besser hätte ich es nicht antreffen können! Außer mir
gab es dort nur die Wirtin, ihre freilaufenden Hühner
und einen Wanderverein, überwiegend ältere Semester …
die dementsprechend früh ins Bett gingen, also war es
dort wunderbar ruhig.
Für Dich klingt das vielleicht langweilig, aber für
mich war es die pure Erholung. Meine Schlafstörungen,
an denen ich seit Jahren leide, waren dort wie
weggeblasen, und es war sehr erholsam, endlich mal
wieder mehrere Nächte hintereinander durchzuschlafen.
Die letzten Monate waren für mich ziemlich
anstrengend.

Ich habe ganz bewusst bislang nichts davon
geschrieben. Nicht, weil ich Dir nicht ausreichend
vertrauen würde, aber weil Deine Mails eine wunderbare
Zuflucht in eine junge, unbeschwerte Welt waren, die
ich gar nicht mit meiner Realität überschatten wollte.
Ich habe mich jetzt aber doch entschieden, Dir davon
zu erzählen.

Melanie leidet seit einer ganzen Weile an
Depressionen. Ich wollte das lange nicht wahrhaben,
denke aber inzwischen, genau das ist es. Es gibt Tage,
da komme ich nach Hause, und die Küche sieht aus wie
morgens, als ich das Haus verlassen habe.
Versteh mich nicht falsch, ich bin kein Macho! Wenn
sie zu Hause alles stehen und liegen ließe, um mit
Begeisterung irgendwelche persönlichen Projekte zu
verfolgen, wäre es mir völlig egal. Oder besser
gesagt: Wäre es mir recht! Aber meistens sitzt oder
liegt sie einfach nur auf dem Bett und brütet über
ihrem Schicksal.
Das zermürbt mich immer mehr. Ich habe schon vieles
versucht, um ihr neuen Aufwind zu geben. Aber
anscheinend erreiche ich sie mit gar nichts mehr. Vor
den Kindern gibt sie sich mehr Mühe, aber auf mich
wirkt auch das nur gespielt. Die Wahrheit ist, dass
sie es kaum schafft, ihnen eine Mahlzeit zu kochen.

Ich konnte auch jetzt nur so lange wegfahren, weil
beide Kinder mit der Kirche im Zeltlager sind.

Ich weiß nicht, ob Du Dich mit Depressionen auskennst. Ich bin ja kein Psychologe, und sie geht auch zu keinem, aber ich habe in den vergangenen Monaten online sehr viel darüber gelesen, und für mich sind die Symptome völlig klar.

Ich weiß noch nicht, wie ich auf lange Sicht damit umgehen soll. Ich gebe offen zu, dass ich auch an eine Trennung gedacht habe. Es ist wirklich so schwer, in ihr noch den Menschen zu sehen, in den ich mich einmal verliebt habe! Wobei sich die Vorstellung, einen depressiven Partner zu verlassen, natürlich schäbig anfühlt. Aber das ist es gar nicht alleine …
So banal es klingt, ich habe auch Angst davor, mich noch einmal auf den „Beziehungsmarkt" einzulassen. Klar, bei Dir ist das alles recht unterhaltsam, aber Du bist ja auch noch einige Jahre jünger als ich.
Ein Freund von mir hat das kürzlich erlebt. Dieses ganze Online-Dating. Immer wieder Leute treffen, immer wieder hoffnungsvoll losgehen und enttäuscht nach Hause kommen. Noch schlimmer ist Phase 2, wenn man schon ohne alle Illusionen und Hoffnungen zum nächsten Date geht.
Ich kann mir das alles nicht noch einmal vorstellen. Also hoffe ich einfach, dass irgendwann ein Wunder passiert und alles wieder besser wird.
Bis dahin schöpfe ich meinen Lebensmut aus meinen Kindern - und aus Deinen Geschichten! Deine Mails

gehören für mich inzwischen fest zum Alltag. Sie stecken immer so voller Energie, voller Optimismus und Neugier aufs Leben.

Ich freue mich, dass Du mit Florian jemanden kennengelernt hast, der nett und interessant zu sein scheint. Jetzt musst Du herausfinden, ob er auch charakterlich passt.
Ich denke schon, dass Du von einem Mann mehr erwarten solltest als nur, dass er witzig und charmant ist. Ein selbstverliebter Lackaffe ist auf die Dauer nicht das Richtige. Aber das wird sich mit der Zeit zeigen.
Jetzt genieße einfach die ersten, zaghaften Schmetterlinge.
Wie geht es denn Deiner Simone? Habt Ihr Euch im Nachhinein noch mal über das „Doppeldate" ausgetauscht? Was sagt sie dazu?

Liebe Grüße,
Theo

★★★

Simone.

Gegen 16 Uhr verließ sie die Kanzlei, wie immer mit einem Stapel Akten unter dem Arm, und erreichte pünktlich um 16.30 Uhr die Kita. Frederik saß schon in Schuhen und Jacke auf der Bank an der Tür und wartete. Sie klingelte, er sprang auf und winkte ihr durch die doppelte Glasscheibe fröhlich zu. Ihr Herz machte einen Hüpfer, und unwillkürlich musste sie lächeln. ‚Mein Kind‘, dachte sie glücklich.

Eine Erzieherin kam, drückte den Türöffner, und sie ging ins Haus. Frederik schmiss sich an sie, wickelte seine kleinen Ärmchen fest um ihre Hüfte und drückte ihr einen dicken Kuss mitten auf den Bauch. „Mama“, jauchzte er.

Sie beugte sich zu ihm hinab, küsste die weiche Haut seines Kindergesichtes und vergrub für einen Moment die Nase in seinen Locken. „Gehen wir noch auf den Spielplatz?“

„Wenn du magst“, antwortete sie. Frederik jubelte. „Jaaa! Niklas ist auch da!“

Sie nickte. Niklas war sein bester Freund im Kindergarten, und bis vor Kurzem war sie darüber froh gewesen, denn er war das, was man ein Kind aus guten Verhältnissen nannte. Der Vater leitete ein mittelständisches Bauunternehmen, die Mutter, ehemals Unternehmensberaterin, hatte ihren Job aufgegeben, um sich ganz ihren vier Jungs widmen zu können. Die waren alle bildhübsch, klug und wohlerzogen. Konstantin spielte Klavier, Gregor hatte Cello gelernt. Thomas hatte das musikalische Gehör seiner Familie fast zu Glühen gebracht, als er zwei Jahre lang erfolglos lernen sollte, Querflöte zu spielen, aber inzwischen war er ein Ass auf dem Tennisplatz. Niklas, das Nesthäkchen, spielte Geige – und zwar mit einem solchen Naturtalent, dass er damit auf jedem Musikschulkonzert alle Mütter und Großmütter zu Tränen rührte. In Kordhosen, Timberlands und Barbor-Jacken waren die vier Jungs immer angezogen wie aus dem Katalog.

Simone sah ihren eigenen Sohn an. Früher hatte auch sie mehr auf seine

Kleidung geachtet. Heute fehlte ihr dazu oft die Geduld. Auch die Zeit, um Neues einzukaufen. Frederik trug eine alte Jeans, die er sich neulich erst über dem Knie aufgerissen hatte. Anja, das Goldstück, hatte zwei dicke, rote Käferflicken daraufgesetzt. Das karierte Flanellhemd war in Ordnung – gewesen, als sie am Morgen das Haus verlassen hatten. Jetzt zeigte es leider Spuren von flüssiger Klebe und Tomatensoße.

Simone sah auf die Uhr und überlegte kurz. Früher hätte sie sich die Zeit genommen, mit Frederik nach Hause zu fahren und ihn umzuziehen, bevor er Freunde traf. Aber das war früher – als der Weg zu ihrer Wohnung nicht weit war und sie die Kanzlei oft früher hatte verlassen können, um dann am Abend noch einmal für ein paar Stunden reinzukommen. Damals hatte niemand ihre Arbeit infrage gestellt. Jetzt hingegen haftete ihr das Stigma der Alleinerziehenden an, und mit Luchsaugen beobachtete man, ob sie ihre Arbeit trotzdem weiterhin tadellos ausführte.

Frederik sprang auf und ab wie ein Gummiball. „Geh'n-wir-jetzt-bitte-auf-den-Spielplatz", singsangte er dabei. ‚Ach, was soll's', dachte sie schließlich und sah noch einmal auf die fleckige, geflickte Garderobe ihres Söhnchens. ‚Immerhin, in Ehrenfeld würde er ja damit nicht einmal auffallen.'

Sie dankte der Erzieherin, verabschiedete sich und ging mit Frederik zu Fuß auf den nahegelegenen Spielplatz, wo sie auch früher viele Nachmittage mit Niklas und seiner Mama verbracht hatten.

„Siiimoooneee", zwitscherte Carolin mit ihrer Glockenstimme, als sie dort ankamen. „Hey! Niklas!" Frederik stürmte direkt auf seinen Freund zu und rannte ihn im Eifer des Gefechtes um.

Carolin stürzte panisch zu den Jungs. „Schätzchen, ist alles okay?" Aber Niklas lachte nur und stürzte sich in eine Rauferei mit Frederik.

„Also wirklich!" Mit indignierter Miene sah Carolin den beiden zu, legte dann ihrem Sohn die teuer beringte Hand auf die Schulter: „Niiiklasss! Ich bitte dich!"

Betreten guckte der und hielt einen Moment still, musste dann aber grinsen, als er Frederiks freche Grimasse sah, duckte sich unter der Hand seiner Mutter weg und rannte Frederik nach, der Richtung Gebüsch davongestürmt war.

Unzufrieden sah Carolin den beiden nach, ging dann aber zurück zur Bank, auf der sie gesessen hatte und wo nun Simone es sich gleichfalls bequem gemacht hatte.

Carolin setzte sich und drückte mit gestresster Miene den Handrücken gegen die Stirn. „Also, diese Jungs, schrecklich … wo sie nur plötzlich die Frechheiten her haben …“ Mit weit geöffneten Augen sah sie Simone bohrend an. „Es muss *sehr* anstrengend sein als Alleinerziehende.“

„Och, na ja …“ Eingeschüchtert überlegte Simone, wie sie das Thema wechseln könnte, aber Carolin war schneller. „Wo *wohnt* ihr denn jetzt überhaupt?“, fragte sie, scheinbar besorgt.

‚Das muss doch längst bei ihr angekommen sein‘, überlegte Simone, antwortete aber ganz automatisch: „Bei meiner Schulfreundin. Sie hat eine WG, und da passte das gerade.“

Carolin zog ihre perfekt gezupften Augenbrauen fast bis zum Haaransatz hoch. „In einer WG? Mit Kind? Und wie ist denn in dieser Gegend der Umgang?“

Verlegen tat Simone, als suche sie etwas in ihrer Handtasche. Der Umgang? Na ja. Sie selbst musste zugeben, dass sie anfing, sich an die Neuehrenfelder Kinder zu gewöhnen. Sie waren lauter und nicht ganz so sauber wie ihre Lindenthaler Alterskameraden. Aber irgendwie waren sie nett. Immer gab es sofort jemanden, der Frederik in sein Spiel hineinzog.

Natürlich war sie nicht glücklich darüber, dass ihr Sohn, der mit anderthalb schon in ganzen Sätzen gesprochen hatte, auf einmal anfing, die bestimmten Artikel zu vertauschen oder der Einfachheit halber gleich ganz wegzulassen. Aber Frederik war, trotz der traumatischen Trennung seiner Eltern, ein durch und durch ausgeglichenes Kind, und dafür empfand sie eine Dankbarkeit, die sie auch den Leuten in ihrer neuen Umgebung zu schulden glaubte.

„Ach, weißt du … der Umgang ist doch überall eigentlich gleich. Die Kinder spielen zusammen, raufen, lachen und tüfteln Streiche aus", meinte sie neutral.

Carolin ließ das nicht gelten. „Aber der Hintergrund ist doch sehr verschieden. Bevor ihr gekommen seid, war Niklas ganz in das Spiel mit einem Mädchen vertieft, das er aus der musikalischen Früherziehung kennt. Die beiden haben Kieselsteine gesammelt und damit den Aufbau eines Orchesters nachgestellt."

Stolz strich sich Carolin ihren ohnehin tadellos sitzenden Rock glatt und fragte: „Wann fängt Frederik eigentlich an, ein Instrument zu erlernen? Oder wollt ihr ihn eher in die sportliche Richtung bringen? Am besten ist ja beides, aber meine Jungs sind ja leider alle nur einspurig begabt. Na ja, das dann dafür aber umso mehr."

Simone rutschte auf der Bank herum und wünschte sich auf einmal, Anja wäre da. ,Oberschichtehefrau', würde die voller Verachtung denken und Carolin eine Antwort geben, die ihr die selbstgefälligen Fragen, die nur darauf abzielten, sich selbst besser in Szene setzen zu können, in den Hals zurückstopfen würde.

„Also … ehrlich gesagt bin ich froh, wenn ich erst einmal unser Leben wieder neu auf die Reihe kriege", antwortete Simone wahrheitsgemäß. „Ich habe einfach gerade nicht den Kopf frei, um mir über Musik oder Sport Gedanken zu machen. Ich muss mir überlegen, wohin ich mit Frederik ziehe, ich muss mich auf die Scheidung vorbereiten und zusehen, dass er so stabil bleibt, wie er jetzt gerade ist."

Mit zusammengekniffenen Augen beobachtete Carolin die beiden Jungs, die jetzt auf dem Klettergerüst herumturnten. „Also, mir scheint, er hat sich schon ein wenig verändert", meinte sie. „Das ist ja ein ganz empfindliches Alter jetzt. Du solltest wirklich aufpassen, mit wem er spielt. Ich meine es nur gut, Schätzchen, das weißt du! Aber du darfst auch nicht seine Karriere aus dem Blick verlieren! Denk dran: Ohne die richtige Frühförderung nicht die richtige

Grundschule, nicht das richtige Gymnasium, nicht die richtige Hochschule –
und dann kann er sich sein Leben lang so sehr anstrengen, wie er nur will, er
wird es zu nichts mehr bringen! Da können wir von England und Amerika
wirklich noch viel lernen."

In diesem Moment klingelte Simones Telefon. Dankbar nahm sie das Gespräch
an. Es war Jasper. Seine Stimme klang nervös und trotzdem so sicher und
zuverlässig, wie sie ihn in Erinnerung hatte. „Hallo, Simone! Wie geht es dir?"
Mit einem Gefühl von Einsamkeit sah sie sich auf dem Spielplatz um. Wenn sie
ihm jetzt erzählen würde, dass sie sich klein und schäbig fühlte neben der Über-
Mutter Carolin, die ihre Kinder ab dem ersten Atemzug auf mustergültige
Lebensläufe einnordete, würde er sie vielleicht sogar verstehen.
Aber … wozu. Sie hatte in ihrem Leben keinen Platz für ihn. Besser, das von
Anfang an klarzumachen.
„Ach, danke. Es geht mir gut. Ich bin gerade mit Frederik auf einem Spielplatz
und habe nicht so viel Zeit."
„Oh! Entschuldige, ich wollte dich nicht stören. Ich wusste nicht, wann du ihn
ins Bett bringst, und ob ich vielleicht noch mehr störe, wenn ich abends anrufe
… sollen wir vielleicht lieber später telefonieren?"
Simone sah auf die Spitzen ihrer Schuhe. Die konnten auch mal wieder den
direkten Kontakt mit einem Poliertuch vertragen. „Also, heute Abend … ich
habe eine ziemlich dicke Akte, die ich noch durcharbeiten muss. Tut mir leid."
Einen Moment sagte er nichts, schien zu zögern und sich dann doch ein Herz zu
fassen: „Und … an irgendeinem Abend? Ich würde dich sehr gerne einmal zum
Essen einladen." Sein freundliches Lächeln war fast schon hörbar. Sie sah seine
breiten Schultern vor sich und sein offenes Gesicht. Es wäre toll, auf eine Art …
aber auf so viele andere Arten auch nicht richtig.
„Es tut mir leid, Jasper", sagte sie leise. „Ich fürchte, ich habe die ganze Zeit

ziemlich viel zu tun.“

Einen Moment lang schwiegen beide ins Telefon. Dann hörte sie ihn sagen: „Das ist schade, aber die Zeit ist sicher auch gerade turbulent für dich. Wenn sich das einmal ändert, oder wenn du trotz dieser Turbulenzen einen Abend freinehmen möchtest, kannst du mich anrufen. Meine Einladung steht.“
Aus dem Augenwinkel sah sie, dass Carolin den Kopf verdächtig weit in ihre Richtung gedreht hatte, obwohl ihr Augenstern Niklas am entgegengesetzten Endes des Spielplatzes war. „Das ist lieb von dir, Jasper“, flüsterte sie. „Danke. Ich werde darüber nachdenken.“

Als sie zur Bank zurückkam, hatte Caroline ein wissendes Lächeln aufgesetzt.
„Was Neues?“, zwitscherte sie, und ihre Stimme überschlug sich fast.
„Nur ein Mandant“, log Simone, obwohl ihr klar war, dass Caroline kein Wort glauben würde.
Dankbar registrierte sie, dass Niklas und Frederik gerade dabei waren, sich die Köpfe einzuschlagen. „Ich glaube, wir sollten jetzt auch mal gehen.“
„Ganz wie du meinst. Du hast ja jetzt das anstrengendere Leben“, säuselte Carolin.
Nachdem sich die Frauen mit spitzen Lippen zwei Luftküsse rechts und links neben die Wangen gepustet hatten, sammelten sie ihre Söhne ein und brachen auf. ‚Zicke‘, dachte Simone grollend. ‚Für was hält sie sich?‘ Dennoch saßen die vergifteten Pfeile fest an ihrem Platz. *„Du hast ja jetzt das anstrengendere Leben.“* … *„Von England und Amerika können wir wirklich noch viel lernen.“* Auf dem Weg zum Auto hielt Simone Frederiks Hand fest umschlossen. Liebevoll setzte sie ihn in seinen Kindersitz und drückte ihm einen langen Kuss auf die Stirn. *„Der macht schon seinen Weg“*, hatte Anja gesagt. Sie hätte so gerne mehr ihr geglaubt als Carolin.

***

Daniela.

18. Mai (Mittwoch)

Als ich nach Hause gekommen bin, war Chris nicht da und die Wohnung war
der reinste Saustall. Das ist so typisch! Wäre er ein paar Tage weg gewesen,
hätte ich sicher für ihn ein tolles Essen vorbereitet, aber wenn ich mal
wegfahre, sind das Erste, was ich zu Hause sehe, Berge von ungewaschener
Wäsche. Das macht doch alles keinen Spaß.
Heute gehe ich früh schlafen; morgen kommt wieder der Marathon
Donnerstag-Freitag.

Später.

Er kam dann doch noch nach Hause und hatte sich heute sogar vorgenommen,
abends zu Hause zu bleiben – mit mir! Er hat sich wohl in der Zeit
verschätzt und sagt, sonst hätte er auch noch aufgeräumt. Jedenfalls,
während ich hier die Wäscheberge wegsortierte, stand er plötzlich mit zwei
Pizzakartons in der Tür. Er sah mich komisch an und meinte, man sähe mir
jetzt an, dass ich schwanger sei. Und dass er sich aber trotzdem freut, dass
ich wieder da bin. Nach dem Essen haben wir gekuschelt. Irgendwann fing er
an, an mir rumzufingern und zog mich ins Schlafzimmer. Wie er mich dann
nackt sah, hat er plötzlich von mir abgelassen und meinte: „Wenn ich mir das
angucke, kann ich nicht." Ich hab mich gefühlt, als hätte er mich in Eiswürfel
getaucht. Eiswürfel, die mit Nadeln gespickt waren.

***

17

Daniela.

21. Mai (Samstag)

Die Hemmungen, die Chris gegenüber seiner schwangeren Freundin hat, hat offenbar nicht jeder. Gestern im Club ist mir was passiert – ich hab gedacht, ich träume. Aber nichts Gutes (wie immer in diesen Tagen …).
Ich steh also am Tresen und marschiere meine Strecken auf und ab, bediene am einen Ende der Bar, dann am anderen, räume Gläser ab, strecke mich nach Schnaps, bücke mich nach Cola und nehme Bestellungen entgegen. Da fasst mich so ein geschniegelter, fieser Typ am Handgelenk, während er bestellt, und spricht so leise, dass ich mich weit über den Tresen beugen muss. Ich lehne mich zu ihm, und er flüstert mir ins Ohr: „Sag mal, Kleine, bist du schwanger?"
Ich frage, was das jetzt zur Sache tut, und was er trinken will.
Er sagt: „Ich will dich", und schiebt mir einen Zwanziger über die Theke. Das wäre die Anzahlung, damit ich ihm meine Nummer gebe. Und wenn ich's mit ihm in seinem Auto treiben würde, bekäme ich das Zehnfache. Oder noch mehr, für eine ganze Nacht.

Ich wusste gar nicht, was ich sagen sollte. Ich war total sprachlos. Was für ein ekelhafter Typ! Dann fing er an mein Handgelenk zu streicheln und sagte: „Ich fänd's geil, es 'ner Schwangeren mal so richtig zu besorgen."

Ich war für einen Moment wie versteinert. Dann hab ich ihm den Zwanziger rübergeschoben, ihm eine Cola eingegossen und gesagt: „Alkohol hattest du heute wohl schon genug."

Obwohl der gar nicht mal betrunken wirkte, das war das Schlimmste daran. Ich glaube, der war stocknüchtern und hat einfach gedacht, mit einer, die mit schwangerem Bauch hinter der Theke stehen muss, kann er das machen. Ich fand es so schrecklich. Es war so unglaublich demütigend. Ich habe ihn dafür gehasst. Aber noch mehr hasse ich Chris dafür, dass er mich in solche Situationen bringt, indem er mich vollkommen im Stich lässt.

Heute kam ich nach dem Duschen ins Schlafzimmer, um mich anzuziehen. Chris hat noch geschlafen, aber gerade, als ich reinkam, wurde er wach und sah mich. Er hat gestöhnt, die Augen wieder zugemacht und sich umgedreht. Später meinte er dann: ob ich mir nicht angewöhnen könnte, mich im Bad anzuziehen.

Erst war ich total verletzt. Aber im Grunde ist es ja auch völlig egal. Oder eigentlich ist es im Bad sogar praktischer.

Heute hat er wieder gefragt, ob er was aus dem Supermarkt mitbringen soll. Ich habe gesagt: Wenn er fährt, komme ich am liebsten mit. Er hat total rumgedruckst und irgendwas gemurmelt von seinen Brüdern, die er hinterher noch trifft, oder Sport, er weiß es nicht genau, aber jedenfalls nicht nach Hause, deswegen lieber nicht zusammen.

Weißt du, was ich glaube? Der will sich nicht mit mir in der Öffentlichkeit zeigen! Immerhin sieht man den Bauch jetzt deutlich.

Aber vielleicht ist es auch einfach seine unbeholfene Art, für mich zu sorgen. Er will halt nicht, dass ich nach einem langen Arbeitstag noch durch den Supermarkt laufen muss. Vielleicht ist es ja auch süß gemeint. Aber irgendwie glaub ich's nicht, auch wenn ich gerne möchte.

****

Anja.

Von: anja.wilms@hotmail.com
An: theo.fritsche@gmx.de
Donnerstag, 19.05. 10:12
Betreff: Wofür sind Freunde denn da?!?

Lieber Theo!

Oh Mann, wie schrecklich das ist!!! Das tut mir total leid! Hättest Du doch früher mal etwas erzählt! Vielleicht hätte ich helfen können. Mindestens hätte es Dir sicher gutgetan, auch früher schon jemanden zum Reden zu haben. Umso besser, dass Du es mir jetzt gesagt hast!
Ich schäme mich ehrlich gesagt ein bisschen. Stimmt, Du hast schon sehr lange nichts Persönliches mehr erzählt! Das war mir vor lauter schwachsinnigen Flirtgeschichten gar nicht aufgefallen. Die kommen mir jetzt alle vergleichsweise sehr hohl und albern vor. Da kannst Du tausendmal sagen, etwas Ablenkung hätte Dir gutgetan.
Wann haben sich denn Melanies Depressionen zum ersten Mal gezeigt? Wie mögen Eure Kinder das alles erleben? In der Regel haben Kinder doch so feine Antennen …

Ich gebe zu, erst einmal war ich geschockt zu lesen, dass
Du an Trennung dachtest. Ich glaube auch, Du solltest einen
anderen Weg suchen, mindestens VERsuchen! Ihr seid doch nun
schon so lange ein Paar und habt so viele gemeinsame Jahre
zusammen erlebt.

Leider kenne ich mich mit Depressionen gar nicht aus.
Seitdem ich Deine Mail gelesen habe, überlege ich, ob ich
jemanden kenne, den ich um Rat fragen kann. Bislang ist mir
noch keiner eingefallen. Aber gibt es nicht
Selbsthilfegruppen für Angehörige von psychisch Kranken? So
etwas habe ich mal gehört. Vielleicht ist das eine Idee?
Bitte, wenn ich irgendetwas für Euch tun kann, melde Dich,
ja? Wir können uns auch gerne mal wieder auf einen Kaffee
treffen.
Unternehmt Ihr denn schöne, gemeinsame Dinge? Es klingt
zwar nicht so, als stünde Dir gerade wirklich der Sinn
danach, aber vielleicht solltet Ihr das doch mal versuchen.
Ein Ausflug, ein schönes Wochenende. Nicht nur Du alleine
in der Eifel! Sondern eine Zeit zu zweit.
Eure Kinder sind doch schon alt genug, dass sie sicher auch
mal bei Freunden übernachten können. Oder geht mal wieder
zu zweit essen. Das hilft vielleicht wenigstens, um in ein
gutes Gespräch zu kommen, meinst Du nicht?

Tja. Nun habe ich, vielleicht zum ersten Mal, seitdem wir
uns schreiben, eine Schreibblockade. Du sagst zwar, meine
Geschichten täten Dir so gut, aber sie kommen mir jetzt
auch so richtig, richtig banal vor! Und es gibt auch nichts
Neues.
Ich treffe mich noch immer mit Florian. Was das werden soll

… ich weiß nicht. Ich finde ihn manchmal ein bisschen zu anhänglich. Dafür habe ich gerade gar keinen Kopf, denn ich bin viel zu sehr mit Simone beschäftigt. Die kommt momentan irgendwie gar nicht klar; sie wird täglich blasser und nervöser.
Aber Du wolltest ja positive Geschichten hören. Herr Kästner, wo bleibt das Positive? Ja, weiß der Teufel, wo das bleibt …
Ich glaube, für heute muss ich es dabei belassen. Ich verdaue erst mal, was Du geschrieben hast. Und ausgerechnet Ihr! Ich dachte immer, Ihr seid ein Traumpaar! Wo man hinschaut: Probleme. Ich weiß schon, warum ich keine Beziehung habe. Die meisten Beziehungen fressen nur unnötige Energie, die man besser seinen Freunden widmen sollte.

Ich schicke Dir viele gute Gedanken und viele liebe Grüße. Vielleicht hilft es ja ein bisschen …
Deine Anja

* * *

Simone.

„So, Schluss für heute!" Mit einer offenen Flasche Rotwein und zwei Gläsern stand Anja in Simones Zimmertür, ohne geklopft zu haben. „Du musst wirklich mal eine Pause machen, Liebchen. Was du brauchst, ist nicht ein Kaffee, der dir hilft, die Nacht durchzuarbeiten, sondern ein Wein, damit du mal wieder schlafen kannst!"
Höflich und hilflos lächelte Simone. „Du hast recht, aber es geht nicht anders.

177

Ich muss nur noch dieses …“

„Ist morgen eine Verhandlung dazu? Läuft eine Frist ab?“, fragte Anja.

Simone legte den Kopf schief, resignierend. „Nein.“

„Na also. Keine Widerrede. Komm jetzt!“ Als Anja sah, dass ihre Freundin zögerte, knipste sie kurzerhand das Licht aus.

Simone lachte, an ihrem jetzt verdunkelten Schreibtisch sitzend, und schob die Unterlagen zusammen: „Also schön. Du bist unverbesserlich!“

Wenig später standen sie zusammen vor Anjas wuchtigem, blank gescheuertem Naturholztisch. Es war kühl in der Küche und die Heizung funktionierte wieder einmal nicht zuverlässig, aber Anja zauberte aus der Truhe unter der Sitzbank zwei geblümte Häkeldecken hervor, in die sie sich wickeln konnten. „Von meiner Omi“, grinste sie, nicht ohne Stolz.

Simone besah sich das atemberaubende Muster, das nur noch durch die schreiende Kombination von 70er-Jahre-Farben übertroffen wurde. „Nicht schlecht“, schmunzelte sie.

Anja grinste. „Immer höflich, die Frau Advokatin. Sag ruhig, dass du sie gruselig findest. Aber warm sind sie, also bitte, such dir eine aus und wickel dich rein. Ich leg noch Musik auf.“

Sie wählte ein frühes Bob-Marley-Album, fischte aus einer Schublade ein paar Käsecracker und kuschelte sich schließlich im Schneidersitz, eingehüllt in die Decke, auf die gepolsterte Bank. „Prost!“

Auch Simone hob ihr Glas, versuchte ein Lächeln und merkte, wie es ihr entglitt. Sie biss sich auf die Lippen.

Anja lehnte sich vor und legte ihr eine Hand auf das Knie. „Hey, Schwesterchen! Es ist okay, wenn du weinen musst oder so. Ich sehe schon lange, wie fertig du bist!“

Aber Simone hatte sich gleich wieder im Griff. „Ist schon gut. Mir ist das einfach alles ein bisschen viel …“ Sie wartete, dass Anja etwas sagen würde, doch die schwieg und wartete ihrerseits.

Verlegen rutschte Simone hin und her. Sie sah sich genötigt, etwas zu sagen –
und schlimmer: Sie sah sich genötigt, Gedanken zuzulassen, die sie bislang tief
in ihrem Inneren verschlossen hielt.

„Ich habe Angst", flüsterte sie schließlich. „Ich habe Angst, dass Moritz mir
Frederik wegnimmt. Er hat das immer wieder angedroht, weißt du?"

Anjas Augen verengten sich zu Schlitzen, bis sie wie ein wütende Katze aussah,
doch sie schwieg und wartete weiter.

Simone nahm einen großen Schluck Wein, starrte in ihr Glas und sprach leise
weiter. „Ich weiß, das kann keiner verstehen. Ich bin eine erfolgreiche Anwältin,
alle sehen in mir die kluge, erfolgreiche Frau. Als ich mit Moritz zusammenzog,
war ich schon längst so viel erfolgreicher als er … Vieles von dem, was er heute
hat und ist, hat und ist er durch meine Unterstützung. Ich weiß das alles. Und
trotzdem habe ich Angst vor ihm."

In ihrem Blickfeld verschwomm alles. Sie sprach wie zu sich selbst. „So etwas
wie mit dem abgebrannten Kaffeekocher – das darf er nicht erfahren! Sonst
schickt er mir gleich das Jugendamt ins Haus … aber ich will ja auch nicht
Frederik sagen: Sag es nicht Papa … Also kann ich nur hoffen … und ich habe
Angst …"

Ihr Blick kehrte zurück in die Gegenwart. Sie sah Anja an. „Ich kann verstehen,
wenn du mich nicht verstehen kannst. Meine Eltern können mich nicht
verstehen. Niemand kann mich verstehen. Ich bin eine starke, erfolgreiche Frau.
Ich weiß, dass Kinder fast immer bei ihrer Mutter bleiben; ganz gleich, wie die
Umstände sind. Und meine sind ja sogar noch gut. Ich kann für mein Kind
sorgen, ich lebe in geordneten Verhältnissen …"

Anja grinste ein wenig verlegen und sah sich in ihrer hippie-angehauchten Küche
um, als wolle sie sich dafür entschuldigen, aber Simone unterbrach sie, bevor sie

etwas dazu hätte sagen können: „Nein, Anja! Ich weiß doch, was es für Lebenssituationen gibt. Das muss schon ganz, ganz anders sein, bis ein Gericht einer Mutter ihr Kind wegnimmt. Du nimmst keine Drogen, hier laufen keine nackten Männer durch die Wohnung …“

Wieder grinste Anja, diesmal breiter, und zog die schmalen, roten Augenbrauen kess in die Höhe.

„Ach, Anja!“ Simone wurde rot und ärgerte sich, halb über ihre eigene Verlegenheit, halb über Anja, die sie in diese Verlegenheit brachte. „Du weißt, was ich meine. Keine Ahnung, was für einen Lebenswandel du bisweilen pflegst oder gepflegt hast. Es geht mich nichts an und Moritz noch weniger. Aber jetzt, hier, solange und seit ich mit Frederik hier lebe, ist das ein geordneter Haushalt, da kann keiner was sagen! Davor habe ich auch keine Angst. – Aber vor ihm, vor dem, was er in Bezug auf mich sagt, was er aus mir macht … Als ich neulich den Espressokocher verfeuert habe: So etwas ist wie eine selbsterfüllende Prophezeiung. Er sagt mir so lange, dass ich nicht in der Lage sei, für mein Kind zu sorgen, bis ich fast das Haus abbrenne. Und was, wenn Frederik ihm das erzählt?“

Mit schreckgeweiteten Augen sah sie Anja an. „So etwas hat er immer getan – mich so lange geängstigt, bis mir Fehler unterlaufen sind. Schon von Frederiks Geburt an. Er stand neben dem Wickeltisch und sagte so lange: ‚Du machst das ungeschickt; er könnte runterfallen‘ – bis ich so sehr gezittert habe, dass ich einmal wirklich Frederik fast nicht hätte halten können.

Ich habe den Tisch gedeckt, und er hat sich einen Spaß daraus gemacht, zu sagen: ‚Gleich lässt du wieder alles fallen‘ – bis das dann wirklich passiert ist. Solche Dinge habe ich hundertfach erlebt. Es war, als könne er nicht aushalten, dass ich viel erfolgreicher war als er, und als müsse er mich deshalb kleinmachen.“

Anjas Gesicht hatte jetzt alles Katzenhafte verloren. Weich und betroffen sah sie ihre Freundin an. Eine Weile sprach keine von ihnen, dann legte Anja ihre Hand auf die von Simone, als wolle sie durch die Berührung Kraft und Wärme in die Seele der Freundin fließen lassen.

„Er wird es nicht schaffen", sagte sie mit Nachdruck. „Er hat es bis hierhin geschafft, aber – jetzt komme ich ins Spiel. Ich werde das nicht zulassen. Ich weiß, wie stark du bist und was in dir steckt. Ich werde das wieder zutage befördern, weißt du?"

Sie grinste spitzbübisch. „So wie früher, wenn du mit mir Mathe geübt hast. Da hast du mich auch ganz oft einfach nur angesehen und gesagt: ‚Ich weiß, dass du es kannst.' Und so werde ich das jetzt auch machen. Denn ich *weiß*, dass du stärker bist als dieser Wichser."

Entsetzt sah Simone sie an, aber Anja schüttelte nur den Kopf, als wolle sie eine lästige Fliege vertreiben: „Ist doch wahr! Ein Schwächling ist das, ein Idiot! Was war der denn, als er dich kennengelernt hat? Was konnte er denn? Was hatte er denn, außer seinen beschissenen Hemden im Oxford-Style?"

Sie merkte, dass sie damit nah dran war, auch ihre Freundin zu beleidigen, und riss sich zusammen. „Entschuldige. Ich meine – der versteckt sich nur hinter Äußerlichkeiten, und er bringt nichts mit, um sie mit Inhalt zu füllen. Das merkt er, und deswegen hasst er dich so. Du bist erfolgreich, aber du bist keine Karrieristin. Du hast einfach den Job gewählt, den du liebst. Und ich bin sicher: Er spürt, dass du auf eine Weise erfolgreich bist, die er mit all seinem Ehrgeiz niemals erreichen kann. Dafür hasst er dich."

Simone sah sie an, die dunklen Augen fast schwarz vor Sorge. „Er wird mich immer hassen. Er wird niemals Ruhe geben, solange ich lebe", flüsterte sie.

Anja schüttelte energisch den Kopf. „Ich weiß nicht, ob er irgendwann Ruhe geben wird. Aber ich weiß, er wird dich irgendwann nicht mehr verletzen können. Und weißt du, warum? Weil sein Erfolg in dir selbst steckt!"

Sie nahm Simones Kinn in die Hand und sah ihr voll in die Augen. „Er hat nur deshalb so viel Macht über dich, weil du Angst vor ihm hast! Er muss ja gar nicht hier sein und dir etwas sagen, damit du Angst hast. Er hat dich so infiltriert mit seinem vergifteten Geist, dass du schon von ganz alleine Fehler machst. Und solange du denkst, dass dir um seinetwillen keine Fehler passieren dürfen, solange wird das nicht aufhören.“

Simone wandte nachdenklich den Kopf ab. „Kann ja sein, dass du recht hast. Aber ich habe keine Ahnung, wie ich aus dieser Nummer wieder rauskomme, und das ist das Problem“, seufzte sie.

„Mit kleinen Schritten“, meinte Anja aufmunternd: „Und du hast ja auch mich! Ich bin mir ganz sicher, zusammen schaffen wir das. Den objektiven Teil weißt du ja längst: Er hat gegen dich keine Chance. Er wird immer der Kleinere, Schwächere von euch beiden bleiben. Und was er dir auch abluchst – es wird ihm keine Stärke geben, denn er zieht seine Stärke nicht aus sich selbst, sondern aus der Demontage einer anderen Person. Das hat keine Nachhaltigkeit.“

Simone sah sie mit hochgezogenen Augenbrauen an. „Klingt irgendwie abstrakt. Weißt du … die Sache ist die, nach neun Jahren ist es schwer, Gewohnheiten und Denkmuster abzulegen.“

„Aber es ist möglich! Sagt ja keiner, dass du es sofort schaffen musst. Aber versuche, dir jeden Tag klarzumachen: Sein Erfolg steckt in dir selbst! Hast du Angst vor ihm? Dann reichst du ihm im Grunde die Hand, um seine schädlichen Werke fortzusetzen. Das musst du dir sagen, jeden Tag! Und eines Tages wirst du frei sein von dieser Angst, wirst erkennen: Wenn *ich selbst* ihm nicht helfe, mich fertigzumachen, dann hat er ja gar keine Chance! … Aber bis dahin ist es natürlich auch ein Stück Weg.“

Sie zog die Schublade unter dem Küchentisch hervor, fischte ihren Tabakbeutel heraus, griff auf der Suche nach einem Feuerzeug ins Leere, seufzte, ging in ihr Zimmer, werkelte dort ein wenig und kam mit dem Feuerzeug zurück. „Neun

Jahre! Das ist verdammt lang."

Simone zuckte lächelnd die Schultern und legte den Kopf schief. „Wie lang war deine längste Beziehung?"

Anja lachte. „Ha! Du stellst Fragen! Keine Ahnung. Was für eine Beziehung überhaupt?" Sie baute sich wieder mit hochgezogenen Beinen und Decke auf ihrer Bank ein, drehte sich eine Zigarette und dachte dabei nach. „Vermutlich die Zeit mit Johan. Das ging über drei Monate, und über sechs sogar, wenn man den Briefwechsel von vorher noch mit dazuzählt."

Gespannt sah Simone sie an. Wieder einmal wurde ihr klar, wie viel vom Leben der anderen jede von ihnen verpasst hatte. „Erzähl mal!"

Anja nahm einen Zug von ihrer Zigarette, kniff die Augen leicht zusammen und grinste zufrieden. „Johan. Ja. Das ist eine tolle Story zum Erzählen! Johan … das Romantischste vermutlich, das ich je erlebt habe. Wir haben uns in einem Bus kennengelernt. Auf dem Weg von Southampton nach London."

Ihre Gedanken wanderten zurück an einen bitterkalten, völlig verregneten Morgen. Zurück in jene öde Hafenstadt, die sie so froh war zu verlassen, und an den Mann, der damals im Bus plötzlich neben ihr saß, mit strahlend blauen Augen, denen man ansah, dass sie es gewohnt waren, in die Weite zu blicken.

„Er kam aus Südafrika und war Schiffsarzt. Wir waren uns gleich so sympathisch! Wir haben uns zwei Stunden lang unterhalten. Und dann hat es Monate gedauert, bis wir uns mal wieder sehen konnten. Wir haben uns geschrieben, seitenlang. Ich war so verliebt! Dabei hatten wir uns nur zwei Stunden lang gesehen. Irgendwann hatte er dann Ferien, aber ich hatte natürlich kein Geld, um nach Südafrika zu fliegen. Ich war damals mitten im Studium und hatte eigentlich überhaupt kein Geld! Das Einzige, was ich mir leisten konnte, war ein Zugticket nach Prag. Also trafen wir uns dort. Ich bin die ganze Nacht durchgefahren und habe kein Auge zugemacht. Als ich ankam, saß er mit einer Tasse Kaffee vor dem Hotel und wartete auf mich. Erst habe ich mich erschrocken, weil er viel älter aussah, als ich ihn in Erinnerung hatte. Aber dann war er gleich wieder da, dieser Zauber. Was für ein Mann. Total faszinierend und spannend.“

Gebannt lauschte Simone. „Und dann? Wie ging es weiter?“

Anja lachte leise. Ihr Gesicht hatte jetzt so weiche Züge angenommen, wie Simone es selten bei ihr gesehen hatte. „Wir erlebten eine wunderschöne Woche in Prag. Es war ohne Ende romantisch und aufregend.“

„Habt ihr euch danach noch einmal wiedergesehen?“

Anja nickte, jetzt nicht mehr so glücklich dreinschauend. „Ja. In Kalifornien.“ Sie lachte kurz auf: „Das ist das Extravaganteste, was ich je getan habe. Ich bin für drei Tage nach Kalifornien geflogen … na ja, er hat den Flug bezahlt. Trotzdem. Ich war fast so viel Zeit unterwegs wie letztlich dort vor Ort.“

Simone wartete, Anja schwieg erst, dann ergänzte sie: „Na ja, das war dann weniger schön! Er hätte eigentlich freigehabt, aber aus irgendeinem dummen Grund hat die Kreuzfahrtlinie ihm ausgerechnet für diesen Aufenthalt aufgebrummt, dass er täglich mehrere Stunden für den Arzt arbeiten musste, der dort sein Büro hatte und alle Schiffsärzte koordinierte. Ich habe die Zeit in schrecklicher Erinnerung. Wir waren in einem Vorort von Los Angeles, in the middle of nowhere. Meine einzige Unterhaltung waren ein Supermarkt und ein Dekorationsgeschäft, die fußläufig zu erreichen waren. Ansonsten konnte ich am Pool des Hyatt liegen – wie gut mir das drei Tage lang gefällt, kannst du dir denken – oder auf dem Zimmer sein und lesen. Das Zimmer hat mich schon deshalb wahnsinnig gemacht, weil man dort nicht einmal das Fenster öffnen konnte. Die Amis und ihre Passion für Klimaanlagen … Na ja. Es kam, wie es kommen musste. Irgendwie sind wir in Streit geraten. Eigentlich hatten wir geplant, dass ich ihn in den Weihnachtsferien in Südafrika besuchen würde, aber er schrieb mir dann, dass das alles keinen Sinn habe, nicht fair sei, dass er mir nicht geben könne, was ich wert sei – und bla, bla, bla. Das Übliche.“

Simone sah sie an. „Na ja, so üblich klingt das alles nicht. Und … habt ihr seitdem Kontakt gehabt?"

Anja nickte. „Ja. Schon. Alle paar Wochen, alle paar Monate. Es wechselt. Irgendwann wollen wir uns vielleicht einmal wiedersehen – und sei es nur für einen schönen Spaziergang." Sie nahm ihr Glas, ließ den Rotwein darin schwenken und leerte es dann in einem Zug.

„Weißt du – ich glaube, es hat überhaupt nur deshalb so lange gedauert, weil wir uns in der Zeit kaum gesehen haben. Das ließ so viel Raum für Fantasie, Sehnsüchte, Glorifizierung … und natürlich hat mir auch die Extravaganz des Ganzen gefallen. Aber ich bin kein Beziehungstyp. Ich mag die Männer, ich mag sie im Allgemeinen – aber im Einzelnen mag ich sie immer nur vorübergehend. Früher oder später sind sie doch alle gleich und langweilig."

Simone beobachtete ihre Freundin. Sie wurde das Gefühl nicht los, dass etwas hinter all dem steckte, was sie sagte. Etwas, das sie für sich behielt. Doch sie fand keinen Ansatzpunkt, um weiter nachzufragen. So ließ sie es erst einmal auf sich beruhen und konzentrierte sich auf das Nächstliegende: „Was ist eigentlich mit Florian?"

Anja nahm einen Zug von ihrer Zigarette, ließ die blauen Wölkchen durch die Küche wabern und sah Simone fragend an. „Florian?"

„Florian! Du erinnerst dich vielleicht an ihn, der Mann, den du letztlich mehrfach gedatet hast …", zog Simone sie auf.

Anja grinste schief. „Schon klar! Aber – was soll mit ihm sein?"

„Na ja, seht ihr euch noch?"

Anja zuckte die Achseln. „Irgendwann vielleicht noch mal. Aber gerade habe ich es nicht so eilig damit." Irritiert sah sie Simone an. „Aber das war doch auch klar, oder nicht? Diese ganze Beziehungsnummer, die ist nichts für mich."

Simone lächelte wehmütig. „Warum eigentlich nicht? Du bist so eine tolle Frau.."

„Eben", schnitt Anja ihr das Wort ab: „Ich bin zufrieden so, wie alles ist."

Im Flur schlug Anjas altmodische Bauernstanduhr. Es war Mitternacht. „Ich sollte jetzt schlafen gehen, Anja", meinte Simone entschuldigend: „Morgen …"

„Weiß ich doch", lächelte Anja. „Schön, dass ich dich mal von deinem Tisch loseisen konnte. Und denk immer dran: Seine Stärke hat er nur so lange, wie du sie ihm gibst."

Simone brachte den Versuch eines tapferen Lächelns hervor.

Während sie sich auszog und die Zähne putzte, dachte sie über Anjas Geschichten nach. Kalifornien für drei Tage. Nach Prag reisen, um den faszinierenden Unbekannten zu treffen, in den man sich auf einer zweistündigen Busfahrt verliebt hat. Ein Flirt hier, eine Affäre da.

Ihr eigenes Leben kam ihr mit einem Mal sehr, sehr langweilig vor. Sie hatte Anja nicht erzählt, dass Jasper ihr am Morgen eine Nachricht geschickt hatte. Sie hatte bislang nicht geantwortet. Kurz dachte sie darüber nach, verwarf die Idee dann aber wieder. Nein. Das wäre nicht das Richtige.

„Die Stärke ist in dir selbst", hatte Anja gemeint. Schön und gut! Aber sie fühlte sich im Moment gar nicht besonders stark. Die Konfrontation mit ihrem Ex-Mann machte ihr Angst. In ihrer Vorstellung machte sie sich durch den Umgang mit anderen Männern nur noch angreifbarer. Auf der anderen Seite sehnte sie sich nach einer Schulter, an die sie sich anlehnen könnte; nach jemandem, der diese ganze Last von ihr nahm und sich schützend vor sie, ihrem Ex-Mann in den Weg stellte. Hin- und hergerissen zwischen diesen widersprüchlichen Wünschen schlief sie ein.

***

18

Simone.

Prüfend überflog Simone noch einmal den Einspruch, den sie formuliert hatte. Ja, so konnte sie das Schreiben aufsetzen. Sie druckte es aus und legte es in die Mappe, aus der es ihre Assistentin am nächsten Tag nehmen und verschicken würde. Im Flur stieß sie mit Dr. von Waldhausen zusammen, dessen Schritte sie im weichen Teppich nicht gehört hatte.

Der nickte ihr kurz zu, und Simone glaubte, den Anflug eines anerkennenden Lächelns in seinem Gesicht zu sehen. „Schön, dass Sie noch da sind", sagte er mit hochgezogenen Brauen und einem dezenten Blick auf die Wanduhr. Es war kurz vor sieben.

Simone lächelte zaghaft und war um eine Antwort verlegen.

„Nun, ich weiß natürlich, dass Sie als Mutter auch noch andere Verpflichtungen haben. Insofern denke ich, es ist absolut berechtigt, wenn Sie jetzt Ihre Sachen packen", fuhr er mit gönnerhafter Miene fort.

Simone verzichtete darauf, ihm zu erklären, dass sie ohnehin gerade hatte gehen wollen. „Danke", nickte sie stattdessen nur: „Ich wünsche Ihnen noch einen schönen Abend!" Von der Kanzlei aus fuhr sie zu ihren Eltern, wo sie Frederik einsammelte. Ein wenig bedauernd dachte sie, dass es noch hilfreicher gewesen wäre, wenn ihre Eltern ihn zu ihr in Anjas Wohnung gebracht hätten. Aber sie wollte nicht undankbar sein.

„Du weißt doch, dass wir in diesen engen Straßen nicht gut zurechtkommen", hatten ihre Eltern gesagt, als sie das einmal angeregt hatte. Insofern war sie froh, dass die Kita eine bessere Lage hatte und ihr Vater bereit gewesen war, seinen Enkel dort am Nachmittag abzuholen, damit sie ihren Fall abwickeln konnte.

Wie schön wäre es gewesen, wenn die Eltern nicht mit Bridge, Golf und dem Lions' Club so viele Verpflichtungen gehabt hätten! Dann würden sie ihr vielleicht viel öfter zur Seite stehen. Sie gestattete sich einen kurzen Ausflug in die Fantasie, wurde aber auch dort schnell von der Tatsache eingeholt, dass mehr elterliche Hilfe auch mehr elterliches Einmischen bedeuten würde. Insofern sollte sie wohl besser nicht zu kritisch sein.

„Ah, da bist du ja", lächelte ihre Mutter. Frederik lugte hinter seiner Großmutter, die auf dem etwas altmodischen Kosenamen „Großmutti" bestand, hervor. Um den Mund hatte er eine dunkle Schicht, die Schokolade, aber auch Teewurst sein konnte.

„Hallo Mama! Wir haben Essen gemacht", strahlte er.

„Habt ihr das?", fragte sie, während sie sich hinkniete und die Arme ausbreitete, damit er hineinlaufen konnte.

„Wir haben Schnittchen vorbereitet", erklärte ihr Mutter, die sie kurz auf die Wange küsste. „Ich dachte, du bleibst vielleicht noch einen Moment, und wir essen zusammen?"

Innerlich seufzte Simone. Sie wäre lieber geflüchtet. Andererseits war sie ihren Eltern in den zurückliegenden Wochen meistens aus dem Weg gegangen, und das war eigentlich gemein, denn abgesehen davon, dass die erzkonservativen Überzeugungen ihrer Eltern ihr das Leben schwer machten, hatten diese ihr nichts getan. Und verständlicherweise machten sie sich Sorgen. Also stellte Simone ihre Tasche ab, stieg aus ihren hohen Schuhen und nickte. „Gerne!"

Am Esstisch überkam sie eine Welle von Wehmut. Die heile Welt, die ihre Eltern so gerne inszenierten, war gleichermaßen beklemmend wie auch tröstlich. Wie so oft, hätte sie am liebsten einfach geweint, aber sie riss sich zusammen.

„Es ist schön, dass du wieder einmal mit uns am Tisch sitzt", sagte ihr Vater. Tadel klang in seinen Worten mit, aber auch Wärme.

Simone nickte verlegen und nahm sich ein Canapé mit Krabben.

„Wie läuft es in der Kanzlei?", wollte er wissen.

Froh, dass die Begegnung mit ihrem Chef heute tatsächlich ganz positiv verlaufen war, brachte Simone ein recht überzeugendes „Ganz gut!" hervor.

„Gott sei Dank!", rief ihre Mutter erleichtert aus: „Wir hatten schon Sorge, dass du dich jetzt nicht mehr so stark wie früher einbringen kannst. Unabhängigkeit ist jetzt für dich das Wichtigste!"

Entnervt nickte Simone. Ob das jemals aufhören würde? Sie war es so schrecklich leid, immer wieder auf subtile Weise Druck zu spüren. „Es läuft schon", meinte sie. Der Rest des Essens verlief mit dem Austausch belangloser Informationen über Bekannte der Eltern. Erleichtert registrierte Simone, dass Frederik schließlich immer häufiger gähnte und sie einen Vorwand hatte zu gehen.

Zurück bei Anja brachte sie Frederik ins Bett und ging dann in die Küche, wo sie einen Zettel und einen Brief auf dem Tisch fand.

„Bin bei Florian", stand dort. „Für dich kam ein Einschreiben. Wollte dir keine Nachricht deswegen schicken, um dich nicht zu beunruhigen. Wenn es etwas Blödes ist, ruf mich an. Kuss, Anja."

,Wenn es etwas Blödes ist?' Mit klopfendem Herzen griff Simone nach dem Umschlag. Er war von Moritz. Mit einem offiziellen Schreiben informierte er sie, dass er den Wert des gemeinsamen Hausrates aufgelistet habe. Eine zweite, dritte und vierte Seite des Schreibens enthielt eine Tabelle, die auf 120 Zeilen die materiellen Eckdaten ihres Lebens umfasste.

Zimmer für Zimmer war Moritz durchgegangen. Die Einbauküche, gebraucht gekauft, für 700 Euro, der Pürierstab, seinerzeit bei Saturn erworben, für 19,99

Euro. Ein Handmixer für 14,99 Euro. Geschirrhandtücher, Besteck. „Unterbaublech der Waschmaschine, 32 Euro", las Simone erstaunt. Nach diversen Posten ging es im Bad weiter. Badewannenrutschmatte, Frotteevorleger, Wäschereck, Föhn, Tretmülleimer. Moritz schien nicht das Geringste vergessen zu haben.

Es war ihr nicht bewusst gewesen, dass er alle Belege aufbewahrt hatte, doch sie erinnerte sich jetzt, dass er auch jederzeit schnell den richtigen Kassenzettel zur Hand gehabt hatte, wenn etwas umzutauschen gewesen war.

Im Wohnzimmer beschränkte er sich keineswegs auf die Möbel, sondern listete auch DVD-Boxen, CDs und eine Vorratspackung an Haushaltskerzen auf. Im Schlafzimmer wurde die Schrankwand erfasst inklusive aller Türgriffe, Zusatzscharniere und Einlegeböden, außerdem ein Bügelbrett. Ein Poster listete er auf, den Staubsauger sowie, in einer separaten Zeile, Ersatzfilterbeutel dafür. Fassungslos glitt Simones Zeigefinger die Zeilen hinab. Auf den Einkaufswert folgte eine weitere Spalte: „Wert zum Trennungszeitpunkt bei einem jährlichen Wertverlust von 10 Prozent". Für jedes Objekt, einschließlich der Ersatzfilterbeutel für den Staubsauger, hatte Moritz berechnet, was es zum Zeitpunkt der Trennung noch wert gewesen sei – ausgehend von einem jährlichen Wertverlust von zehn Prozent.

Simone blätterte zurück zum Anschreiben. „Da du die gemeinschaftliche Wohnung verlassen hast, werde ich in eine kleinere Wohnung ziehen. Den Hausrat kann ich nicht mitnehmen und werde ihn kurzfristig verkaufen müssen. Sollte sich dadurch nicht der jeweilige Verkehrswert erzielen lassen, so erwarte ich von Dir die Erstattung der Differenz, um den mir entstehenden Schaden zu kompensieren." Sie schüttelte den Kopf und fröstelte plötzlich. Das hier war keine Diskussionsgrundlage. Das hier war eine penibel ausgearbeitete Kampfansage mit dem einzigen Ziel, sie zu zermürben und fertigzumachen.

***

Daniela.

29. Mai (Sonntag)

Jetzt ist so richtig was passiert, was alles geändert hat!

Ich hab doch vor einer Weile mit Anke gesprochen. Seitdem hat sie ab und

zu angerufen und gefragt, wie es mir geht. Ich sage dann immer: „Ganz gut!"

– denn was bringt es schon, wenn ich ihr sage, dass ihr Sohn mich weiterhin

völlig im Stich lässt? Wenn Chris mitkriegt, dass ich bei seiner Mutter

schlecht über ihn rede, habe ich hinterher nur noch mehr Probleme. Aber ich

glaube, sie muss irgendwie gespürt haben, dass alles noch immer nicht

rundläuft.

Jedenfalls hat sie neulich wieder angerufen und gemeint, sie möchte am

Samstagmittag ein großes Essen mit all ihren Söhnen machen, und jeder soll

seine Freundin mitbringen. „Okay", habe ich gesagt, und ob ich was helfen

kann, und ob es einen Anlass gibt. „Meine Mutter wäre an dem Tag 80

geworden", hat sie gemeint. Und wenn ich wolle, könnte ich Kartoffelsalat

machen.

Wir also Sonntag zu Chris' Familie. Es waren tatsächlich alle Brüder da, aber

gut, Kevin und Tobi wohnen ja sowieso noch zu Hause, und Mike kommt eh

ständig zum Essen und um seine Wäsche machen zu lassen. Wir haben

gegrillt, und die Freundinnen von Kevin und Tobi hatten Kuchen mitgebracht.

Irgendwann, als alle gut satt waren, hat Anke dann gesagt, sie müsste was

sagen. Und dann meinte sie: „Man sieht es ja schon ein bisschen, deswegen

hat Chris bestimmt nichts dagegen, dass ich das Geheimnis lüfte. Unsere

Danni ist schwanger!"

Ich dachte, mich trifft der Schlag. Und dass Chris jetzt bestimmt völlig ausrastet. Aber dazu kam er gar nicht! Denn die Mädels waren alle so mega begeistert und haben sich so gefreut, dass es auch die Jungs mitgerissen hat. Und auf einmal haben alle Brüder Chris gratuliert und gesagt, dass ich eine coole Frau bin, und toll, dass wir ein Kind kriegen, und herzlichen Glückwunsch!

Da sah Chris auf einmal tatsächlich … ja, irgendwie stolz aus. Ich konnte es selbst nicht glauben. Mir haben natürlich auch alle gratuliert und gesagt, wie schön das ist.

Und seitdem – also, das war gestern – ist Chris irgendwie anders. Ich glaube, weil seine Brüder es cool finden, dass er Vater wird, findet er selbst es auch nicht mehr so schrecklich. Ich traue mich noch nicht richtig zu glauben, dass die schlimme Zeit jetzt vorbei ist. Aber ich hoffe es so sehr!

***

Anja.

Von: theo.fritsche@gmx.de
An: anja.wilms@hotmail.com
Montag, 30.05. 07:50
Betreff: Danke!

Liebe Anja,

danke für Dein Hilfsangebot und Deine Anteilnahme. Ich bin froh, dass ich Dir dazu geschrieben habe. Du hast recht,

mich auf die vielen Jahre hinzuweisen, die Melanie und mich
nun schon miteinander verbinden. Es ist schön, dass Du das
gesagt hast – gerade Du, die Du so ganz anders lebst!
Aber soll ich Dir etwas erzählen: Vor einer Weile habe ich
mit unserem Pfarrer gesprochen und ihm ein wenig von
unseren Problemen geschildert. Und sogar er sagte: Manchmal
geht es eben nicht zu zweit weiter. Da war ich ganz schön
enttäuscht. Wer soll einem denn noch Mut zusprechen, wenn
es die Kirche nicht tut?

Umso mehr bedeutet es mir, das aus dem Freundeskreis zu
hören. Vielleicht lohnt es sich, um unsere Ehe zu kämpfen.
Trotzdem ist es schwer, wenn jemand sich so völlig in
seinem Wesen verändert … Ich versuche, mich an die Frau zu
erinnern, die sie einmal gewesen ist, aber die sehe ich
kaum noch in ihr.

Eine Selbsthilfegruppe für Angehörige von psychisch
Kranken? Hm. Ich weiß nicht. Das klingt irgendwie so …
verrückt! So möchte ich uns eigentlich nicht sehen. Aber
vielleicht ist es doch genau das, was zutrifft. Ich muss da
mal eine Weile drüber nachdenken.

Auch nachgedacht habe ich über das, was Du wegen Florian
geschrieben hast. Er würde Dir zu anhänglich. Was heißt das
denn? Es wundert mich ein bisschen. Für Deine Freunde bist
Du immer da und gibst anderen so viel, aber wenn jemand Dir
signalisiert, dass Du ihm wichtig bist, dann erscheint er
Dir uninteressant. Warum ist das so? Kann es eigentlich
sein, dass Du vor dem Leben wegläufst? Es ist doch
eigentlich schön, wenn jemand Dir zeigt, dass er Interesse

hat! Aber vielleicht sehe ich das auch einfach nur deswegen
so, weil ich momentan selbst in einem solch großen Dilemma
stecke und mir ein bisschen Harmonie und Klarheit wünschen
würde.

Ich hoffe, Du nimmst mir diese offenen Worte nicht übel.
Wenn Du magst, denk einfach mal darüber nach - und wenn ich
mich täusche, umso besser. Ich lote derweil mal aus, ob
eine Selbsthilfegruppe für mich der richtige Ansatz sein
könnte.

Liebe Grüße,
Theo

★★★

19

Daniela.

8. Juni (Mittwoch)

Ich glaube, Chris ist nicht ganz richtig im Kopf! Als ich heute nach Hause
kam, stand neben seinem Crosstrainer noch ein Stepmaster! Erst wollte ich
ja glauben, dass er ihn nur für einen seiner Brüder untergestellt hat. Aber
dann sah ich in der Küche neben dem Müll die Verpackung und den Amazon-
Karton: Er hat das Ding neu bestellt!!!
Er war nicht zu Hause, deswegen habe ich ihn sofort angerufen, um zu
fragen, ob er noch ganz dicht ist. Neulich hab ich ihm noch gesagt, der
Crosstrainer muss weg, weil wir den Platz brauchen werden, heute stellt er
ein zweites Gerät daneben!!
Ich hab ihn nicht erreicht, aber eine Stunde später rief er zurück. Er sagte,
er wäre beim Sport gewesen. Da konnte ich mich nicht mehr beherrschen!
Ich habe gemeint, warum er ein zweites, riesiges Sportgerät kauft, das
jetzt hier im Weg rumsteht, wenn er doch sowieso immer ins Studio geht.
Und ob er mir nicht zugehört hätte, neulich.
Er hat gemeint, der Stepmaster sei doch super, er könne mir nur empfehlen,
mal draufzugehen. Und, Gegenfrage, ob ich ihm nicht zugehört hätte? Denn
er hätte doch klar gesagt, wenn das Kind erst mal da ist, ist er weg.
Spätestens dann würde er den Stepmaster und den Crosstrainer mitnehmen.
Hat gelacht und hat aufgelegt. Danach war sein Handy aus.

Ich sitze hier, habe Gänsehaut und fühle mich wie in so einem Psycho-Film.
Das ist doch ekelhaft! Richtig schizophren.

Wie kann man sich denn so verhalten? Vor ein paar Tagen haben wir doch
noch mit seiner Familie auf meine Schwangerschaft angestoßen! Und jetzt
wieder so? Mir wird ganz kalt, wenn ich darüber nachdenke. Ich kann das
alles nicht verstehen. Warum macht er das?

Später.

Ich hatte einen Anruf ohne Nummer. Eigentlich gehe ich dann nie dran, aber
ich dachte, es wäre vielleicht Chris, von irgendwo unterwegs.

War aber Anja! Die Journalistin von neulich. Ich habe gesagt, sorry, mir geht
es gerade nicht so gut, und ich rufe sie zurück. Aber dann war es plötzlich,
als wäre in mir ein Damm gebrochen und ich habe nur noch geheult.

Die arme Anja ... ich kenne sie doch gar nicht! Aber es ging mir so
beschissen, ich habe mich so alleine gefühlt, und da war auf einmal diese
freundliche, helle Stimme, die Erinnerung daran, wie lustig sie neulich war,
und wie das in mir Bilder wachgerufen hat von früher, als ich noch ein
schönes Leben hatte ... da konnte ich einfach nicht mehr.

Sie hat gar nicht lange gefackelt. Sie hat gefragt, wo ich bin, und hat gesagt,
sie kommt sofort, sie wäre ohnehin gerade in der Nähe. Ich habe gemeint,
nein, geht schon, und dass sie sich keine Mühe machen soll. Sie wohnt doch
ganz weit weg von hier, hat sie erzählt! Aber sie meinte, nein, sie sei wirklich
gerade in der Nähe, und deswegen hätte sie auch angerufen, weil sie dachte,
vielleicht passt es jetzt spontan auf einen Kaffee. Statt Kaffee habe ich ihr
dann nur was vorgeheult. Ich konnte gar nicht mehr aufhören, obwohl ich

gleichzeitig Angst hatte, dass Chris nach Hause käme.

Zur Sicherheit habe ich den Schlüssel von innen stecken lassen, damit er zumindest nicht plötzlich im Zimmer stehen könnte, sondern ich hören würde, wenn er käme. Ich habe mich gefragt, was ich ihm sagen würde, wer Anja sei und warum ich ihr was vorheule, und ich hatte keine Ahnung, was ich sagen würde. Aber zum Glück kam er auch nicht nach Hause, während sie hier war.

Ich bin so froh, dass sie da war! Sie ist ein Engel. Sie strahlt so viel Wärme aus!! Ich habe ihr alles erzählt. Ich konnte nicht mehr.

Ewig nur alles mit mir selbst abmachen, ich weiß nicht, wie ich das ertragen soll. Ich habe Angst – Angst vor seiner niederträchtigen Art, mich mit Worten und Blicken fertigzumachen, Angst vor seiner Aggressivität, Angst davor, dass er mich verlässt, wenn das Kind kommt, und dass ich es allein nicht schaffe, aber auch Angst davor, dass er bleibt und dass dann alles nur noch schlimmer wird.

Viel gesagt hat Anja eigentlich nicht ... wie auch. Sie fällt ahnungslos in so eine Situation ... Aber sie hat mich in den Arm genommen, mir über den Rücken gestreichelt und gesagt, dass sie mich verstehen kann. Dass sich das alles schrecklich anhört. Sie hat auch gemeint, dass ihre Freundin, eine Anwältin, mir vielleicht helfen kann, und hat angeboten sie zu fragen. Aber ich will das nicht.

Ich will auch nicht, dass Chris sich noch mehr aufregt. Dass Anwälte ins Spiel kommen. Dass er mir vorwirft, ich würde ihn verraten ...

Ich will ja auch nicht übertreiben. Ich meine, er ist der Vater meines Kindes und ich liebe ihn ja. Ich verstehe auch, dass das alles schwer für ihn ist. Sein

Vater hat die Familie verlassen. Er hat ihn gar nicht gekannt. Also – woher soll er wissen, wie er sich jetzt verhalten soll? Für ihn ist das alles bedrohlich.

Vorher war die Welt klar und überschaubar, jetzt kommt ein Kind, und in seiner Erfahrung ist ein Kind etwas, das die Eltern auseinanderbringt. Also sieht er auch unser Kind kritisch. Ich kann das ja verstehen.

Das habe ich auch zu Anja gemeint. Sie hat nichts dazu gesagt, nur komisch geguckt. Aber sie hat gut reden, sie ist ja nicht schwanger. Man bleibt doch beim Vater seines Kindes. Irgendwie haben die Menschen es früher ja auch geschafft, sich zusammenzuraufen.

Ich schaff das schon. Ich war froh, als Anja kam, aber ich war auch froh, als sie wieder weg war. Es hat mir geholfen, mit ihr zu reden, aber ich hatte auch ein schlechtes Gewissen deswegen. Ich will Chris nicht hintergehen. Der ist halt auch überfordert.

***

Simone.

Mit einem zufriedenen Seufzer drehte Simone den Motor ab. Heute war sie ohne Hektik aus der Kanzlei gekommen, denn Moritz hatte Frederik im Kindergarten abgeholt und würde ihn erst gegen Abend wieder zu ihr bringen. So hatte sie heute noch einmal zwei Stunden länger arbeiten können und hatte nun immer noch genug Zeit, für ihren Sohn das Abendessen vorzubereiten. Herrlich! Sie genoss den Moment der Ruhe, frei von jeder Hektik, und legte dann die Hand an den Türgriff, um zu öffnen und auszusteigen. Da piepste ihr Handy.

Gewohnheitsmäßig griff sie sofort in die Handtasche, holte es heraus und las die neue Mail. Als sie den Absender sah, fühlte sie sofort eine kalte Hand um ihr Herz: Moritz.

„Frederik sitzt hier und erzählt, dass Ihr einen anderen Kinderarzt aufgesucht habt als den, für den wir uns zusammen entschieden haben. Dafür hast Du sicher gute Gründe. Ich wüsste gerne Namen und Adresse des Arztes, der mein Kind behandelt, und erwarte außerdem eine schriftliche Stellungnahme dazu, warum Du Dich eigenmächtig für diesen Wechsel entschieden hast."

Keine Anrede, kein Abschiedsgruß.
Sie starrte auf das Display, bis es verdunkelte und sich gnädig in Schwarz hüllte. Dann schloss sie fröstelnd die Augen.
Ja, sie hatte sich für einen anderen Arzt entschieden. Sie war es satt, bei der früheren Kinderärztin immer absurd lange einen Parkplatz suchen zu müssen, die schnippische Art der Ärztin ging ihr auch auf die Nerven. Als sie dann neulich kurzfristig einen Arzt brauchte, weil Frederik Fieber hatte, hatte sie einfach den nächstbesten aufgesucht, und weil Frederik müde war, war es ihm im Grunde egal gewesen.
Dr. Kalil war ein Zufallstreffer gewesen: ein freundlicher, alter Iraner, der in seiner ruhigen, behäbigen Art genau den richtigen Ton fand, mit den Kindern zu sprechen. Ja, sie hatte versäumt, Moritz darüber zu informieren. Aber – „es war nur ein stärkerer Schnupfen; mein Gott!", zischte sie entnervt, stieg aus und ging zur Tür. Ihre gute Laune war dahin.
In der Wohnung angelangt, warf sie planlos ihre Tasche auf das Sofa, verfehlte es aber, sodass die Tasche herunterfiel. Ein hölzerner Kerzenständer, den Anja auf dem Couchtisch positioniert hatte, verfing sich im Träger, fiel mit und polterte laut auf den Dielenboden. Simone hörte es nur am Rande, stapfte ins

Bad, wusch sich die Hände und pfefferte dann in der Küche die Teller auf den Tisch.

Anjas Tür öffnete sich. „Alles okay?", fragte Anja mit erstauntem Blick.

„Was? Ja, klar. Hallo! Warum fragst du", antwortete Simone gereizt.

Anja blieb im Türrahmen stehen und sah sie an, was Simones Gereiztheit nur steigerte.

„Was ist denn los? Warum stehst du da so?", fragte sie ungehalten.

Anja zog die Brauen hoch. „Weil irgendetwas nicht stimmt. Du kommst nach Hause, wirfst Sachen herunter, ohne sie wieder aufzustellen, und stapfst durch die Küche, als würdest du für Lautstärke extra bezahlt."

Simone rollte die Augen: „Seit wann bist du so kleinlich? Na schön, ich war laut. Es tut mir leid."

Doch Anja schüttelte nur den Kopf. „Das ist nicht der Punkt. Du musst dich nicht entschuldigen; es ist mir egal, wenn es hier laut ist. Aber ich merke, es geht dir nicht gut."

„Es geht mir super!" Simone knallte einen Becher auf den Küchentisch, fing an zu zittern, ließ sich auf die Küchenbank sinken und brach in Tränen aus. „Es … geht … mir … super", presste sie unter zitternden Schluchzern noch mal hervor.

Anja blieb im Türrahmen stehen, sah zu ihr hin und wartete.

Simone weinte und fand keine Worte, um ihrer Freundin den Nervenzusammenbruch zu erklären. Irgendwann schniefte sie heftig, zwang die letzten Tränen zurück und begann zu reden. „Moritz hat geschrieben. Weil ich neulich bei Dr. Kalil war. Dass ich ihn hätte fragen sollen."

Stille. Anja wartete, doch als Simone weiter nichts erklärte, fragte sie nur: „Und?"

Verständnislos sah Simone sie an. „Wie, und? Na ja, jetzt ist er sauer. Wir haben das gemeinsame Sorgerecht. Wir müssen uns absprechen."

Anja zog eine Braue hoch. „Ihr müsst euch *absprechen*? Welchen Arzt du aufsuchst, wenn dein Kind Fieber hat? Kindergartenkinder haben alle Nase lang irgendwas! Und ein Arzt ist mal im Urlaub, oder hat keinen Termin frei, oder du bist gerade irgendwo, wo du nicht deinen normalen Kinderarzt aufsuchen kannst …"

Simone zuckte die Schultern. „Ja. Schon. Aber du kennst nicht die Familienrechtsgesetze und die Richter, die sie auslegen. Das ist die größte Grauzone, die ich vor Gericht erlebt habe. Deswegen wollte ich auch in dem Bereich nicht arbeiten. Es ist frustrierend. Du hast nicht das Handwerkszeug, um deinen Mandanten wirklich zu helfen, denn letzten Endes kann es immer sein, dass der Richter aufgrund irgendeines Bauchgefühls der Gegenseite folgt – und geklärt ist so ungefähr gar nichts."

Anja nahm einen Stuhl, drehte ihn um, setzte sich verkehrt herum darauf und sah Simone forschend an, während sie die Arme auf die Rückenlehne des Stuhls stützte. „Was soll das heißen – es ist nichts geklärt?"

Schniefend holte Simone Luft. „Ich hab eine Studienfreundin. Die hat ihren Fachanwalt im Familienrecht gemacht. Sie hatte ganz große Ideale … und nach ein paar Jahren im Job ist sie mit Burnout zusammengebrochen. Sie sagt, es hat sie wahnsinnig gemacht. Sie hat erlebt, dass ein Vater der Mutter schriftlich bestätigte, dass sie mit dem gemeinsamen Kind von Dresden nach Köln ziehen darf, und dass er sogar den Umzugswagen mit beladen hat. Dann, nach zwei Tagen, stand in Köln die Polizei vor ihrer Tür, hatte eine Anzeige wegen Kindesentführung und nahm das Kind mit. Und das Dresdener Gericht entschied: Das Kind bleibt in Dresden, da ist es zu Hause, und der Vater hat das Recht, seine Meinung zu ändern. Und jetzt kommt noch das Beste: Der Mann ist Lkw-Fahrer! Der ist unter der Woche gar nicht da, und das Kind lebt jetzt bei den Großeltern."

Kopfschüttelnd hörte Anja zu, blieb aber gelassen und streichelte der Freundin beruhigend die Hand. „Das ist eine völlig bizarre, schlimme Geschichte. Aber das hat nichts mit dir zu tun. Du warst nur bei einem anderen Kinderarzt. Und es ging nur um einen normalen Infekt. Du hast nicht euer Kind heimlich beschneiden lassen oder so."

Simone presste die Lippen zusammen und schnaubte. „Du hast keine Ahnung, was abgeht an deutschen Familiengerichten. Das hier ist die reinste Bananenrepublik. Es spricht nur keiner darüber, und vieles kriegt keiner mit, weil die Verhandlungen unter Ausschluss der Öffentlichkeit stattfinden. Ich kenne Mareike gut, sie ist wirklich eine gute Anwältin. Aber wenn sie redet, schlackern mir die Ohren."

„Warum?"

„Warum? Weil sie einen ganzen Sack voll solcher Geschichten erzählen kann! Wie findest du das hier: Vor Gericht verhandeln ein Vater und eine Mutter, bei wem von beiden das einjährige Kind leben soll. Der Richter sagt zur Mutter, die das Kind zufällig auf dem Schoß hält, weil sie keine Betreuung dafür hatte: Sie soll das Kind auf den Tisch setzen; er möchte sehen, ob es zum Vater krabbelt. Um festzustellen, wie die Bindung zwischen Vater und Kind ist."

Hörbar sog Anja die Luft ein. „Das ist absurd!"

Simone lachte trocken auf. „Nein. Ja. – Ja, es ist absurd, aber: Nein, es ist leider nicht einfach absurd, es ist Realität vor deutschen Gerichten!"

Als könnte sie eine Antwort in ihren wilden Locken finden, zerzauste Anja ihr Haar. Dann fragte sie: „Aber was ist jetzt deine Angst?"

Simone schlug fröstelnd die Arme um die Schultern. „Er … – Moritz – er hat mir hundertmal gesagt: Wenn ich ihn verlasse, nimmt er das Kind. ‚Ich werde dich zu einem nervlichen Wrack machen‘, hat er gesagt. ‚Du bist sowieso so hysterisch.‘ Und dass ihn wundert, dass ich vor Gericht so viel Erfolg habe, wo ich doch eigentlich umfalle, wenn man mich nur einmal anbrüllt."

„So ein Arschloch!", stieß Anja empört hervor.

Simone redete weiter: „Du … du kennst Moritz nicht gut genug. Er kann sich unglaublich gut verkaufen. Er hat immer wieder irgendwelche Selbstzweifel, und damit steht er sich im Weg. Er denkt umständlich. Deswegen ist er längst nicht so erfolgreich, wie er aufgrund seiner Intelligenz und seines Auftretens sein könnte. Aber wenn er will, dann kann er jedem, absolut jedem da draußen ein Bild von sich vermitteln, dass er Supermann wäre. …

Er ist so kühl. So beherrscht. So … ich weiß nicht. Wie soll ich es sagen? Er kann in diesen komischen Modus schalten, in dem nichts ihn mehr erreichen und beirren kann. Wie diese hypnotisierten Menschen vom Geheimdienst, die nur ein bestimmtes Wort hören müssen, und dann gehen sie los und wissen, wen sie umlegen müssen."

„Wie ein Bluthund", fasste Anja sarkastisch zusammen.

Simone nickte. „Im Grunde, ja." Sie stützte das Gesicht in die Hände und starrte dann frustriert auf die Wand. „Und auf der anderen Seite stehe ich, und du kennst mich. Ich tue niemandem gerne weh. Ich bin überhaupt nicht gerne aggressiv."

„Du bist Strafverteidigerin", warf Anja ein.

Aber Simone winkte ab: „Ja, ich bin Strafverteidigerin, aber du bist Soziologin. Dir brauche ich nichts zu erzählen über Rollen, die man einnimmt. Vor Gericht, wenn es um meine Mandanten geht – da bin ich jemand anders. Da fällt es mir leicht, alles ganz anders zu sehen. Die Fakten zu sehen. Aber wenn es um mich geht … dann bin ich das kleine Mädchen, das dazu erzogen wurde, niemandem zu widersprechen und keinem auf die Füße zu treten."

„Aber du trittst doch auch niemandem auf die Füße, wenn du mit deinem Sohn zum Kinderarzt gehst!"

Simone verschränkte ihre Finger ineinander und verdrehte die Hände, bis es knackte. „Na ja", meinte sie zögernd: „Theoretisch … ach, was weiß ich. Theoretisch hast du recht. Theoretisch stimmt es aber trotzdem, dass ich medizinische Entscheidungen mit Frederiks Vater abstimmen muss. Und dazu gehört eben auch die Wahl des Arztes."

„Und wenn du das *nicht* tust?"

Verbittert lachte Simone auf. „Dann muss ich fürchten, dass mir irgendwann das Sorgerecht entzogen wird. Nicht, weil ich einmal bei einer Erkältung den Arzt nicht mit Moritz abgestimmt habe. Aber wenn er mir so etwas mehrfach nachweisen kann, dann zählen auch die kleinen Dinge."

Es klingelte, und Simone schreckte zusammen, aber Anja stand schneller auf als sie. „Du bleibst hier", sagte sie bestimmt: „Ich will nicht, dass das Arschloch dich so verweint sieht. Ich mache die Tür auf."

Mit festen Schritten ging sie zur Tür, und Simone hörte, wie Frederik die Treppe heraufpolterte. Sie lächelte, als sie sein temperamentvolles Stimmchen hörte, und neue Tränen schossen ihr in die Augen. Was, wenn sie das irgendwann nicht mehr hören würde?

***

Anja.

Von: anja.wilms@hotmail.com
An: theo.fritsche@gmx.de
Samstag, 11.06. 15:38
Betreff: Chaos an jeder Front

Lieber Theo!
Heute weiß ich gar nicht, wo ich anfangen soll. Ich glaube, am besten mal bei Dir. Bist Du weitergekommen mit Deinen Überlegungen, zu einer Selbsthilfegruppe zu gehen?
Ich finde es auch krass, welche Erfahrungen Du mit Deinem Pfarrer gemacht hast. Nicht, dass ich viel mit der Kirche

am Hut hätte, aber da erwartet man doch irgendwie konstruktivere Vorschläge. Zumindest, wenn es das erste Gespräch dieser Art ist. Wenn jemand merkt, dass eine Situation sich über Jahre hinweg nicht verbessert, mag es ja noch mal etwas anderes sein.

Dann erzähle ich Dir das Neueste von Simone. Da hat sich Moritz in letzter Zeit gleich zwei Knüller geleistet. Der versucht jetzt wirklich auf ganz üble Weise, sie kleinzukriegen. Ich kann gar nicht glauben, dass Menschen, die sich mal geliebt oder zumindest gemocht haben, auf so ein Niveau abrutschen.
Neulich hat er ihr per Einschreiben eine mehrseitige Auflistung des gesamten Hausrates geschickt mit der Ankündigung, dass er den jetzt günstig verkaufen müsste, und dass sie ihm die Differenz zum eigentlichen Wert zu erstatten hätte. Der hat sie ja nicht mehr alle! Simone meint, das hat vor Gericht keinen Bestand, aber es ist ja allein schon schrecklich, solche Post zu bekommen. Auf Heller und Pfennig hat er von allem den Einkaufswert notiert. Anscheinend hatte er sämtliche Belege verwahrt. Der muss doch eine Störung haben, sonst macht so etwas ja keiner.
Und danach kam noch, dass er sich jetzt beschwert hat, dass sie einen neuen Kinderarzt aufgesucht hat. Und sie sagt, tatsächlich muss man so etwas, strenggenommen, miteinander abstimmen, wenn man das gemeinsame Sorgerecht hat. Sonst läuft man langfristig Gefahr, dass der andere einem das Sorgerecht streitig machen kann.
Das ist doch alles verrückt! In was für einem Land leben wir denn? Ich meine, ich berichte jede Woche über

Strafprozesse, in denen es um Bandenkriminalität geht, um
Rasereien in der Innenstadt, um Kindesmissbrauch. Das sind
Themen, für die die Justiz ihre Energie aufwenden sollte.
Aber wie so oft in diesem Land, werden die Prioritäten
völlig falsch gesetzt, schön orientiert an den Buchstaben
und fernab von jedem Menschenverstand. Man kann wirklich
verzweifeln!
Aber ich will nicht zu viel philosophieren, sonst denkst
Du, ich drücke mich um eine Antwort. Tue ich nicht! Du hast
ja gemeint, ich liefe vor meinem eigenen Leben davon.
Also, erst mal: Nein, ich nehme Dir nicht übel, dass Du das
sagst. Aber ich denke, Du hast nicht recht. Ich laufe doch
nicht vor dem Leben weg! Ich habe nur keine Lust, mich für
irgendjemanden einzuschränken. Ich bin eben gerne für meine
Freunde da.
Schau mal, Simone und Frederik - die brauchen mich jetzt.
Wenn ich eine feste Beziehung hätte, hätte ich für sie viel
weniger Zeit. Und auch, was Dich angeht - sicher, es ist
keine Frage der Zeit, ob man hier und da mal eine E-Mail
schreibt, aber in Gedanken beschäftige ich mich doch damit,
und ich würde nicht wollen, dass jetzt irgendein Typ meine
ganze Aufmerksamkeit fordert.
Guck doch, wie es bei Simone gelaufen ist! Die hat sich auf
diesen Trottel, der ihr von Anfang an das Wasser nicht
reichen konnte, voll eingelassen - und wohin hat sie das
gebracht? Zu mir auf die Couch, im wahrsten Sinne des
Wortes.

Und dann, das wollte ich auch noch erzählen, habe ich vor
ein paar Tagen schon wieder etwas erlebt, was mir zeigt,
wie verrückt die meisten Beziehungen sind.

Diese Protokollführerin vom Gericht, die ich im Club
getroffen hatte. Die habe ich angerufen, weil wir uns ja
mal auf einen Kaffee treffen wollten. Und was ist?
Als hätte man einen Wasserhahn aufgedreht, bricht sie in
Tränen aus.
Zufällig war ich in der Nähe, deswegen hatte ich ja auch
angerufen, und so konnten wir uns gleich treffen, und sie
hat mir eine der absurdesten, niederträchtigsten
Beziehungsgeschichten erzählt, die ich je gehört habe.
Sie ist schwanger. Ihr Typ will das Kind nicht, will es
jetzt vielleicht doch, spielt ständig Pingpong mit ihren
Gefühlen, versagt ihr die Hilfe, und Ende vom Lied ist,
dass sie neben ihrer Tätigkeit am Gericht noch drei Nächte
schwarz in einem Club an der Bar arbeitet, um durch das
Kind nicht in Armut zu geraten.

Auf wie viele Weisen kann man sich eigentlich unter dem
Deckmantel der Liebe fertigmachen???

Nein, für mich ist das nichts. Das habe ich gestern auch
Florian gesagt. Der hatte nämlich plötzlich die Idee, dass
ich seine Eltern kennenlernen sollte. Da habe ich mal ganz
schnell einen Nothalt eingelegt und gesagt, dass das für
mich nicht infrage kommt. Weder jetzt noch in ein paar
Wochen oder Monaten. Ich will so etwas nicht; ich mag meine
Freiheit und will mich keinem anpassen.

Tja. So sind die Würfel jetzt wieder im freien Fall, und
man wird sehen, wie alles weitergeht. Ich bin froh, erst
einmal für Dich und Simone da sein zu können. Und
vielleicht kann ich ja auch diesem desperaten Mädchen vom

Gericht irgendwie zur Seite stehen. Die scheint ja eine
besonders kranke Beziehung zu haben, die Arme.

So viel erst mal für heute.
Liebe Grüße, Anja

***

20

Anja.

Von: theo.fritsche@gmx.de
An: anja.wilms@hotmail.com
Sonntag, 12.06. 16:25
Betreff: Schade!

Liebe Anja!

Da hat es der gute Florian auf dem Weg zu Deinem Herzen ja
nicht sehr weit gebracht. Es tut mir leid, das zu hören,
weil ich eigentlich fand, die Sache klang, als hätte sie
Potenzial. Eine Journalistin und ein Musiker; ich konnte mir
das gut vorstellen. Was ist denn so schlimm daran, dass der
arme Kerl Dich seinen Eltern vorstellen wollte?
Mir tut er ein bisschen leid. Wahrscheinlich wollte er doch
nur alles richtig machen.
Ich muss sagen, ich kenne Dich ja nun schon seit einer
Weile, aber ich wundere mich doch, wie Dein völlig negatives
Bild von einer Beziehung zustande kommt.

Deine Eltern sind doch auch noch zusammen, oder nicht?
Sicher, es gibt immer Probleme, Melanie und ich sind gerade
auch alles andere als ein rosiges Beispiel, aber so schwarz,
wie Du die Dinge siehst, sind sie doch nicht.
Natürlich, was Du von Simone gerade miterlebst, das ist
übel. Da wirft wohl ein richtiger Rosenkrieg seine Schatten
voraus; das kenne ich auch aus meinem Bekanntenkreis.
Also … ich will Dir nicht zu viel hineinreden, aber ich

hoffe doch, dass Dir irgendwann ein Mr. Right über den Weg
läuft, denn ich glaube fest daran, dass die Menschen darauf
angelegt sind, das Leben in Partnerschaft zu verbringen.
Was mich wieder zu meiner Partnerschaft bringt.

Ich bin jetzt über meinen Schatten gesprungen und habe
wirklich mal Kontakt mit einer Selbsthilfegruppe für
Angehörige von psychisch Kranken aufgenommen. Die treffen
sich immer mittwochs in der Uniklinik. Ich habe mit einer
Frau gesprochen, deren Kontaktdaten auf der Website standen.
Ein bisschen skeptisch bin ich ja nach wie vor, aber sie
klang nett und herzlich, und es kann ja nicht schaden. Bei
nächster Gelegenheit werde ich es irgendwie einrichten, dort
ein Treffen zu besuchen.
Danke für den Tipp! Alles, was mir neue Hoffnung macht, ist
gut.
Gestern musste ich ein Paket von der Post abholen, weil
Melanie, obwohl sie zu Hause war, es nicht geschafft hat,
aus dem Bett aufzustehen, als es klingelte. Das nimmt
wirklich immer schlimmere Formen an.

Tja. Das mit Florian … vielleicht überlegst Du es Dir ja
noch mal. Ich bin gespannt, was Du schreibst.

Liebe Grüße,
Theo

***

Simone.

„Juhu!" Frederik sprang aus dem Auto und rannte zum grün lackierten Gittertor.
„Warte auf uns", versuchte Simone ihn halbherzig zu ermahnen, ließ ihn dann
aber laufen – viel konnte ja nicht passieren. Sie waren zu dritt in den Tierpark
gefahren, Simone, der Kleine und Anja – „ein WG-Ausflug", wie Anja grinsend
gemeint hatte. Es war Sonntag.
„Die ideale Gelegenheit, mal zu dritt etwas zu unternehmen! Und ich muss
sowieso dringend mit dir sprechen. Nichts Schlimmes!", lachte Anja, als Simone
erschrocken die Augenbrauen hob. So schritten jetzt die beiden Frauen dem
Knirps hinterher, der sich schon in einen Pulk anderer Kinder gemischt hatte, die
sich fasziniert um ein zutrauliches Reh drängten.

„Was gibt es denn, das du dringend besprechen musst?", fragte Simone
neugierig. „Hast du es dir wegen Florian anders überlegt?"
Anja runzelte die Stirn. „Warum denkt eigentlich jeder, dass ich es mir wegen
Florian anders überlegen müsste?", wollte sie wissen.
Simone zuckte die Schultern. „Weil er nett ist, vielleicht?"
Aber Anja schürzte nur missbilligend die Lippen. „Jaja. Nein, es geht um etwas
Wichtigeres. Ich hab dir doch erzählt, dass ich die eine Protokollführerin vom
Gericht kennengelernt habe, als ich in dem Club war."
Simone nickte. „Ja, ich erinnere mich."
„Die habe ich neulich angerufen. Wir wollten uns einfach mal auf einen Kaffee
treffen. Aber bevor ich irgendwas sagen konnte, ist sie komplett in Tränen
ausgebrochen. Anscheinend erlebt sie gerade so ziemlich die schlimmste
Schwangerschaft, die man sich vorstellen kann."
Mitfühlend nahm Simone ihre Sonnenbrille ab. „Was stimmt denn nicht mit ihr?
Ist das Kind krank?"

Anja schüttelte den Kopf. „Nein, darum geht es nicht. Sie ist ja ganz jung, und ich glaube, medizinisch ist alles in Ordnung. Sofern sie nicht irgendwann eine Fehlgeburt wegen völliger Überarbeitung hat! Aber der Typ, mit dem sie zusammen ist, ist ein völliger Vollpfosten.“

Abwartend legte Simone den Kopf zur Seite. „Ein Vollpfosten kann in deinen Augen doch jeder sein, der auch nur ansatzweise an bürgerliche Werte glaubt.“

„Sehr witzig“, schnaubte Anja und versuchte, beleidigt auszusehen, was ihr nicht sehr gut gelang. „Hier ist aber mal genau das Gegenteil der Fall.“

Während sie Frederik zu den Ziegen, Schafen und Truthähnen folgten, erzählte sie Simone von den Wutausbrüchen und Stimmungsschwankungen, die Daniela ihr beschrieben hatte. „Außerdem arbeitet sie sich halb tot, weil er sagt, er geht weg, wenn das Kind da ist! Sie arbeitet in Vollzeit im Gericht und dreimal nachts in einer Bar im Club, das geht doch nicht! Sie wollte nicht, dass ich mit dir spreche, aber kann man nicht irgendetwas tun, um ihr zu helfen?“

Die Arme vor der Brust verschränkt, blieb Simone stehen und malte mit dem Absatz ihres Schuhs Linien in den Kiesweg. „Der Typ ist ja noch gestörter als Moritz!“

„Na ja, er ist genauso gestört. Aber … du hast mich, und deswegen bist du besser dran als sie“, grinste Anja schelmisch. „Nein, jetzt mal ernsthaft: Können wir ihr nicht irgendwie helfen? Sie will nicht, dass ich mit dir spreche, aber ich finde trotzdem, dass man ihr irgendwie helfen muss!“

Bedächtig wiegte Simone den Oberkörper vor und zurück. „Das ist sehr schwer. Erst recht, wenn sie nicht will, dass du mit mir sprichst. Aber vor allen Dingen ist das Problem, dass seelische Gewalt in Partnerschaften in Deutschland nicht strafbar ist.“

Erstaunt sah Anja auf. „Seelische Gewalt?“

„Ja“, nickte Simone: „Seelische Gewalt. In Frankreich gibt es seit 2010 ein Gesetz dagegen. Dort kann seelische Gewalt in Partnerschaften mit bis zu drei

Jahren Haft bestraft werden. Hier nicht."

„Wow!" Anja staunte. „Ich wusste nicht, dass es so etwas wie ein Gesetz gegen Arschloch-Sein gibt."

Simone rollte die Augen. „Musst du immer so derb sein? Also echt. Aber – lies mal was dazu, das ist sehr interessant. Die Psychologin Marie-France Hirigoyen hat stark dazu beigetragen, mit ihrem Buch ‚Die Masken der Niedertracht'. Das ist wirklich spannend. Sie schildert darin viele Fälle von seelischer Grausamkeit. Meistens sind Frauen die Opfer, aber nicht immer. Aber hier in Deutschland gibt es eben kein solches Gesetz. Deine Bekannte kann natürlich ihren Freund verlassen und Unterhalt von ihm fordern. Darauf hat sie einen Anspruch. Aber sie kann von ihm weder seelischen Beistand noch Freundlichkeit oder den Fortbestand ihrer Beziehung einfordern; wie soll das gehen?"

Nachdenklich sah Anja Simone an, während diese weitersprach. „Und wenn sie eine volle Stelle im Gericht hat, sollte sie wirklich nicht noch Nachtschichten im Club schieben. Wahrscheinlich macht sie das ja auch noch schwarz und begibt sich damit in jeder Hinsicht in eine prekäre Situation. Das sollte sie besser lassen."

„Also können wir gar nichts für sie tun?"

„Du kannst ihr natürlich meine Nummer geben. Aber ich bin ja auch keine Anwältin für Familienrecht. Ich müsste sie dann im Zweifel an eine Kollegin verweisen."

Unzufrieden bohrte Anja ihren Turnschuh ins Gras. „Irgendwie kommt mir das wenig vor."

Hilflos zuckte Simone die Achseln. „Verstehe ich gut! Aber solange sie mit dem Mann zusammenbleiben möchte und er sie nicht schlägt oder Ähnliches, kann da niemand irgendetwas machen."

Schicksalsergeben nickte Anja. „Okay. Dann gebe ich ihr deine Nummer ... Da hast du es wieder! Beziehungen bringen nur Ärger. Ich weiß schon, warum ich keine habe!“

„Ja, das habe ich Jasper auch gesagt“, nickte Simone nachdenklich.

Entgeistert sah Anja sie an. „Wie bitte?“

„Oh!“ Eine leichte Röte überzog Simones Wangen. „Das habe ich ganz vergessen zu erzählen. Gestern bin ich zufällig Jasper begegnet. Er hat mich ein Stück begleitet. Schließlich fragte er wieder, wann wir mal essen gehen.“

„Und?“

„Nichts und! Ich habe ihm gesagt, dass ich ihn mag und wirklich liebenswürdig finde, aber dass ich noch viel zu enttäuscht von meiner Ehe bin, als dass ich daran denken könnte, jetzt wieder mit einem Mann auszugehen. Er meinte, das wäre schade. Aber dass ich ihn jederzeit anrufen kann, auch als guten Freund.“

„Hm.“ Anja sah unzufrieden aus. „Ich finde, du hättest da mehr draus machen sollen. Der ist doch toll! Warum zögerst du so?“

Simone kicherte. „Das fragst ausgerechnet du? Denkst du nicht, dass andere auch das Recht haben, keine Beziehung zu wollen?“

Ertappt lachte Anja. „Jaja, schon klar ...“

Ein äußerst verdreckter, streng riechender Frederik tauchte auf und beendete die Unterhaltung. „Ich wollte unter dem Zaun durch in den Ziegenstall krabbeln. Aber da muss man viel zu lange graben. Können wir Eis essen gehen?“

***

Daniela.

20. Juni (Montag)

Heute war ich wieder bei Dr. Krüger. Dem Kind geht es gut, sagt er, und hat mir ein neues Foto mitgegeben. Das liegt hier jetzt vor mir und ich sehe es mit gemischten Gefühlen an …

Es bewegt mich schon, zu denken, dass dieser kleine Zwerg jetzt in mir ist, meine Stimme hört. Ich spüre jetzt auch die Bewegungen! Das ist süß. Aber ich habe auch ein schlechtes Gewissen und würde mich gerne freier auf das Kind freuen.

Dr. Krüger hat mich gefragt, ob ich das Sorgerecht mit Chris teile. Ich habe ihn gefragt, was das heißt, und er meinte: Na ja, wenn Chris kein Sorgerecht hat und es passiert mir etwas während der Geburt, dann darf Chris nichts entscheiden, was das Kind betrifft; er darf es vielleicht noch nicht einmal sehen. Aber wenn ich das Sorgerecht mit ihm teile, dann hat er halt auch später immer Mitspracherecht: Auf welche Schule geht das Kind, werden Operationen, die nötig sind, gemacht oder nicht – und so weiter.

Ich weiß jetzt nicht so richtig, was ich machen soll. Ich hab mal im Internet ein bisschen darüber gelesen. Wenn Chris die Vaterschaft anerkennt, dann kann ich das Sorgerecht noch während der Schwangerschaft mit ihm teilen. Ist vielleicht besser für das Kind, oder? Falls mir etwas passiert, hat es wenigstens einen Vater. Spätestens dann wird er sich ja wohl zuständig fühlen … und was den Rest angeht, Schulwahl etc., das ist ihm doch eh alles wurscht. Da würde er mir bestimmt freie Hand lassen. Wenn der Moment günstig ist, spreche ich ihn mal drauf an. Vielleicht übernimmt er dann mehr Verantwortung.

***

21

Simone.

Sie schob den Strafantrag zur Seite, den sie gerade gelesen hatte. Ein
langjähriger Mandant der Kanzlei bat um Unterstützung für seinen Sohn,
nachdem dieser in rechte Kreise abgerutscht und nun in ein Verfahren wegen
Körperverletzung und Volksverhetzung geraten war. Der Junge war jetzt gerade
19, und die Eltern taten ihr leid. Sie hatte den Vater am Tag vorher gesprochen:
ein freundlicher, gutbürgerlicher Mann, Chefarzt der Chirurgie, der sich ratlos
fragte, was er in der Erziehung seines Sohnes falsch gemacht hatte. Immerhin
war es den Eltern bislang gelungen, trotz aller Konflikte nicht den Draht zu
ihrem Sohn zu verlieren.

„Ich hoffe, dass er irgendwann wieder normal wird", hatte der Vater geseufzt
und den Kopf geschüttelt. „Wenn ich dieses Muskelpaket mit Goldkette sehe,
frage ich mich, ob das wirklich der Sohn sein soll, den ich die letzten 19 Jahre
gekannt habe."

„Manchmal können Knasterfahrungen hilfreich sein", hatte sie gemeint.
Verständnislos hatte der Mandant sie angesehen: „Wie bitte?"
Sie hatte kurz geschluckt; hier war sie offensichtlich auf dünnes Eis geraten.
Dennoch, es war ihre Überzeugung, sie wiederholte ihre Worte und erklärte:
„Ich verstehe, dass Sie Ihren Sohn aus der Affäre unbeschadet herausholen
möchten. Wenn Sie es wünschen, werden wir dafür selbstverständlich alles
Menschenmögliche tun. Aber … sagen wir, die Sache endet mit einem
Freispruch. Die Lehre, die er daraus zieht, wird sein: ‚Die Justiz kann mir gar
nichts.' Das geht dann vielleicht noch ein- oder zweimal so, und am Ende
verachtet er das System, aus dessen Schlinge er seinen Kopf immer wieder
ziehen konnte, nur umso mehr."

Einmal in Fahrt, hatte sie das angespannte Gesicht ihres Mandanten ignoriert, im Gesetzestext geblättert und meinte schließlich: „Wenn er sich schuldig bekennt, bekommt er vielleicht eine Haftstrafe von fünf bis sieben Monaten. Da er bereits einschlägig vorbestraft ist, kann es gut sein, dass diese nicht zur Bewährung ausgesetzt wird."

Sie hatte in das Gesicht des Mannes gesehen, der mit versteinerter Miene zurückblickte. „Wenn Sie wollen, dass Ihr Sohn seine Kontakte in die rechte Szene verliert, denken Sie darüber nach."

Sie wusste nicht, welcher Teufel sie geritten hatte, so zu reden. Der Mann war aufgesprungen, hatte um Luft gerungen und ihr die Akte fast vor die Füße gepfeffert.

„Mein Sohn", hatte er gezischt, und sich dabei so nah vor ihr aufgebaut, dass sie seinen Atem auf der Haut spürte, „mein Sohn wird nicht ins Gefängnis gehen. Sie vergessen jetzt ganz schnell, was Sie da gesagt haben, wenn Sie nicht diese Woche noch Ihren Job verlieren wollen. Ich spiele mit Ihrem Chef seit zwanzig Jahren Golf." Damit hatte er sich umgedreht und war gegangen.

Heute hatte sie sich eingehend mit der Akte beschäftigt. Es würde nicht schwer sein, den jungen Mann aus der Sache herauszuholen.

Es hatte eine Schlägerei zwischen Punks und Skinheads gegeben, bei der er dabei gewesen war, aber er hatte sich vor Auftauchen der Streifenwagen verdrückt. Allerdings war er mit zwei Freunden zwanzig Minuten später in einem sehr nahegelegenen Park aufgegriffen worden, sodass die Vermutung der Polizisten nahelag, dass auch diese drei in die Schlägerei involviert gewesen waren. Beweise gab es jedoch nicht, und ob ein paar Punks, in der Regel Drogenkonsumenten mit verzerrter Wirklichkeitswahrnehmung, in der Lage wären, nun genau ihn als einen von fünfzehn bis zwanzig Skins zu identifizieren, war mehr als fraglich. Sollte dem so sein, wäre es ein Leichtes, die

Zuverlässigkeit dieser Zeugenaussage infrage zu stellen.

Trotzdem bedauerte sie den jungen Mann, der dabei war, sich sein Leben zu verbauen. Sicher, sie musste als Anwältin ihr Bestes geben, um eine Verurteilung zu verhindern. Alles andere wäre ein Mandatsbruch. Aber tief in ihrem Inneren hoffte sie, dass der Heranwachsende nicht freigesprochen würde.

***

Daniela.

24. Juni (Freitag)

Heute hat mir Nina mehrere Säcke voll Babykleidung mitgebracht!! Ich bin total glücklich darüber. Das spart mir bestimmt ein paar hundert Euro. Ach, das ist echt eine Erleichterung!

Zu Hause habe ich sie nach Größen sortiert, und Chris kam dazu. Zuerst musste er sich zusammenreißen, das habe ich gemerkt. Aber dann hat er ein paar winzige Puma-Sneaker gesehen, die fand er cool. Ich glaube, in dem Moment hat er sich zum ersten Mal überlegt, dass sein Kind nicht nur ein Fremdkörper ist, sondern ein kleines Wesen, dem er seinen Stempel aufdrücken kann.

Das meiste waren normale Babysachen, Strampler und was weiß ich. Aber da war auch eine kleine Jeans und ein kleines Polohemd. Das hat er dann mit den Sneakern übereinandergelegt und sich vorgestellt, wie es aussehen würde, wenn ein kleiner Mensch darin steckt. Gesagt hat er nicht viel. Aber ich habe mich sehr gefreut über diesen Moment.

218

Später hat er mich gefragt, ob ich das Kind schon spüre. Ich habe gesagt: Ja klar, ganz oft. Er meinte dann, ob er mal meinen Bauch anfassen darf. Ich habe gesagt: Klar. Und dann hat er, zum ersten Mal seit Monaten (zum ersten Mal seit der Zeugung vermutlich) meinen Bauch angefasst. Das Kind hat dann tatsächlich ein bisschen getreten, und ich denke, das ist doch ein gutes Zeichen!

Ich glaube, in diesem Moment war er doch auch ein bisschen fasziniert.

Ich habe überlegt ihn zu fragen, ob er zum nächsten Arztbesuch noch mal mitkommen will, aber ich wollte nicht zu vieles in eine Situation packen. Ich bin froh, dass die Dinge jetzt erst einmal sind, wie sie sind! Das ist schon besser, als ich mir vor ein paar Monaten hätte träumen lassen.

Morgen ist wieder Donnerstag und mein wöchentlicher Marathon fängt an. Darauf hat er mich auch vorhin angesprochen; wie lange ich das noch machen will. Ich habe gesagt: Keine Ahnung! So lange, wie es halt geht.

Er hat dann aber auch nichts mehr gesagt. Also, er ist zwar jetzt wieder zärtlicher mit mir und freundlicher, aber seine Aussage, dass er weg ist, wenn das Kind kommt, hat er bis jetzt noch nicht zurückgenommen.

25. Juni (Samstag)

Heute habe ich Zustände bekommen, als ich nach Hause kam! Überall lagen Kinderklamotten herum – in was weiß ich welchen Größen! Es sah aus wie im Kaufhaus. Da war Chris wohl auch.

Na ja, ich übertreibe. Es war nicht wie im Kaufhaus, aber er hat bestimmt fünf Hosen und Oberteile dazu gekauft, alle von Firmen wie Ralph Lauren und Tommy Hilfiger. Ich habe mich zwar gefreut, dass er Interesse am Kind hat, aber ich habe ihm gesagt: „Wir wissen doch noch nicht mal, ob es ein Junge oder ein Mädchen wird! Und wir können das Geld echt für andere Dinge nötiger gebrauchen als für Kleidung!"

Er war sofort sauer. Aber ich finde das halt auch bitter: Ich schufte die ganzen Nächte durch, bis ich nicht mehr kann, und er wirft das Geld für Designerklamotten in Babygrößen zum Fenster heraus! Dabei wachsen Kinder da doch eh in Nullkommanichts raus. Aber das weiß er natürlich nicht, weil er sich ja nicht für unser Kind interessiert hat. Bislang.

Er war jedenfalls sofort sauer auf mich. Als ich dann in Tränen ausgebrochen bin und gesagt habe, dass es mich total belastet, so viel zu arbeiten und nicht zu wissen, ob später das Geld reicht, da hat er mir den Arm um die Schultern gelegt und gesagt: „Ich werde schon irgendwas zahlen, ob ich jetzt hier lebe oder woanders."

Was ist denn das für eine Aussage? Ich sollte mich wohl darüber freuen, aber ich kann es nicht. Sie sagt mir, dass jeder Moment, der mir jetzt gut erscheint, nur Theater ist. Im Grunde ist er sich doch sicher, dass er mich sitzen lassen wird.

Aber ich liebe ihn doch auch! Hat er das denn alles vergessen? Hat er vergessen, wie glücklich wir waren? Und kann er mich jetzt nicht mehr in den Arm nehmen? Nur den Arm um die Schultern legen, als wäre ich die Nachbarin, die man gerade peinlicherweise mal trösten muss? Ist mein Bauch so schlimm? Es ist doch sein Kind darin!

***

Anja.

Lieber Theo!

Du glaubst nicht, was der gestrige Tag mit sich gebracht
hat: Ich habe zugesagt, zu einer Juristen-Party zu gehen!
Ausgerechnet ich. Vollkommen absurd. Aber das kam so: Simone
wurde eingeladen und traut sich nicht allein hin. Die
Gastgeber sind ein Paar, mit dem sie und Moritz früher gut
befreundet waren. Normalerweise würde sie gar nicht
hingehen, weil sie Moritz nicht über den Weg laufen will.
Aber zufällig weiß sie, dass er am Wochenende, wenn die
Party stattfindet, nicht da ist, denn da feiert sein Vater
einen runden Geburtstag und hat dazu die ganze Familie ins
Ausland eingeladen. Das ist schon lange geplant und ziemlich
sicher.

Also meint sie, es sei eine gute Gelegenheit, sich mal
wieder bei gemeinsamen Bekannten sehen zu lassen. Aber sie
hat auch Angst, dass manche jetzt blöd zu ihr sein werden.
Deswegen meinte sie, dass ich mitkommen soll. Ich wollte
noch sagen, einer müsse doch auf Frederik aufpassen, aber
keine Chance – den hat sie schon bei ihren Eltern
eingeplant. Und dann wird es auch noch eine Kostümparty. Das
kann ja was werden …
Ansonsten tut sich privat gerade nicht viel, aber das ist

auch kein Fehler, denn beruflich bin ich an einem großen
neuen Thema dran.
Es geht um einen Missbrauchsskandal an einem Internat. Ein
Lehrer soll dort mehrere Schülerinnen missbraucht haben. Ich
habe über den Prozess berichtet. Nun möchte ich für eine
Frauenzeitschrift die Story dahinter aufbereiten. Das ist
natürlich nicht so einfach; die Schulleitung schottet alles
sehr ab. Aber ich habe während des Prozesses von einer der
Mütter die Telefonnummer bekommen, und weil sie das Urteil
viel zu milde findet, ist sie bereit, mich so gut sie kann
zu unterstützen, damit der Mann wenigstens in der Presse
eine ordentliche Abreibung bekommt.
Zu ihr fahre ich nächste Woche und hoffe, dass sie mir auch
noch weitere Interviews vermitteln kann. Ich bin gespannt.
Endlich mal eine richtig spannende, bedeutende Story, und
nicht nur das Pendeln zwischen Köln und den kleinen
Amtsgerichten hier im Umland!

Ich bin übrigens froh, dass Du schreibst, dass Du zu der
Selbsthilfegruppe gehen willst, und hoffe, dass sie Dir dort
weiterhelfen können.

Erzähl es mir dann, ja?

Liebe Grüße,
Anja

*** *** ***

22

Simone.

Als Anja den Raum betrat, brach Simone in schallendes Gelächter aus. „Wo hast du das denn her?", japste sie, während ihr Tränen die Wangen herunterliefen. Anja blickte an sich herab. „Kaufland", grinste sie. Sie trug ein unvorteilhaft weit geschnittenes rosa T-Shirt, dazu ein Jeans und pinkfarbene Filzpantoffeln. Kernstück ihres Outfits war ein grellbunt geblümter Kittel, aus dessen einer Tasche ein kariertes Geschirrtuch hervor sah. An der anderen Tasche klemmte eine Wäscheklammer. Ihre roten Locken hatte sie auf bunte Lockenwickler gedreht. Ein pastellgrüne Strickjacke rundete das Outfit ab.

Simone konnte nicht aufhören zu kichern. Sie selbst hatte sich kaum kostümiert, sondern einfach zu einer engen schwarzen Hose mit passendem Pullover einen Haarreifen mit Katzenohren aufgesetzt.

„Oh, komm schon, schmink dir wenigstens noch ein bisschen das Gesicht", verlangte Anja.

Simone rollte die Augen. „Also schön. Muss ich ja wohl. Ich hab's uns schließlich eingebrockt", lächelte sie dann aber schicksalsergeben.

„Wir nehmen das Auto", entschied Anja: „Selbst mir ist es peinlich, mitten im Jahr mit der Bahn so durch die Stadt zu fahren."

„Kann ich das bitte noch einmal hören?", zog Simone sie auf. „Dir ist etwas peinlich?"

In gespieltem Stolz würdigte Anja sie keines Blickes. Im Auto legte sie eine selbstgebrannte CD auf. „Ich habe einen Soundtrack für den Abend", kündigte sie an.

„Du hast – was?", staunte Simone.

„This song's for you …", plärrte Mathou aus den Lautsprechern.

„Wenn wir schon mal auf eine Party gehen, nach so vielen Jahren, dann muss das ja wohl gefeiert werden", fand Anja. „Sailing, Eternal Flame, Reality, I would do anything for love, I will survive – die ganzen Hits aus unserer Teenagerzeit. Sind alle drauf. Und jetzt erzähl mir mal, wer das überhaupt ist, den wir besuchen!"

Simone legte ihr liebevoll die Hand auf den Arm. „Du bist wirklich unglaublich, Anja, danke! Und was die Leute angeht, kannst du dich echt entspannen. Mindestens die Gastgeber wirst du ganz sicher mögen, die sind nett. Ich würde dich nicht überreden, irgendwohin mitzukommen, wo die Leute blöd sind! Aber dort werden einfach sehr viele Menschen sein, die mich jahrelang mit Moritz gesehen haben; nie allein …"

„Weiß ich", schnitt Anja ihr das Wort ab. „Du wolltest mir was über die Gastgeber erzählen, nicht darüber, warum ich mitkommen soll."

„Also. Katharina hat mit mir studiert. Sie arbeitet jetzt im Justiziariat einer Versicherung. Und ihr Freund, Kaspar, arbeitet in Frankfurt bei einer Investmentbank."

Sofort zog Anja die Augenbrauen hoch. „Wusstest du, dass in Umfragen Investmentbanker ein schlechteres Berufsimage haben als Prostituierte?"

„Mensch, Anja! Kannst du den Klassenkampf vielleicht mal für einen Abend ruhen lassen? Kaspar ist so nicht! Er ist wirklich lustig, man kann jeden Quatsch mit ihm machen. Mir ist er manchmal eher zu albern. – Und sag jetzt nicht, dass das nichts heißt, weil ich superspießig bin. Es reicht schon, dass ich sehe, dass du das denkst. Kaspar ist ein wirklich netter Mensch."

„Und die anderen?"

„Die meisten werden tatsächlich Juristen und Betriebswirte sein. Viele von ihnen kenne ich schon seit dem Studium. Katharina und Kaspar haben eigentlich seit Jahren den gleichen Freundeskreis. Hier und da kommt jemand Neues dazu, aber sie sind sich irgendwie sehr treu."

„Na toll. Ich werde auffallen wie ein bunter Hund."

Simone lachte. „In dem Outfit würdest du selbst auf einer schwulen Karnevalsparty noch auffallen wie ein bunter Hund. Darauf hast du es heute doch angelegt!"

„Na klar. Wenn schon, denn schon."

Tatsächlich musste Anja zugeben, dass die Gastgeber nicht unsympathisch wirkten. Katharina war schlank, hübsch, blond und ging als schwarz-weißer Harlekin. Ihr Mann Kaspar war ein langer, schlaksiger Kerl, dessen Augen in seinem schmalen Gesicht riesig wirkten, aber gewinnend lachten. Er trug einen Blaumann, eine Perücke mit aschblonden Locken und darüber ein Stirnband in Neonfarben.

„Du bist ja fast so chic wie ich", begrüßte er Anja, küsste Simone auf die Wangen, drückte beiden eine Flasche Bier in die Hand und wandte sich dann wieder zum Gehen: „Gerade hat einer den Korkenzieher abgebrochen. Ich muss mal kurz zu den Nachbarn."

Erstaunt sah Anja auf die Bierflasche in ihrer Hand. Simone nickte zufrieden.

„Damit hast du nicht gerechnet", sagte ihr Blick deutlich.

„Es ist schön, dich mal wieder zu sehen", meinte Katharina warmherzig zu Simone und stellte sich dann Anja vor. „Kommt doch einfach mit durch."

Sie führte die beiden durch einen eleganten Altbauflur in ein riesiges Wohnzimmer mit Blick auf den Volksgarten.

„Wahnsinn", staunte Anja. „Verlauft ihr euch hier nicht manchmal?"

„Es ist viel zu groß", nickte Katharina. „Vor allem, weil Kaspar während der Woche in Frankfurt ist. Aber wir lieben die Wohnung."

Im Wohnzimmer und auf dem Balkon standen etwa dreißig mehr oder weniger verkleidete Leute. Für einen Moment wurde es still, als Simone eintrat. Dann setzte übertrieben ambitioniert das Gespräch wieder ein, und eine nicht kostümierte Frau, auf deren Wange das Kölner Stadtwappen klebte, stürzte auf Simone zu und zog sie mit sich.

„Simone! So schön …", hörte Anja noch, die den beiden kritisch hinterherblickte. Sollte sie da jetzt nachgehen oder nicht? Simone wirkte nicht unglücklich, und sie war ja nicht als Wachhund mitgekommen.

Sie ließ den Blick durch den Raum schweifen. Alle standen in Grüppchen zusammen. Alle bis auf einen, der etwas verlegen neben der Musikanlage stand und von einem Fuß auf den anderen wippte. Er war nur wenig größer als Anja und hatte wie sie rote Haare, allerdings deutlich dunkler. Unter seinem Arm klemmte ein Baguette. Ihre Blicke begegneten sich, und als er sie anlächelte, registrierte sie, dass sich in seinen Augenwinkeln bereits kleine Fältchen bildeten.

„Bist du der Kellner?", fragte sie mit Blick auf sein Baguette.

„Ich bin Franzose", grinste er, sichtbar verlegen.

Sie kicherte. „Ist das etwa dein ganzes Kostüm?"

Er nickte. „Ja. Und es ist noch nicht mal eins. Ich bin wirklich Franzose! Schrecklich unkreativ, oder?"

Sie prustete amüsiert aus und wurde dann neugierig. „Wenn du Franzose bist, warum hast du dann keinen Akzent?", fragte sie geradeheraus.

„Ich bin in Frankreich aufgewachsen, aber ich habe deutsche Eltern", erklärte er.

„Ah. Okay. Und was hat dich heute hierher verschlagen?"

„Ich arbeite mit Kaspar zusammen. Er hat mich gefragt, ob ich spontan Lust hätte."

„Und du hattest welche."

„Na ja, mindestens hatte ich nichts anderes vor und keine Ausrede." Er ließ den Blick über die Partygäste schweifen, dann blieb er wieder an Anja hängen. „Sehr elegantes Kleid, das du da trägst", lobte er mit charmanter Miene.

Anja, die ganz vergessen hatte, dass sie in Lockenwicklern und Putzkittel vor ihm stand, fühlte dezent das Blut in ihre Wangen steigen. „Na ja, es ist eine Kostümparty", verteidigte sie sich.

„Hey, schon gut! Ich finde das großartig", sagte er und hob sein Weinglas. „Auf die … was bist du eigentlich?"

„Putzfrau", sagte sie, während ihre Wangen jetzt vollends brannten.

„Auf die bezaubernde fremde Putzfrau!"

Sie hob ihre Bierflasche, stieß mit ihm an und bemerkte einen etwas irritierten Blick in seinen dunkelgrünen Augen.

„Hast du nichts Anständiges zu trinken bekommen?"

„Oh, das ist schon in Ordnung", protestierte sie und nahm einen großen Schluck.

„Also. Erzähl mal! Du arbeitest mit Kaspar. Dann bist du … mein Gott, dann bist du Banker? Investmentbanker?"

Mit lakonischem Lächeln sah er auf sein Glas, in dem er jetzt den Wein schwenkte. „So sieht es aus. Ich bin Investmentbanker. Ich gehöre zu der Berufsgruppe, die in der öffentlichen Meinung noch hinter den Prostituierten kommt", nickte er.

„So habe ich das nicht gemeint", versuchte Anja sich herauszureden.

Er sah sie an und hob dabei eine Augenbraue. „Doch. Hast du. Aber das macht nichts." Er stellte sein Glas ab und nahm ihr die Flasche aus der Hand. „Kannst du tanzen?"

Anja musste lachen. „Tanzen? Du meinst, so richtig? Das hat mich ja schon seit der Mittelstufe niemand mehr gefragt! Aber … was soll's. Ja, ich denke schon…"

Während sie noch sprach, hatte der fremde Franzose sie bereits bei den Händen gegriffen und wirbelte sie über das Parkett. Aus den Augenwinkeln sah sie, dass inzwischen auch andere angefangen hatten, allein oder paarweise zu tanzen. Sie musste zugeben, dass es ziemlichen Spaß machte, auch wenn – oder gerade weil es bestimmt fünfzehn Jahre her war, dass sie zuletzt so getanzt hatte.

„Vielen Dank", verneigte sich ihr neuer Bekannter galant, als ein Song endete. „Übrigens, wie uncharmant von mir: Ich heiße Emil", stellte er sich vor.

„Anja", lächelte sie.

Er küsste ihre Hand. „Vielen Dank, Anja."

Sie fühlte sich seltsam. Gut oder schlecht? Sie wusste es nicht so richtig und begann, sich nach Simone umzusehen. Die schien mit einigen Frauen in ein Gespräch vertieft, drehte sich aber in diesem Moment um, sah Anja und machte ein fragendes Gesicht. „Okay?", formten ihre Lippen. Anja zuckte dezent die Schultern, nickte dann aber. Klar, für sie war alles okay. Das hier war nicht ihr Abend, sondern sollte gut für Simone sein. „Ich weiß nicht, ob du rauchst, aber würdest du mich auf den Balkon begleiten? Ich habe nämlich leider dieses Laster", bekannte Emil.

Einige Gläser später fand Simone ihre Freundin auf dem Balkon, noch immer ins Gespräch vertieft. „Anja?", fragte sie zaghaft. „Wollen wir mal los?"

„Oh! Ja. Natürlich. Wir … das ist meine Freundin Simone", stellte sie vor, „und das ist Emil. Er arbeitet mit Kaspar."

Emil stand auf, nahm Simones Hand und deutete eine Verbeugung an, die etwas schief geriet. „Klappt nicht mehr alles so ganz", stellte er fest und schenkte Simone ein höfliches Lächeln: „Deine Freundin hat mich abgefüllt und ausgefragt."

Simone legte diplomatisch den Kopf schief und schwieg.

Anja stand auf. „Tja, dann …"

Simone zog sich taktvoll zurück: „Ich muss mich noch von ein paar Bekannten verabschieden!"

Emil sah Anja an, und seine dunkelgrünen Augen mit den Fältchen im Augenwinkel fixierten sie. „Es hat mich gefreut", bekannte er. „Ich würde dir gerne meine Karte geben. Vielleicht rufst du mal an?"

Anja griff sich verlegen ins Haar und blieb ungeschickt in den Lockenwicklern hängen, die sie zwischenzeitlich vergessen hatte. Demonstrativ wies sie nun auf ihren Putzfrauenkittel und die Pantoffeln. „Ich bin, wie du siehst, nicht die Sorte Frau, die mit Investmentbankern ausgeht", wehrte sie ab.

Emil grinste. „Ich dachte nicht, dass du dich so ständig kleidest. Aber … es wäre mir auch egal. Hier!" Er fischte aus seiner Tasche eine Brieftasche und daraus eine kleine Visitenkarte. „Darf ich sie dir geben? Vielleicht überlegst du es dir ja?"

Anja sah auf die Karte und spürte einen inneren Widerstand. „Sieh mal, ich habe hier nur eine Freundin begleitet. Ich passe nicht in diese Welt. Ich gehe nicht zur Maniküre, ich trage keine Perlenohrringe, ich mag Schlaghosen und ich trinke gern Bier aus der Flasche. Ich … ach, was soll's. Ich nehme deine Karte. Aber…"

„Ich verstehe schon", erwiderte er, sah jedoch keineswegs gekränkt aus, sondern ziemlich belustigt. „Es war sehr schön, dich kennenzulernen, Anja. Ich gehe jetzt wieder zurück in meine Welt der manikürten Frauen und der Perlenohrringe, vielleicht klingelt ja trotzdem irgendwann mein Telefon und du bist dran …" Und ohne, dass sie es erwartet hätte, beugte er sich vor und küsste sie zart auf die Lippen. Er roch frisch, nach einem guten Waschpulver und ganz dezent nach einer herben, zitronigen Herrenseife. „Mach's gut, schöne Putzfrau!"

Im Auto zog Simone sie in ein lebhaftes Gespräch. „Ich bin so froh, dass wir das gemacht haben! Es war viel weniger schlimm, als ich dachte. Im Gegenteil, es war gut, alle waren nett. Keiner hat etwas Blödes wegen Moritz gesagt."

„Das ist schön", lächelte Anja erleichtert. „Siehst du – das ist das 21. Jahrhundert. Da kommt keiner ins soziale Abseits, weil er sich getrennt hat."

„Wer war dieser Mann?", wollte Simone wissen.

„Ein Kollege vom Gastgeber."

„Und?“

„Und, was?“

„Oh, nichts. Ich war nur überrascht, dass du überhaupt mit mir nach Hause gekommen bist. Ich hätte gedacht …“

„Ach, jetzt hör aber auf!“, wehrte Anja ab: „So ein Jüngelchen, der alles richtig macht. Ein kleiner Prinz aus der heilen Welt. Keine Lebenserfahrungen, keine spannenden Geschichten – was soll ich denn mit dem?“

Simone lachte leise vor sich hin. „Och, ich dachte, dass dir da schon etwas einfallen würde. Aber … muss ja gar nicht sein. Vergiss einfach, was ich gesagt habe.“

***

Anja.

Von: theo.fritsche@gmx.de
An: anja.wilms@hotmail.com
Donnerstag, 14.07. 00:50
Betreff: Schlimmer geht immer

Liebe Anja,

wie war die Party? Erzähl mir davon. Ich will aber nur lustige, aufbauende Geschichten hören. Erzähl mir etwas Heiteres aus dem Leben von Menschen, die noch lachen können … das Treffen in der Selbsthilfegruppe war nämlich SCHRECKLICH!!!
Ich gehe da nie wieder hin.
Verstehe mich nicht falsch. Die Idee von Dir war toll, und

es hätte ja auch ganz anders sein können. Ich hätte in eine
Gruppe von netten Frauen Mitte 30 geraten können, deren
Männer depressiv sind und die sich deswegen Hilfe wünschen.
Oder coole Typen, die die Depressionen ihrer Frauen ganz
easy wegstecken. Oder auch einfach nur Menschen in EGAL
welcher Lebenssituation, die eine positive
Depressionsgeschichte zu erzählen haben.
Leider war das aber nicht so, und nachdem ich bislang noch
Hoffnung hatte, dass Melanies Zustand sich in ein paar
Wochen oder Monaten wieder verbessern könnte, bin ich jetzt
versucht, mir einen Strick zu nehmen. (Galgenhumor. Kein
Grund zur Sorge, ich werde das nicht wirklich tun.)

Ich kam also zu diesem Treffen. Es war auf dem Gelände der
Uniklinik. Ich hatte vorher mit einer der Damen telefoniert,
und als ich den richtigen Raum endlich gefunden hatte, saßen
da drinnen drei Frauen.
Alle waren ungefähr im Alter meiner Mutter. Das an sich wäre
ja noch kein Problem gewesen. Sie waren sehr nett und
herzlich und hießen mich willkommen.

Aber ab da lief es dann wirklich wie bei den anonymen
Alkoholikern. Mit dem Unterschied, dass ich denke, die haben
die besseren Geschichten zu erzählen. „Ja, dann mache ich
mal den Anfang", sagte die, mit der ich telefoniert hatte.
Sie erzählte, dass sie einen zwangsgestörten Sohn habe, der
inzwischen 39 ist und seit 15 Jahren das Haus nicht mehr
verlassen hat. Genau genommen verlässt er auch sein Zimmer
nur, wenn er dringend ins Bad muss. Ansonsten möchte er
niemanden sehen, am liebsten auch nicht seine Mutter. Er
nimmt aber hin, dass sie ihm Essen vor die Tür stellt, und

darüber ist sie jetzt sehr froh. Die Jalousien vor seinem
Fenster hält er konstant geschlossen. Aber sie findet es
einen Fortschritt, dass er jetzt über das Internet Kontakt
mit der Welt aufnimmt.

Die nächste Frau sagte ganz sonnig zu mir: „Ach, wenn Ihre
Frau depressiv ist, dann können wir uns die Hand reichen.“
Denn ihr Mann ist auch depressiv, und zwar seit 23 Jahren.
„Es gibt natürlich bessere und schlechtere Zeiten“, meinte
sie. In den ersten fünf Jahren hätte er noch gearbeitet.
Aber jetzt sei er seit Langem arbeitsunfähig und liege die
meiste Zeit im Bett. Ich habe gefragt, ob man nichts dagegen
tun kann. „Hierher kommen“, meinte sie. Sie käme zur Gruppe,
und das gäbe ihr die Kraft, weiterzumachen und bei ihm zu
bleiben.

Die dritte Frau hat den Vogel abgeschossen, denn in ihrer
Geschichte ging es um einen Bruder, der sich das Leben
genommen hat.

Ganz ehrlich: Diese Leute tun mir alle sehr, sehr leid.
Schön, wenn die Selbsthilfegruppe für sie ein Weg ist, mit
ihrem Schicksal klarzukommen. Aber ich habe noch nicht den
Punkt erreicht, zu akzeptieren, dass diese Depression jetzt
für immer zu unserem Leben gehören soll. Nein. Es muss einen
anderen Weg geben, und wenn nicht für Melanie, dann ganz
sicher für mich.

Liebe Grüße,
Theo

* * *

Daniela.

17. Juli (Sonntag)

Heute hat er mich gefragt – ja, wirklich: von sich aus gefragt! –, wann der
nächste Termin bei Dr. Krüger ist. Er will dahin mitkommen! Ich habe gesagt:
Klar, er kann mitkommen, das ist übermorgen. Ich bin überrascht. Aber das
Schlimme ist, inzwischen habe ich mich schon so an seine wechselnden Launen
und das Gefühlschaos gewöhnt, dass ich mich gar nicht mehr richtig freuen
kann.
Vielleicht kommt er mit und es wird schön. Aber vielleicht sagt er mir auch
kurzfristig ab. Oder er kommt mit und ist trotzdem hinterher blöd. Oder er
kann sich unter dem, was man beim Ultraschall sieht, nichts vorstellen.
Es kann immer noch auf so viele Arten blöd werden. Ich glaube, das ist es,
was mich am meisten auslaugt. Jeder Tag kann auf so viele Arten blöd
werden. Irgendwie ist gar keine Freude mehr da.

19. Juli (Dienstag)

Chris ist tatsächlich mitgekommen! Und heute konnte man es deutlich sehen:
Wir kriegen einen Jungen. Chris findet das cool. Er stellt sich jetzt schon
vor, dass der Kleine später in der Nationalmannschaft kickt. So gesehen war
der Tag ein Erfolg.
Deswegen habe ich die Chance genutzt und ihn zu Hause auf die Anerkennung
der Vaterschaft und das Sorgerecht angesprochen. Ich wusste, wenn es

jemals einen guten Moment dafür gibt, dann heute. Er hat sich das alles erklären lassen und dann gefragt, ob das einen Unterschied für das Unterhaltsrecht ausmache.

Was ist das für eine Frage? Manchmal möchte ich so gerne, dass alles gut ist, aber manchmal denke ich auch: Chris ist einfach ein rücksichtsloser Idiot!

Jedenfalls, als der gehört hat, dass er den Unterhalt sowieso zahlen muss, ob mit oder ohne Sorgerecht, hat er gesagt: Gut, macht er. Aber was ist das schon wieder alles? Was hat das eine mit dem anderen zu tun? Und muss er mir alle Nase lang zeigen, dass er mit mir keine Familie haben will, wenn es doch nun mal so kommt? Das macht mich alles total traurig und deprimiert. Ob das Kind merkt, dass es mir so schlecht geht?

***

23

Anja.

Von: anja.wilms@hotmail.com
An: theo.fritsche@gmx.de
Mittwoch, 20.07. 21:20
Betreff: Kopf hoch!

Lieber Theo,

oh Mann, es tut mir schrecklich leid, dass die
Selbsthilfegruppe so ein Griff ins Klo war! Damit hätte ich
ja überhaupt nicht gerechnet. So ein Mist. Natürlich bist
Du jetzt total entmutigt.

Du hast Recht, nicht noch einmal hinzugehen, klar! Aber
bitte, versuch, es Dir nicht so zu Herzen zu nehmen. Das
sind doch ganz andere Menschen mit ganz anderen
Geschichten. Für Euch kann ja alles viel besser laufen! Ihr
habt zwei wunderbare Kinder. Ich glaube nicht, dass Melanie
sich jetzt für mehrere Jahre einfach ins Bett legen oder
jahrzehntelang nicht mehr aus ihrem Zimmer kommen wird. Ich
bin ganz sicher, dass Ihr einen Weg findet. Gibt es denn
nicht jemanden aus Eurer Familie oder aus ihrem
Freundeskreis, der mal mit ihr sprechen könnte? Über kurz
oder lang wird ja nur eine Therapie helfen können.

Du hast ja auch nach der Party gefragt. Tja. Die war ganz
anders, als ich gedacht hätte. Es war interessant, Simone
mal in ihrem Umfeld zu sehen. Ich hätte immer gedacht, dass

sie da viel schüchterner ist. Zumal sie ja auch nicht alleine hingehen wollte. Aber sie war direkt in eine Clique von Freundinnen eingebunden, und das wirkte eigentlich gar nicht so krampfig, wie ich gedacht hätte.
Seltsam, im Nachhinein denke ich, ich hätte die Gelegenheit nutzen können, ihre anderen Freundinnen kennenzulernen. Aber dazu kam es gar nicht. Ich war nämlich den ganzen Abend in ein Gespräch mit einem Typen verwickelt. Komischer Kerl. Banker.
Er hat mir seine Karte gegeben. Was das schon für eine Art ist; wer verteilt denn auf Partys Visitenkarten? Spinner. Ich habe ihm auch gleich gesagt, dass ich sicher nicht anrufen werde. Weil ich nicht in diese Banker-Welt passe. Er schien das lustig zu finden.
Aber vielleicht war es ihm einfach auch gar nicht so wichtig. Warum auch? Es waren ein paar Stunden auf einer Party, mehr nicht.

Ich mache mir viele Gedanken über Dich und Melanie. Wie war es denn früher? Ist das alles plötzlich aufgetreten, oder hattest Du von Anfang an den Eindruck, dass sie ein schwermütiger Mensch ist? Depression ist wirklich eine rätselhafte Krankheit. Ich wünsche Dir, dass Du den Schrecken der Selbsthilfegruppe gut verarbeitest.

Liebe Grüße, Anja

***

Daniela.

24. Juli (Sonntag)

Ich habe total Streit mit Chris bekommen. Es war so schrecklich! Ich zittere auch total und kann kaum schreiben, aber ich muss das auch irgendwie loswerden, was da gerade passiert ist. Er hat eine CD gesucht. Als er sie nicht fand, hat er natürlich mich beschuldigt, dass ich sie genommen habe. Hab ich aber nicht! Und das habe ich auch gesagt. Worauf er meinte, ich sei eine Schlampe, soll nicht rumlügen und mir merken, wo ich sein Zeug hinräume. Schließlich würde ich immer aufräumen.

Okay, ich bin vielleicht etwas empfindlich, weil ich schwanger bin, aber ich fand das unverschämt! Ich habe gesagt: Eben, ich räume immer auf, und deswegen: *Selbst wenn* ich seine CD mal verlegt haben sollte, dann hat er immer noch kein Recht, die Klappe aufzureißen, denn wer arbeitet, darf auch mal Fehler machen. Aber was diese spezielle CD anging, war und bin ich mir auch einfach sicher, dass ich die nicht hatte!

Die hatte er im Auto, als wir zu Ankes Geburtstag gefahren sind. Ich habe gesagt: „Schau doch mal im Auto." – Er hat sich einfach geweigert!! Unglaublich. Nur, um nicht das Gesicht zu verlieren.

„Ich kann für dich nachsehen", hab ich gemeint, und er hat sich noch mehr aufgeregt. Da musste ich plötzlich lachen. Es war so absurd! So offensichtlich. Die CD ist im Auto, ich bin mir ganz sicher. Aber damit er nicht das Gesicht verliert, mit allen seinen Anschuldigungen gegen mich, schaut er dort lieber nicht nach, obwohl er die CD ja haben will und sie so leicht haben könnte! Das hat mich einfach zum Lachen gebracht.

Und da hat er mich einfach … geschlagen. Erst habe ich nicht begriffen, was passiert ist. Dann konnte ich es nicht fassen. Er hat mich noch nie geschlagen!

Ich habe ihn angesehen und gedacht: Gleich entschuldigt er sich – aber er hat nur total hasserfüllt auf mich herabgesehen und hat gesagt: „Pass auf, dass du nicht mit deinem dicken Bauch irgendwann die Treppe runterfällst."

Ich weiß nicht, was ich dazu sagen soll. Es ist so schrecklich, dass ich es eigentlich einfach nur verdrängen möchte. Andererseits habe ich auch Angst.

***

Simone.

Der Tag hatte hektisch begonnen, dann aber glücklicherweise früher als erwartet geendet, denn am Nachmittag war eine Verhandlung ausgefallen. So saß Simone nun zwischen Helena, der Mutter von Frederiks neuem Freund Aldo, und der pummeligen Jeanette, deren Sohn Nico gerade versuchte, Frederik und Aldo zum Fußballspielen zu gewinnen. Die saßen jedoch lieber oben auf dem Klettergerüst.

Simone streifte sich einen ihrer High Heels ab und rieb sich die schmerzenden Füße. „Viel Arbeit?", fragte Helena mitfühlend. „Schon", nickte Simone. Wie immer war sie etwas verlegen, wenn sie mit den Spielplatzmüttern zusammensaß und die Rede auf ihre Arbeit kam. Helena war Hausfrau und Jeanette Friseurin, sodass sie fürchtete, mit unbedachten Formulierungen schnell als Snob zu gelten.

Aber Jeanette mit ihrer unkomplizierten Art machte es ihr leicht. „Bei mir war es auch schlimm", schimpfte sie herzhaft: „Da war wieder diese Kundin, die jedes Mal mit ihren Strähnen unzufrieden ist. Trotzdem lässt sie sich immer wieder welche machen. Ich hab da schon gar keine Lust mehr drauf. Und hinterher kann ich alles noch mal übertönen!"

Simone musste schmunzeln. „Würde mich auch nerven", gab sie zu.

„Ist doch ätzend!", polterte Jeanette.

Helena schob eine Haarsträhne, die sich gelöst hatte, unter ihr Kopftuch zurück und beugte sich zu ihrem Korb hinab. „Hab ich uns Kaffee mitgebracht!", verkündete sie strahlend.

„Was, ehrlich?", staunte Simone. „Du wusstest doch gar nicht, dass wir uns heute hier treffen!"

„Ach, trifft man immer jemanden hier! Hab ich einfach Kaffee und Becher mitgebracht", meinte Helena vergnügt, während sie Kaffee aus einer Thermoskanne in bunte Ikea-Becher goss.

„Das ist jetzt genau, was ich brauche. Du bist ein Goldstück", freute sich Simone. Sie hielt den heißen Becher in beiden Händen und genoss den Moment. Sonne schien durch die Blätter der Bäume hindurch und tauchte alles in einen grün-goldenen Schein. Da klingelte plötzlich ihr Handy. Da sie die Schuhe ausgezogen hatte, blieb sie entgegen ihrer Gewohnheit zwischen den beiden anderen Frauen sitzen, während sie das Gespräch annahm.

„Hallo?"

Eine dünne Stimme kam aus dem Hörer. „Hallo? Ist da Simone? Hier ist Daniela. Entschuldigen Sie, dass ich Sie störe. Ich habe Ihre Telefonnummer von Anja bekommen, es ist wirklich dringend …" Die Worte verebbten im Schluchzen.

„Um Himmels willen! Was ist denn passiert? Von wo aus rufen Sie an?", fragte Simone beklommen.

„Ich – bin – zu Hause“, kam unter Tränen die Antwort. Dann ein lautes Schnäuzen, gefolgt von erneuter Entschuldigung und einem tiefen Luftholen.

„Also, es ist so. Ich kenne Anja aus dem Gericht.“

„Ich weiß, wer Sie sind. Sie hat mir von Ihnen erzählt“, kürzte Simone ab.

„Ach so? Ja, dann … wissen Sie ja schon …“ Die Anruferin klang so kläglich, dass es Simone in der Seele wehtat. „Also, ich bin schwanger. Mein Freund … hat gesagt … pass auf, dass du nicht mit deinem dicken Bauch die Treppe runterfällst! Er will nämlich kein Kind.“ Die dünne Stimme ging in lautem Weinen unter.

Betroffen blickte Simone auf ihre nackten Füße. „Daniela, das ist schrecklich, was Sie erzählen! Haben Sie jemanden, zu dem Sie gehen können? Eine Freundin? Wissen Sie, dass Sie gegen Ihren Freund Anzeige erstatten können? Er darf Ihnen nicht drohen, und erst recht darf er natürlich nicht handgreiflich werden. Hat er Sie jemals geschlagen?“

„Nein“, kam die leise Antwort. „Aber was mache ich denn jetzt? Wir wollten nächste Woche zum Jugendamt und alles regeln, um das Sorgerecht zu teilen. Jetzt weiß ich gar nicht mehr, was ich tun soll.“

„Erst einmal müssen Sie dafür sorgen, dass Sie und Ihr Kind in Sicherheit sind. Wie ernst nehmen Sie die Drohung Ihres Freundes? Wenn Sie Angst vor ihm haben, könnte ich vielleicht eine einstweilige Verfügung gegen ihn erwirken. Dann darf er nicht mehr in Ihre Nähe kommen.“

Es gab eine kurze Pause. „Ach nein, das möchte ich nicht“, erklärte Daniela dann. „Das würde ihn nur noch wütender machen. Vielleicht spreche ich lieber mal mit einem seiner Brüder.“

Besorgt zog Simone die Stirn kraus. „Sind Sie sicher? Ich meine, Sie haben mich doch angerufen, weil Sie sich Sorgen machen, oder nicht? Wir finden vielleicht eine bessere Lösung. Wir können uns auch gerne sehen und persönlich sprechen.“

Wieder eine kurze Pause. „Ach nein. Danke. Entschuldigen Sie, es tut mir leid … Sie haben mir trotzdem geholfen. Ich denke, ich verschiebe den Termin beim Jugendamt erst mal. Und ich spreche mit einem seiner Brüder. Aber das mit der Anzeige … lieber nicht." Dann, nach kurzem Zögern, ganz leise: „Darf ich Sie noch mal anrufen, wenn ich es mir anders überlege?"

„Selbstverständlich dürfen Sie das! Jederzeit. Sie haben ja meine Nummer. Speichern Sie sie in Ihrem Handy ab. Wenn ich einmal nicht gleich antworten kann, rufe ich zurück."

„Danke", fiepste Daniela und legte auf.

Das Gespräch war vorbei.

„Wow!", staunte Jeanette beeindruckt: „Was war denn das?"

„Das war eine Bekannte einer guten Freundin", erklärte Simone. Als sie Jeanettes verständnislosem Blick begegnete, ergänzte sie verlegen: „Ich bin Rechtsanwältin."

Von der anderen Seite meldete sich Helena zu Wort. „Die Frau hat schlimme Probleme, ja?"

„Klingt so", nickte Simone.

„Kenn ich das auch von meine Freundin. Ihr Mann schlägt sie. Ich sage zu meine Freundin: Das ist nicht erlaubt! In Deutschland, das ist nicht erlaubt! Aber sie …" Helena hob ratlos die Hände.

„Wusste ich nicht, dass du solchen Frauen helfen kannst! Ist ja toll", meinte Jeanette beeindruckt.

„Na ja, eigentlich haben wir in der Kanzlei, für die ich arbeite, mehr mit anderen Fällen zu tun", meinte Simone. Im Geiste setzte sie beschämt hinzu: ‚Fälle, die mehr Geld einbringen als Frauen, die von ihren Männern geschlagen werden …' Helena und Jeanette schienen den Einwand gar nicht gehört zu haben. „Könntest du mein Freundin helfen?", fragte Helena.

„Na ja, vielleicht schon", antwortete Simone zögernd.

„Aber wie machen wir?", überlegte Helena. Gleich darauf gab sie sich selbst die Antwort. „Ich bringe sie hier. Einfach so. Sag ich ihr gar nichts. Dann könnt ihr hier reden. Über dein Arbeit, und was du machst!"

Simone wurde langsam ein wenig beklommen zumute. „Ich weiß nicht, ob das so einfach geht …"

Aber Helena ließ sich nicht beirren. „Wir versuchen! Wir versuchen einfach", sagte sie resolut und zog eine Schachtel mit süßen Keksen aus ihrem Korb. „Wer möchte?"

***

24

Daniela.

30.7. (Samstag)

Andy hat mich nach Hause geschickt. Ich weiß nicht, ob ich verzweifelt oder erleichtert sein soll. Ich brauche das Geld – aber es war auch so verdammt anstrengend in den vergangenen Wochen. Donnerstags schnell nach Hause, zwei Stunden Luft holen, dann gleich wieder in den Club. Freitagfrüh komme ich ja oft erst um 6.30 dort raus, wenn die Kasse und alles gemacht ist! Dann um 7 Uhr ins Gericht, manchmal noch mit der Schminke vom Abend drauf, am Spind schnell ein bisschen umziehen, Deo drauf und wieder durchstarten – das ist anstrengend!!! Und besonders schlimm ist dann die Freitagnacht. Die zweite Nacht ohne Schlaf … Andy hat ja recht. Ich schaffe das wirklich nicht mehr gut.

Heute war dann noch eine große Feier, ich habe so viele Kisten mit Champagner geschleppt – und plötzlich bin ich zusammengebrochen. Ich habe nur noch gezittert – und ich hatte auch Angst, dass ich eine Fehlgeburt haben würde.

Da habe ich zum ersten Mal gemerkt, dass ich mein Kind wirklich liebe und haben will, und dass es schrecklich wäre, wenn ihm etwas passiert. Naja, aber zum Glück hab ich mich ja erholt. Keine Fehlgeburt, kein Notarzt. Ein Glas Wasser, und alles war wieder gut.

Aber Andy meinte, ich sollte für den Abend nach Hause fahren, und dann kam er noch mal zu mir und meinte: Besser würde ich auch gar nicht mehr kommen, weil man jetzt schon so deutlich sehen würde, dass ich schwanger bin, und das würde auf den Club kein gutes Licht werfen.

Ich hab noch gefragt, ob ich nicht wenigstens etwas machen kann, wo man weniger die Leute sieht. Ich will ja auch nicht, dass er als gewissenloser Arbeitgeber ins Gerede kommt. Aber er hat mir dann nur die Hand auf den Arm gelegt, mich traurig angesehen und gesagt: „Danni, ich weiß nicht, was dich in deinem Zustand drei Nächte in der Woche hierhertreibt. Das Geld alleine wird es nicht sein, aber so oder so denke ich, es ist besser für dich, wenn du diesen anstrengenden Job nicht mehr machst. Ich kann das nicht verantworten."

„Das Geld allein wird es nicht sein." Erst dachte ich: So ein Quatsch, was erzählt er denn? Aber je mehr ich darüber nachdenke, umso mehr glaube ich, dass er recht hat. Es war toll, unter Leuten zu sein. Unter Leuten, die mich mochten. Die gefragt haben, wie meine Schwangerschaft verläuft, wie groß mein Kind schon ist und ob es mir gut geht.

Ich habe zwar auch im Gericht nette Kollegen, aber die sind alle so steif! Im Gericht würde doch niemand fragen, ob ich meine Schuhe noch selbst zumachen kann.

Im Club sind sie mehr so drauf wie früher bei uns zu Hause, meine Freunde, Mamas und Papas Freunde … Oh Gott! Nein, ich darf jetzt nicht auch noch daran denken. Sonst brech ich zusammen. Heimweh ist etwas, das ich heute

Nacht nicht noch brauche. Es geht mir sowieso schon beschissen.
Und dann mache ich mir auch noch Vorwürfe, weil ich diese Anwältin
angerufen habe. Ich hätte das nicht tun sollen. Ich habe jetzt ein ganz
schlechtes Gewissen vor Chris.

***

Anja.

Von: theo.fritsche@gmx.de
An: anja.wilms@hotmail.com
Dienstag, 02.08. 20:45
Betreff: Angsthase!

Liebe Anja,

entschuldige, dass es dieses Mal so lange gedauert hat, bis
ich wieder schreibe, aber Du weißt ja, was zurzeit alles
bei mir los ist.

Kann es sein, dass Du mir da nicht alles erzählt hast?
Irgendwie scheint mir, dass dieses Mal in Deiner Mail nicht
das interessant ist, was Du schreibst, sondern das, was Du
nicht schreibst. Was ist es mit diesem Banker-Typ? Hat er
einen Namen, oder hast Du seine Karte so kategorisch
abgelehnt, dass Du den gar nicht weißt?
Wohl kaum. Aber wenn ich eins und eins zusammenzähle, dann
stelle ich fest:
a) Du hast mit ihm offenbar so viel geredet, dass Du
darüber Deine eigentliche Mission, nämlich auf Simone

aufzupassen, ganz vergessen hast. (Was gut ist, denn es gab
Euch anscheinend beiden die Chance zu sehen, dass sie noch
immer auf eigenen Beinen stehen kann.)
b) Trotzdem Du mehrere Stunden mit ihm geredet hast,
sprichst Du jetzt von ihm, als wäre er total uninteressant.
Nachtigall, ick hör dir trapsen! Du läufst schon wieder vor
Deinem Leben weg. Ich wette, der war ein netter Kerl. Aber
aus irgendeinem Grund musst Du Dir vormachen, er wäre das
nicht.
Frauen sind seltsam!

Aber ich fürchte, ich bin zu sehr mit meiner eigenen Misere
beschäftigt, als dass ich momentan dieses Rätsel Deines
Lebens lösen könnte. Vielleicht magst Du das ja irgendwann
selbst tun.

Gestern hatte ich mit Melanie ein langes Gespräch. Sie
hatte eine gute Phase, in der sie immerhin zugänglich und
offen war. Sie sieht anscheinend ein, dass es so nicht
weitergehen kann. Trotzdem tut sie sich noch immer schwer
damit, zu einem Psychologen zu gehen. Aber wir haben
darüber nachgedacht, ob es eine Idee ist, dass sie einfach
mal für ein paar Wochen zu ihren Eltern fährt. Dort hat sie
sich eigentlich immer ganz gut gefühlt. Vielleicht ist es
ja eine Hilfe.
Andererseits frage ich mich, ob man bei den Eltern frei
genug ist, sich mit psychischen Problemen
auseinanderzusetzen, die doch immer auch irgendwie mit der
eigenen Geschichte zu tun haben.
Aber ganz persönlich denke ich inzwischen: Es ist mir bald
egal, wohin sie fährt, und was es ihr bringt – wenn nur die

Kinder und ich hier mal wieder aufatmen können! Die
Stimmung ist ständig so gedrückt, das macht uns am Ende
auch noch krank.

Liebe Grüße,
Theo

* * *

Simone.

Sie blätterte in der Akte von rechts nach links und wieder zurück. Mit diesem
Fall kam sie einfach nicht weiter. Sie stützte das Kinn auf die Fingerknöchel und
sah aus dem Fenster. Draußen schoben sich, durch einen griesgrämig grauen
Nachmittag, Autokolonnen vorbei. Alles wie immer. Nur ihre Konzentration
war irgendwie nicht wie sonst. Vielleicht würde ein Kaffee ihr auf die Sprünge
helfen?

Erfreut stellte sie fest, dass die Küche nicht leer war. Marion, eine der
Auszubildenden, saß am Tisch. Sie hatte den Rücken zur Tür gedreht und schien
etwas zu lesen. Ein netter kleiner Small Talk wäre jetzt genau das Richtige, um
aus dem Nachmittagsloch zu kommen!
„Hallo Marion! Was liest du denn da?", fragte Simone, stellte ihren Becher auf
den gegenüberliegenden Platz – und stellte bestürzt fest, dass Marion
keineswegs las, sondern nur ihr tränenüberströmtes Gesicht in den Händen
verbarg.
„Marion! Um Gottes willen, was ist denn los? Hast du eine schlechte Nachricht
bekommen?"
Die kindlich wirkende junge Frau, der man ihre 19 Jahre noch kaum ansah,

247

schüttelte den Kopf und presste die Lippen aufeinander.

Simone nahm ihre Hand. „Was ist denn los?"

Marion sah ihr in die Augen wie ein gehetztes Tier, dann schaute sie sich zur Tür um. Sie war geschlossen. Das schien ihr Mut zu machen. Sie holte tief Luft, stockte dann aber wieder.

Mitleidig sah Simone sie an. „Du kannst es mir sagen. Egal, was es ist, es bleibt unter uns."

Aus ihren verweinten Augen sah Marion sie dankbar an, nickte, sprach aber kein Wort.

„Bist du schwanger?", fragte Simone, der das als nächstliegende Katastrophe für eine 19-Jährige einfiel, die mitten in der Ausbildung steckte. Doch das Mädchen schüttelte den Kopf.

„Es ist wegen Frau Mendelssohn", murmelte sie kaum hörbar.

Simone zögerte. Sollte sie dann wirklich weiter fragen und sich in die Angelegenheiten einer Kollegin einmischen, mit der sie ohnehin schon genug Schwierigkeiten hatte? Aber der Anblick des kalkweißen Gesichtes rührte sie.

„Na schön", meinte sie und holte Luft: „Es bleibt trotzdem unter uns."

Mit gesenktem Blick und sehr stockend begann Marion zu erzählen. „Sie hat doch diesen Verkehrsunfall übernommen, als Herr Anders im Urlaub war."

Wissend nickte Simone; ja – solche Vertretungen kamen innerhalb der Kanzlei gelegentlich vor, wenn das Gericht so terminierte, dass einer der Kollegen Verhandlungen oder Fristen nicht wahrnehmen konnte.

„Ich sollte das nicht sagen, aber ich glaube, der Fall war zu schwierig für sie. Oder jedenfalls ist es ja nicht ihr Fachgebiet. Da waren so viele Zeugen verwickelt, von denen jeder etwas anderes sagte. Die Versicherungen haben *drei* Gutachter beauftragt – aber ihre Einschätzungen widersprechen sich völlig! Aber Frau Mendelssohn hat dem Mandanten zugesagt, dass sie ihn straffrei da rausholt, obwohl es wirklich Hinweise darauf gibt, dass er das Kind überfahren und dann Fahrerflucht begangen hat."

Jetzt mischte sich ein wenig Belustigung in Simones Mitleid. Darüber weinte die Kleine? „Liebe Marion, das ist nicht schön, aber davon leben wir! Auch du. Dein Gehalt wird auch durch unsere Mandanten bezahlt. Und, klar, manchmal vertritt man auch jemanden, der die Moral nicht auf seiner Seite hat. Dann muss man trotzdem sein Bestes tun!" Sie tätschelte der Kleinen die Hand, griff nach ihrem Kaffee und wollte schon gehen, doch dann:

„Ja", flüsterte Marion: „Aber sie will, dass ich für sie eine Falschaussage mache!"

Simone erstarrte. „Wie bitte?"

Nun, wo die schreckliche Wahrheit einmal heraus war, schien Marion Mut zu fassen. „Sie möchte, dass ich für sie eine Falschaussage mache", wiederholte sie. Noch immer leise, jetzt aber mit festerer Stimme. „Wenn es jemanden gäbe, der bezeugt, dass vor unserem Mandanten noch ein anderes Auto über die Kreuzung geschossen ist, dann wäre der Mann aus dem Schneider. Oder zumindest hätte er wohl deutlich bessere Karten."

Jetzt wurde es Simone kalt. Glasklar fügte sich das Bild in ihrem Kopf zusammen, während sie sich zugleich weigerte, es glauben zu wollen. Das hier war eine Traditionskanzlei. Bestimmt folgten alle Kollegen den gleichen Werten? Oder nicht?

Marion kratzte auf dem rosa Perlmuttlack ihrer Fingernägel herum. „Ich soll sagen, dass ich an der Kreuzung stand, dass ich mich aber bislang aus privaten Gründen nicht getraut habe, mich zu dem Fall zu äußern. Frau Mendelssohn sagt, wenn ich sage, dass ich Bürokauffrau lerne, wird niemand auf die Idee kommen, dass ich in einer Kanzlei tätig bin, und dann noch in dieser. – Aber ich will das einfach nicht! Das ist doch eine Falschaussage, ein Meineid! Dafür kann ich doch eine Haftstrafe bekommen, wenn es rauskommt. Und holt Frau Mendelssohn mich dann raus? Vielleicht würde ich es ja noch machen, wenn es darum ginge, jemandem zu helfen, dem wirklich übel mitgespielt wurde. Aber doch nicht so einem Verbrecher, der ein Kind überfahren hat und dann abhauen wollte!"

Energisch schüttelte Simone den Kopf. „Natürlich nicht! Sag ihr das einfach. Sie kann dich nicht zwingen."

Hilflos sah Marion sie jetzt an und zuckte die Schultern. „Zwingen nicht, aber erpressen. Sie hat gesagt, wenn ich es nicht tue, würde sie mir nachweisen, dass ich mit vertraulichen Akten unsachgemäß umgegangen bin, und dann würde ich entlassen. – Und wenn sie das wirklich macht, bekomme ich doch nirgendwo mehr eine Stelle!"

„Bist du denn mit irgendwelchen Akten falsch umgegangen?"

Entrüstet schüttelte Marion den Kopf. „Nein! Aber …"

„Klar." Simone nickte resigniert und guckte grimmig. „Da hilft nur eins. Du musst mit von Waldhausen sprechen."

Heftige Erschütterungen gingen durch Marions schmale Schultern, so sehr versuchte sie, ihre Tränen zu unterdrücken, die sich dann aber doch bitter einen Weg nach draußen bahnten: „Das habe ich versucht! Aber … er hat gesagt, ich könne Frau Mendelssohn ja wohl mal einen Gefallen tun!" Sie brach in verzweifelte Tränen aus.

Simone presste die Hände an die Schläfen. Es kam ihr alles so unwirklich vor! Und doch glaubte sie Marion. Gerade Marion, diese kleine, artige, stille, graue Maus, die sich, wenn möglich, noch viel mehr als sie selbst bemühte, alles richtig zu machen. Marion, der Inbegriff von Gewissenhaftigkeit. Niemals würde sie sich so etwas ausdenken.

Sie strich dem Mädchen eine dünne Haarsträhne hinter das Ohr. „Jetzt gehst du erst einmal nach Hause. Wir sagen, ich habe dir freigegeben, weil du starke Magenschmerzen hattest. Das Telefon darfst du auf mich umstellen. Ich habe heute keinen Termin mehr, und am Freitagnachmittag passiert sowieso nicht mehr viel."

Dankbar nickte Marion und wischte sich noch einmal mit dem Handrücken die Tränen weg. „Sie sind nett. Ich bin sicher, dass Sie niemals so werden wie Frau Mendelssohn." Mit einem schiefen Lächeln huschte sie aus der Küche hinaus. Simone blieb sitzen, unfähig zu glauben, was sie gerade gehört hatte.

„Hallo Schätzchen", zwitscherte ihr am Abend ein gut gelaunte Anja entgegen, die mit zwei vollen Tüten vom italienischen Supermarkt durch die Wohnungstür platzte: „Ich habe Pizza mitgebracht!" Simone, die den ganzen Nachmittag über das nachgedacht hatte, was sie von Marion erfahren hatte, saß am Tisch mit Frederik, der seine Mutter mit einem Memory-Spiel abzockte.

„Lasagne ist super", lächelte Simone und nickte Anja abwesend zu.

Anja sah sie verdutzt an. „Hallo? Jemand zu Hause? Von Lasagne war gar keine Rede!"

Simone sah Anja an. „Hast du das nicht gerade gesagt?"

„Nein!"

„Oh. Ja, ich kann auch gerne noch mal losfahren und etwas besorgen", bot Simone an.

Anja setzte sich zu ihr. „Bist du okay? Du redest, als kämst du frisch aus der Gehirnwäsche und hättest die Schaltungen noch nicht wiedergefunden."

„Kann schon sein", stimmte Simone zu.

„Los jetzt", sagte Frederik: „Du bist dran."

„Spielst du für mich?", wandte sich Simone an Anja.

„Erst sagst du mir, was los ist", forderte diese, doch Simone schüttelte den Kopf.

„Das kann ich nicht. Ich habe heute etwas echt Unschönes in der Kanzlei erfahren, aber ich kann nicht darüber sprechen. Es ist zu vertraulich."

***

25

Anja.

Von: anja.wilms@hotmail.com
An: theo.fritsche@gmx.de
Samstag, 06.08. 23:01
Betreff: Schlimmer geht WIRKLICH immer …

Lieber Theo!

Der Banker-Typ hat einen Namen. Der tut hier zwar
eigentlich gar nichts zur Sache, aber damit Du nicht
denkst, ich verrate ihn aus irgendeinem spannenden Grund
nicht, sage ich ihn Dir: Er heißt Emil, und zwar
französisch ausgesprochen, also mit einem langen i. Klar
war er okay, aber ich habe einfach keine Lust auf diese
konservativen Spießer. Was das für Trottel sind, konnte ich
gestern mal wieder eindrucksvoll feststellen.
Ich war mit Constantin aus. Der kümmert sich um meine
Versicherungen. Ich weiß nicht, aus welcher bescheuerten
Laune heraus ich ihm überhaupt zugesagt habe, denn ich fand
ihn früher schon total spießig. Nachdem wir uns jetzt aber
in den vergangenen Wochen ein paar Mal über den Weg
gelaufen waren und er mich dann immer wieder gefragt hat,
ob wir nicht mal essen gehen wollen, habe ich schließlich
Ja gesagt. Mein Fehler.
Wir trafen uns an seinem Büro. Er führt mich auf die
Rückseite des Hauses zum Parkplatz, geht zum Audi Q5, macht
einmal die Tür auf, sagt dann: „Ach, wir nehmen doch den
anderen", und geht zum Audi Cabrio, das daneben stand.

Eigentlich hätte ich mich da schon umdrehen und einfach
gehen sollen.
So ein Angeber! Aber ich, schön blöd, denke: „Manchmal
täuscht man sich ja", und steige ein. Er fährt zu einem
schrecklichen Gebäudekomplex mit viel moderner Architektur
und erzählt, dass er für die Bauträger die Finanzplanung
gemacht habe oder was weiß ich. Irgendwo in dieser
uncharismatischen Gegend hat er dann geparkt und gemeint,
es gäbe hier ein tolles Design-Lokal, zu dem wir jetzt
gehen. Das war der verrückteste Laden, in dem ich je
gewesen bin!

Am Eingang bekamen wir zwei ledergefasste Chipkarten in die
Hand mit dem Hinweis: „Es kommt dann jemand an den Tisch,
der Ihnen eine Einweisung gibt, wie es hier läuft." Ah ja.
Am Tisch waren dann: veloursledergebundene iPads in
Docking-Stations. In die musste man seine Chipkarte
stecken, und ab da lief alles automatisch.
Also ehrlich, ich bin kein Snob; man kann auch in der Mensa
nette Verabredungen haben. Aber wer geht denn bitte in ein
überteuertes Szene-Restaurant, um am Automaten zu
bestellen?
Um ein Glas Wein zu bekommen, musste man seine Chipkarte an
der Weintheke vor ein Symbol halten, das jeweils einer
Flasche zugeordnet war, aus der der Wein dann gepumpt
wurde, damit man ihn mit einem Glas, das man unter einen
Plastikschlauch zu halten hatte, selbst auffangen konnte.
Mit anderen Worten: Wein zum Selberzapfen, wie bei Ikea das
Ketchup zu den Hotdogs. Ab schlappen zehn Euro pro Glas.
Und so ging das alles weiter; ich erspare Dir die Details.
Dann am Ende der Hammer: Der Typ hatte sein Geld vergessen!

Obwohl er mich ja eigentlich einladen wollte. So ein
Trottel.

Was Du über Melanie geschrieben hast, freut mich sehr. Ich
denke, jeder Schritt in irgendeine Richtung ist ein Schritt
aus ihrer Depression heraus.
Ich verstehe schon die Gedanken, die Du zu ihren Eltern
hast. Aber ich würde mir und ihr mit solchen Überlegungen
jetzt keine Steine in den Weg legen.

Wichtig ist doch, dass sie erkennt, dass sich etwas ändern
muss. Und auch, dass Ihr Hilfe aus der Familie bekommt. Ich
denke, das ist sehr viel wert.

Liebe Grüße,
Anja

* * *

Daniela.

10. August (Mittwoch)

Ich weiß nicht, wie das alles funktionieren soll, wenn der Kleine da ist.
Gestern habe ich bei der Arbeit mit Nina gesprochen. Sie hat mich gefragt,
ob ich schon einen Kindergartenplatz beantragt habe. Ich meinte: Nein, das
Kind ist ja noch gar nicht da!
Sie hat dann gemeint, ich soll mir das alles nicht zu leicht vorstellen, und
dass viele sich schon während der Schwangerschaft um einen Platz kümmern.

Weiß sie von ihrer Schwester.

Heute habe ich dann mal testweise bei ein paar Kindergärten angerufen, und die haben alle gesagt, dass sie Wartelisten von mindestens einem Jahr haben.

Ich hatte eigentlich gedacht, wenn das Kind da ist, kümmere ich mich während der Mutterschutzzeit darum, wo es bleibt, wenn ich wieder arbeite. Bei uns zu Hause ging das doch auch so, warum denn hier nicht? Da sagen alle, in der DDR hätte nichts geklappt. Das stimmt ja wohl nicht.
Heute Mittag habe ich mit Anke darüber gesprochen. Sie meint, sie ist gerne als Oma so viel da, wie sie kann, aber dass sie ja auch noch verschiedene Jobs hat und das Geld braucht. Sie kann auch nicht zu Hause bleiben.
Mit Chris habe ich versucht zu reden, aber er hat mich nur ausgelacht. „Ich bin doch sowieso weg, wenn das Kind da ist", hat er gesagt: „Begreif das endlich!"
Ich fühle mich so schrecklich damit, dass er das immer wieder sagt. Er macht ja keine Anstalten auszuziehen. Deshalb kann ich nicht glauben, dass er das wirklich so meint! Ist aber wohl so.
Ich fühle mich so heimatlos. Was mache ich nur? Vielleicht gehe ich wieder zurück nach Hause. Mama und Papa würden mir bestimmt helfen. Allerdings habe ich ja dort keine Arbeit. Und so beißt sich der Hund in den Schwanz.
Ich habe einfach keinen Plan, wie es weitergehen soll.

***

Simone.

„Da, zieh das mal an!" Anja warf Simone etwas grell Pinkfarbenes zu, das sich bei näherem Hinsehen als eine Häkelweste entpuppte. Simone kicherte. Es war Anjas Idee gewesen, „Shopping verkehrt", hatte sie es genannt.

Nun standen sie in einem Rot-Kreuz-Shop, aus dem Anja einen nicht zu kleinen Teil ihrer Garderobe bezog, und Simone ließ sich von ihrer Freundin, deren Gesicht im Eifer des Gefechtes fast so rot wie ihre Haare geworden war, Kleidungsstücke heraussuchen.

Im Gegenzug hatte Anja bereits einen Marsch durch diverse Edelboutiquen über sich ergehen lassen und nannte sich nun Besitzerin eines italienischen Kostüms aus weichem, dunkelbraunem Wollstoff. Als sie in enganliegender, taillierter Jacke und mit zierlichem ausgestelltem Rock die Umkleidekabine verlassen hatte, hatte Frederik sie zuerst gar nicht erkannt.

Seufzend schlüpfte Simone in die Häkeljacke, deren Form und Machart stark vermuten ließen, dass sie ebenso alt war wie sie selbst. „Und die dazu", meinte Anja jetzt zufrieden, und hatte zwischen Dutzenden gebrauchter Jeans eine herausgezogen, von der sie überzeugt war.

Simone nahm das Teil mit in die Umkleidekabine, die nur aus einem Vorhang bestand, der mit Sicherheitsnadeln zwischen zwei Stangen gespannt war. Sie stieg in die Hose, die auf der Hüfte niedrig geschnitten war, bis zum Knie knalleng verlief und dann mit einem atemberaubenden Schlag auseinandersprang. Sie stakste aus der Kabine heraus. „Für Karneval vielleicht?" Aber Anja strahlte. „Nein! So ein Quatsch! Du siehst sooo toll aus!" Zweifelnd sah Simone an sich herunter.

Anja hatte aus einer Ecke einen Spiegel hervorgezerrt und hielt ihn ihr vor. „Hm." Simone fand sich so fremd, dass es ihr schwerfiel, es zuzugeben, aber – irgendwie war die Frau, die da aus dem Spiegel heraussah, wirklich nicht so unattraktiv. Das dunkle Pink betonte ihre helle Haut und bildete einen lebhaften Kontrast zum pechschwarzen Haar. Die Hose fühlte sich zwar ungewohnt an, sah aber ziemlich sexy aus.

„Die Frau im Spiegel ist hübsch, aber sie hat nichts mit mir zu tun", fasste sie ihren Eindruck zusammen. Frederik, von der Verwandlung seiner Mutter ziemlich unbeeindruckt, flitzte auf einem kleinen Holzauto zwischen den Kleiderständern herum. Anja spitzte die Lippen und legte den Kopf schief. „Warte", sagte sie und verschwand.

Verlegen stand Simone herum.

„Wow! Sieht toll aus", hörte sie da eine bekannt klingende Stimme mit stark asiatischem Akzent.

Sie drehte sich um und blickte in das Gesicht von Nitu. Die Thailänderin war die Mutter eines kleinen Jungen, mit dem Frederik sich auf dem Spielplatz angefreundet hatte. „Hallo!", lächelte Simone verlegen. „Ich … meine Freundin und ich probieren Sachen aus. Aber ich fühle mich nicht so richtig wohl hier drin."

„Ah so?" Nitu, selbst in einer sehr eng anliegenden Jeans und einem ebenso akzentuiert geschnittenen Top, zog erstaunt die Augenbrauen hoch. „Warum nicht? Du hast Figur dafür!"

„Finde ich auch", ertönte jetzt Anjas Stimme: „Aber ich glaube, Simone ist noch nicht so weit."

„Was soll das heißen?", fragte Simone leicht verärgert.

Aber Anja grinste nur frech. „Du musst wieder merken, dass du nicht nur Anwältin, sondern auch Frau bist! Aber du stehst noch am Anfang des Weges", erklärte sie. „Und jetzt probier das mal an." Sie reichte Simone einen weinroten, weichen Stoff und schob sie in die Umkleide.

Hinter dem Vorhang faltete Simone Anjas neuste Entdeckung auseinander, die sich als tief ausgeschnittenes, wadenlanges Kleid mit kleinen Stickereien im

Dekolletébereich entpuppte. „Hm", murmelte Simone anerkennend, „na gut."
Sie zerrte sich die Jeans vom Leib, was nicht so leicht war, streifte die Weste ab
und ließ dann das Kleid über ihre Schultern fallen. Es fühlte sich gut an! Sie sah
an sich herunter. Ja! Das war … anders als alles, was sie sonst trug. Aber toll!
Sie ging aus der Kabine heraus. Anja verschränkte zufrieden die Arme vor der
Brust, und auch Nitu nickte: „Simone! Musst das kaufen!" Jetzt schmiss sich
etwas gegen ihre Beine. „Mama!" Frederik, von den dicht gedrängt stehenden,
halbhohen Kleiderständern zeitweise völlig verdeckt, war angerannt, um seine
Mutter mit seinem schmeichlerischsten Lächeln zu erweichen. „Dürfen wir mit
Namschock eislaufen gehen?"
Simone sah ihn erstaunt an. „Eislaufen? Bei dem Wetter?"
Nitu nickte: „Ja-a! Wir gehen immer Stadion! Heute. Ihr könnt mitkommen."
Ratlos sah Simone zu Anja.
Die nickte ermunternd: „Macht doch!"
„Bitte, bitte, Mama!"
Simone sah in Frederiks flehendes Gesicht. Ja, warum eigentlich nicht. Sie
erinnerte sich daran, mit zwölf zuletzt im Eisstadion gewesen zu sein. Er würde
bestimmt Spaß dort haben. Und eigentlich hatten sie nichts anderes vor. „Okay",
nickte sie – und hatte dann gleich zwei kleine, jubelnde Jungs an den Beinen
hängen. „Jetzt aber runter mit euch", lachte sie: „Sonst reißt noch das Kleid,
bevor ich es gekauft habe!"

***

Simone

Am Sonntag waren Frederik und Simone zum Kaffee mit ihren Eltern verabredet. „Was hast du denn da an?", fragte ihre Mutter, als sie ihr die Tür öffnete.

„Gefällt es dir?", stellte Simone die Gegenfrage.

Die Mutter trat einen Schritt zurück und sah sich das weinrote Strickkleid genauer an. „Ja", meinte sie dann zögerlich.

„Steht dir! Sieht feminin aus", meinte ihr Vater, der jetzt dazukam, betont ermutigend und mit einem Seitenblick auf die Mutter.

„Gestern waren wir mit Namschock eislaufen", posaunte Frederik jetzt statt einer Begrüßung heraus und sprang mit frechem Lachen an seiner Großmutter hoch.

„Ihr wart eislaufen? Mit 'nem Stock?", fragte diese jetzt: „Du meinst, ihr habt Eishockey gespielt?"

Frederik guckte irritiert, und Simone schmunzelte angesichts des kulturellen Missverständnisses.

„Er hat gesagt: Wir waren mit NAM-SCHOCK eislaufen. Namschock, das ist ein Junge, mit dem Frederik befreundet ist. Die Eltern kommen aus Thailand, daher der Name."

„Ah so", meinte ihre Mutter jetzt erstaunt, und ihr Vater wiederholte: „Wie heißt er?"

Simone seufzte heimlich. „Wollen wir erst mal reingehen?", schlug sie vor.

„Natürlich!" Sofort setze ihre Mutter sich in Bewegung, nahm Frederik die Jacke ab, drückte Simone einen Kleiderbügel für ihren Mantel in die Hand und steuerte die Küche an. „Kaffee oder Tee?"

Als sie kurz darauf bei Kaffee, Kakao und Sahnetorte zusammensaßen, fühlte Simone den musternden Blick ihrer Eltern auf sich. Demonstrativ deutete sie auf Frederik, um Fragen in seiner Gegenwart zu verhindern. Zum Glück war er ohnehin so aufgekratzt, dass kaum jemand anders zu Wort kam. „… und dann", erzählt er gerade, „nimmt man den Pinguin und scccchiiiiießt ihn vor sich her." Seinen heftigen Zischlaut begleitete er mit einer schnellen Handbewegung, die nur knapp an einer Kerze vorbeiging. „Ich kann jetzt schon eislaufen!", hielt er selbstzufrieden fest.

„Und wofür ist dann der Pinguin?", fragte Simone ihn spitz. Mit dem unerschütterten Selbstvertrauen eines Fünfjährigen ließ Frederik die Frage unbeantwortet an sich abprallen.

„Was für ein Pinguin überhaupt?", fragte die Mutter.

„Ach, solche Figuren. Sie stehen auf Kufen und man schiebt sie vor sich her, damit man nicht umfällt. Die Kinder bekommen das", erklärte Simone.

„Und was waren das jetzt für Leute, mit denen ihr dort wart?", hakte ihr Vater nach.

„Namschock und Nitu. Sie … sie sind eigentlich Freunde geworden in den vergangenen Wochen. Wir sehen sie oft auf dem Spielplatz."

Einen Moment lang war nur das Klackern der Kuchengabeln auf den Tellern zu hören.

„Triffst du eigentlich noch Carolin und ihre netten Kinder?", fragte die Mutter jetzt.

Simone zuckte widerwillig die Schultern. „Eigentlich nicht."

Ihre Mutter nickte wortlos und pickste ein Stück Kuchen auf, ließ dann aber die Gabel auf dem Teller liegen und zog die Stirn in Falten. „Wie lange möchtest du eigentlich noch bei Anja wohnen bleiben? Du bist doch finanziell gar nicht darauf angewiesen! Und immer der weite Weg zur Kita … Frederik hat kaum noch Gelegenheit, seine Freunde zu treffen. Das finde ich schade für euch beide.“

Erstaunt sah Frederik seine Großmutter an. „Ich treffe jeden Tag Freunde“, prahlte er selbstzufrieden: „Ich hab ganz viele: Namschock, Emre, Mustafa, Layla, Neval, Abdurahnan ...“

Mit einer gewissen Röte in den Wangen sah Simone in die betretenen Gesichter ihrer Eltern. „Können wir das Thema bitte später vertiefen? – Ihr habt noch gar nichts über euch erzählt! Wie läuft es in der Praxis?“

Der Vater zuckte die Schultern, doch für die Mutter war das das richtige Stichwort. „Ach ja! Viel Arbeit. Aber dein Vater kann ja im Grunde gar nicht anders. Na ja, immerhin bleibt er jetzt montags zu Hause.“

„Ach ja? Das wusste ich noch gar nicht“, meinte Simone überrascht. Ihre Mutter setzte sich in Position, um weiter auszuholen: „Ja! Er hat einen *sehr* netten Assistenzarzt gefunden. Den solltest du einmal kennenlernen! Er kommt aus einem guten Haus, wohnt gar nicht weit weg von hier, sehr guter Umgangston, tolle Manieren, tolles Auftreten ...“

„Du schwärmst ja richtig für ihn! Wird Papi da nicht eifersüchtig?“

Ihre Mutter ließ sich nicht aus dem Konzept bringen. „Wir finden, dass er ein sehr passender Mann für dich wäre.“

„Aber Mama hat doch einen Mann!“, mischte Frederik sich jetzt ein. „Mama hat Papa. Auch wenn er sie nicht mehr mag.“

Simone, deren Gesicht inzwischen brannte, wünschte, sie wäre bei Anja geblieben. Warum konnten ihre Eltern sie nicht einfach drei Stunden lang gemütlich zum Kaffee treffen, ohne in Gegenwart ihres fünfjährigen Sohnes einen Haufen peinlicher Äußerungen von sich zu geben?

Doch ihre Mutter ließ all das an sich abprallen. „Frederik, du darfst aufstehen. Hol doch mal das Angelspiel.“

Sie setzte ihr bezauberndstes Großmutterlächeln auf und verfolgte zufrieden, wie der Kleine vom Stuhl sprang und Richtung Spielzimmer tobte. Kaum war er zur Tür hinaus, nickte sie bestimmt ihrem Mann zu: „Spielst du ein bisschen mit ihm?"

Simone stützte den Kopf in die Hände, um angesichts solcher Plattheit ein Augenrollen zu verbergen. Unter anderen Umständen hätte sie sich gefreut, mit ihrer Mutter in Ruhe zu reden. Nur – vielleicht nicht gerade über den neuen Assistenzarzt. „Musste das sein?"

„Wir machen uns Sorgen um dich!", erklärte ihre Mutter. „Du lebst in einem komischen Multikulti-Stadtteil, hast fürchterliche Wege von dort zu Frederiks Kindergarten, dadurch noch weniger Zeit in der Kanzlei – was ist mit deiner Karriere? Du hast schon in so jungem Alter so tolle Sachen gemacht."

Simone schnaubte ungeduldig. „Ich arbeite jetzt noch immer genauso sorgfältig für die Kanzlei. Dann wird eben ein Teil der Korrespondenz nicht am Nachmittag, sondern abends erledigt. Bislang hat sich noch keiner beschwert!"

Ihre Mutter schüttelte den Kopf. „Wenn sie sich beschweren, ist es schon zu spät. Außerdem ist es nicht gut, dass du den Anschluss zu guten Freunden verlierst."

Fragend sah Simone sie an.

„Na, Carolin!", rief ihre Mutter: „Was ist mit Carolin? So eine nette Familie, so gute Verhältnisse …"

„Carolin ist eine Zicke", stieß Simone hervor. „Es ist unerträglich geworden, mit ihr zu reden. Ständig gibt sie mir das Gefühl, dass ich mit meinem kompletten Leben gescheitert bin. Und dass Frederik jetzt keine Chance mehr hat auf eine gute Zukunft. Das ist Schwachsinn! Ja, kann sein, dass er jetzt manchmal lauter ist. Aber er ist gleichzeitig so viel zufriedener und selbstbewusster geworden! Mir gefällt das eigentlich. Du machst dir eine falsche Vorstellung davon, wie wir jetzt leben. Warum kommt ihr nicht einfach mal vorbei? Oder geht mit Frederik auf den Spielplatz, der bei Anja vorm Haus ist? Die Mütter dort sind ganz anders. Ich kenne inzwischen von vielen von ihnen die Lebensgeschichte, denn sie fragen mich um Rat, wenn sie oder ihre Freundinnen von ihren Männern schikaniert werden. Oft denke ich, dass die Mechanismen, die bei ihnen schieflaufen, sich gar nicht so sehr von dem unterscheiden, was ich erlebt habe.

Das sind tolle Frauen! Sie sind freundlich zu mir – und warmherzig. Da ist niemand, der meine Sorgen noch mehr aufbauscht. Im Gegenteil! Neulich hat eine von ihnen angeboten, dass sie Frederik auch einmal abholen kann, wenn ich arbeiten muss. Ich habe gesagt, das ist nett, aber seine Kita ist am anderen Ende der Stadt. Sie hat gemeint, kein Problem, sie hat eine Karte für die Bahn, und sie hilft mir gern. Eine andere hat gesagt, wenn ich abends einmal ausgehen möchte, kann ich Frederik bei ihr lassen; ihre Kinder wären ohnehin immer lange auf."

„Du willst Frederik bei fremden Leuten lassen?", fragte ihre Mutter entgeistert.

„Nein. Das ist doch nicht der Punkt. Der Punkt ist, sie hat es mir angeboten. Und allein das ist schon eine Entlastung. Einfach das Gefühl, dass da Menschen sind, die nicht mit mir wetteifern, die nicht auf meinen nächsten Fehler, auf die nächste kleine Schwäche lauern. Menschen, die noch einen Sinn für das Wesentliche haben. Eine alleinerziehende Mutter? Das ist dort kein gefundenes Fressen für die, die sich an ihrer heilen Welt ergötzen, sondern jemand, dem man selbstverständlich hilft."

„Wie du redest." Ihre Mutter schien persönlich beleidigt.

„Ach Mami! Ich habe es nicht als Kritik an eurer Lebensweise oder euren Träumen für mich oder an euren Freunden gemeint. – Doch, vielleicht als Kritik an euren Träumen für mich. Sie passen einfach nicht mehr. Ich habe mich verändert in den vergangenen Monaten."

Ihrer Mutter stiegen Tränen in die Augen. „Ja. Ich weiß."

Hilflos sah Simone sie an. „Was soll ich denn machen? Ich habe es nicht mehr ausgehalten mit Moritz. Jeder Tag war der Horror! Ständig war er schlecht gelaunt, alles hat er mir geneidet, um alles haben wir konkurriert. Alles, was ich konnte, wollte er auch können – und besser darin sein als ich. Mein eigener Mann! Wie soll man denn so leben?"

Ihre Mutter sah auf ihre eigene, manikürte Hand.

„Ich verstehe dich ja. Und ich bin froh, dass du von Moritz getrennt bist. Er hat dir wirklich nicht gutgetan. Vati hat ihn von Anfang an nicht gemocht."

„Wirklich?" Das überraschte Simone.

Ihre Mutter nickte. „Ja. Vom ersten Abend an. ‚An dem ist etwas komisch', hat er gemeint. ‚Er ist höflich und freundlich. Man kann gar nicht sagen, was es ist. Aber an dem ist etwas komisch.' Aber du warst so verliebt! Hätten wir ihn dir ausreden sollen?"

Simone dachte zurück an ihr zweites Semester, als sie Moritz in einem Seminar kennengelernt hatte. Seine stille, zurückhaltende, höfliche Art hatte sie gleich angezogen. Und wie sensibel er lange Zeit gewesen war! Erst nach und nach hatte sie begriffen, was die Kehrseite dieses Einfühlungsvermögens war. „Ich finde die Schwachstelle jedes Menschen innerhalb der ersten zehn Minuten, die ich mit ihm spreche", hatte er sich oft gebrüstet. Bei ihr hatte er mehr Zeit als zehn Minuten gehabt …

Jahr für Jahr hatte er sie mehr durchdrungen, ihre Psyche auseinandergenommen und analysiert. Bis er sie schließlich mühelos mit bloßen Blicken dahin bringen konnte, dass sie sich schlecht fühlte, wann immer ihm danach war.

Es war nicht ihre Schuld gewesen, dass er weniger Erfolg hatte als sie. Im Studium, im Referendariat. Im Job. Es war ihr auch nie wichtig gewesen. „Ich brauche keinen Versorger", hatte sie erklärt, wenn jemand sie auf diese Schieflage angesprochen hatte.

Sie hatte lange gebraucht, um zu begreifen, was Moritz an ihr faszinierend fand. Es war die Leichtigkeit, mit der die Arbeit ihr von der Hand ging. Der Erfolg, den sie mühelos einheimste.

Irgendwann hatte es ihm nicht mehr gereicht, sich in ihrem Glanz zu sonnen. Er hatte sie kopiert, in allem, was sie tat. Was ihr intuitiv von der Hand ging, hatte er sich mit einem zwanghaften Perfektionismus angeeignet – und sie später boshaft verspottet, wenn er geringfügige Fehler in ihrem Verhalten fand. Anfangs war es wie ein Spiel gewesen. Später hatte er sie damit nervös gemacht, fahrig und ängstlich.

Sie zuckte die Schultern. „Ach. Hätte. Sollen. … Wahrscheinlich hättet ihr ihn mir nicht ausreden können. Ist auch egal jetzt." Sie schluckte und presste ihre Hand vor die Lippen, scheiterte aber in dem Versuch, die Tränen zurückzuhalten. „Tut mir leid", presste sie hervor.

„Mir tut es leid", sagte ihre Mutter und nahm sie in den Arm. „Weißt du, wir möchten eigentlich nur, dass du glücklich bist. Wir kennen das alles nicht, was du erzählst. Wie du jetzt lebst. Was Frederik erzählt. Ja, vielleicht besuchen wir euch mal … Ihr müsst auf die Füße kommen. Es tut mir leid, wenn ich dabei auf das falsche Pferd setze. Vielleicht sind es ja wirklich die ausländischen Spielplatz-Mamis, die dir helfen, und nicht Papis netter junger Mitarbeiter."

Simone nickte. „Ich hab im Moment gar keinen Nerv, irgendwen kennenzulernen. Anja hat mir auch jemanden vorgestellt. Einen Bildhauer."

Sie sah ihre Mutter prüfend von der Seite an, doch die verzog keine Miene. „Ist vielleicht nicht das, was ihr euch für mich vorgestellt habt. Ist aber auch egal, denn … er war wirklich nett. Frederik mochte ihn auch. Er hat sogar gefragt, wann wir ihn mal wiedersehen. Aber mich nervt das einfach gerade alles. Ich habe mich so viele Jahre lang nach meinem Mann gerichtet. Und ich habe solchen Undank dafür geerntet! Immer nur schlechte Laune und Heruntergeputztwerden und Niedertracht."

„So sind nicht alle Männer", warf ihre Mutter ein.

„Ja. Ich weiß. Aber im Moment will ich mich einfach nach niemandem richten.

Wenn ich etwas mag, will ich es mögen können, ohne dass neben mir jemand steht, der das vielleicht anders sieht. Und wenn ich etwas ausprobieren möchte, will ich es einfach ausprobieren."

„Und jetzt probierst du Anjas Leben aus?"

„Nein. Ich probiere nicht Anjas Leben aus. Ich probiere vielleicht ein Leben nach ihren Werten aus."

Wortlos nickte ihre Mutter.

„Das soll nicht heißen, dass ich mit euren Werten nicht mehr einverstanden bin!"

„Irgendwie schon, oder? Du findest das alles oberflächlich. Menschen, die sich Gedanken darüber machen, ob ihre Kinder für alles im Leben die besten Chancen bekommen, passen plötzlich nicht mehr in dein Weltbild."

In diesem Moment kam Frederik ins Zimmer gepoltert. „Ich habe fünfzehn Fische gefangen und Großvati nur zwei", verkündete er stolz.

„Toll!", freute sich Simone: „Mit gucken oder ohne?"

„Das war entsprechend der Regeln, die Frederik vorher aufgestellt hat, unterschiedlich verteilt", erklärte ihr Vater diplomatisch, der jetzt hinter seinem Enkel das Wohnzimmer betrat.

Frederik kletterte auf den Schoß seiner Großmutter. „Kann ich noch einen Kakao haben?"

„Natürlich", meinte sie, setzte ihn wieder auf den Boden und verschwand in der Küche.

Simones Vater setzte sich und sah seine Tochter liebevoll an. „Na? Konntet ihr euch in Ruhe unterhalten? Geht es dir jetzt besser?"

Ratlos zuckte Simone die Schultern, sah auf ihre Finger, die blass waren wie immer, wenn sie fror, weil sie unglücklich war. „Ich weiß nicht. Mutti denkt, ich stelle alles, was ich von euch gelernt habe, infrage. Das ist so nicht. Aber … ich möchte einfach mal etwas Neues ausprobieren. Ein paar Dinge ändern. Fühlen, wer ich selbst bin. Ich glaube schon, dass ich noch im Blick habe, ob Frederik darüber in schiefe Kreise abrutscht. Aber es ist ja jetzt auch nicht so, dass wir mitten im Brennpunkt wohnen. Wir leben nur halt nicht mehr direkt am Stadtwald."

Ihr Vater nickte und sah sie ernst an. „Deine Mutter und ich machen uns halt Sorgen. Aber natürlich soll es dir vor allen Dingen gut gehen. Auch langfristig. … Vielleicht ist es dafür eben nötig, dass du ein paar Dinge hinterfragst. Für uns ist das ungewohnt. Wir sind eine andere Generation … Aber ich merke, dass Frederik sehr stark und ausgeglichen wirkt. Das zu sehen ist eine Freude, und es spricht dafür, dass ihr auf einem guten Weg seid."

Dankbar sah Simone ihn an. Ihre Augen füllten sich mit Tränen. Sie nickte. „Wir schaffen das schon."

***

```
Anja.

Von: theo.fritsche@gmx.de
An: anja.wilms@hotmail.com
Montag, 15.08. 21:10
Betreff: Plan B


Liebe Anja!


Manchmal ist eine Konferenz alter Damen moderner, als man
es ihnen zutraut. Melanie hat, wie geplant, nach unserem
Gespräch ihre Mutter zurate gezogen. Und die hat
anscheinend eine kleine Familienkonferenz mit ihren beiden
Schwestern einberufen. Mit dem Ergebnis, dass meine
Schwiegermutter und Melanies Tanten zu einem ähnlichen
```

Schluss kamen wie wir: nämlich, dass es besser ist, wenn
Melanie nicht zurück in ihr Elternhaus geht.
Stattdessen ist sie jetzt (ja, sie ist tatsächlich schon
dort!) bei ihrer Tante, die sehr abgelegen an der
Flensburger Förde wohnt. Dort hat Melanie nun vorrangig
Wiesen und Wasser um sich herum.

Ihre Tante, die sehr resolut ist, hält sie anscheinend mit
Gartenarbeit und Fahrradfahren auf Trab, sodass sie
beschäftigt und in Bewegung ist, gleichzeitig aber den Kopf
frei hat und zur Ruhe kommen kann.
Meine Schwiegermutter und ihre andere Schwester wechseln
sich wochenweise in unserem Gästezimmer ab und kümmern sich
um unsere Kinder.
Ich kann endlich wieder einmal ohne Sorgen zur Arbeit
fahren und aufholen, was dort in den vergangenen Wochen
liegengeblieben ist, und auch einfach durch viel
persönlichen Einsatz ausgleichen, wofür ich eigentlich seit
Monaten zu wenig Präsenz gezeigt habe.
Ich bin noch immer ein bisschen überrumpelt von diesem
Rentnerinnen-Aktionismus, aber es fühlt sich doch auch sehr
gut an.

Die Verantwortung ist mir nun wirklich mal ein merkliches
Stück abgenommen, und ich kann Dir gar nicht sagen, wie
sehr mich das erleichtert!

Natürlich ist es auch nicht toll, ständig meine
Schwiegermutter oder Schwiegertante im Haus zu haben, aber
es ist doch unvergleichlich viel besser als das Leben mit
einer hochdepressiven Frau.

Ich persönlich bin weiterhin der Meinung, dass Melanie in Therapie gehen sollte, aber da sie das so kategorisch abgelehnt hat, scheint mir diese Lösung zumindest fürs Erste ein guter Plan B.

Kein guter Plan B scheint mir Dein Treffen mit Constantin, aber auf diese Erkenntnis bist Du ja inzwischen zum Glück selbst gekommen. Es gibt ja kaum etwas zu kommentieren zu dem, was Du geschrieben hast. Warum Du Dir das antust, kannst nur Du selbst beantworten!
Ein netter Mann möchte Kontakt zu Dir, aber Du schickst ihn in die Wüste und triffst stattdessen einen Volltrottel.

Entschuldige meine offenen Worte, aber das ist verrückt. Ich halte aber Dich nicht für verrückt. Insofern denke ich, es gibt einen Grund, warum Du das tust, und mit dem solltest Du Dich mal auseinandersetzen.

Ich will nicht undankbar sein; es ist schön, dass Du Dir auch um Melanie Gedanken gemacht hast, und ich finde toll, dass Du Deiner Freundin Simone zur Seite stehst.
Aber mehr und mehr drängt sich mir der Gedanke auf, dass Du vor etwas wegläufst, das mit Dir selbst zu tun hat. Ich finde das so schade. Natürlich bist Du eine starke Frau mit einem guten, abwechslungsreichen Leben, aber ich glaube doch, dass Du glücklicher sein könntest, als Du es bist.

Liebe Grüße,
Theo

***

Daniela.

19. August (Freitag)

Gestern und heute ist ganz viel passiert. Erst hatte ich wieder so einen schrecklichen Streit mit Chris. Es fing damit an, dass das Hemd, das er zum Club anziehen wollte, nicht gebügelt war. Er hat gefragt, ob ich jetzt eigentlich nur noch auf der Couch liege. Ich habe gesagt, dass ich noch immer tagsüber Vollzeit arbeiten gehe und dass ich abends oft total müde bin, weil es langsam richtig anstrengend ist, schwanger zu sein. Und ob er nicht ein anderes Hemd anziehen kann.

Er hat dann gemeint, am besten zieht er direkt aus, weil ich sowieso nur noch über mich und das Kind spreche. Dann hat er seine Sachen gepackt und ist gegangen.

Ich habe hier gesessen und geheult. Als es wieder etwas besser ging, bin ich zu Anke gefahren und habe ihr mein Herz ausgeschüttet. Sie hat sich zwar alles geduldig angehört, aber viel gesagt hat sie auch nicht.

Ich glaube, sie freut sich zwar noch immer auf ihr Enkelkind, hat aber inzwischen gemerkt, wie schwierig das alles ist. Und sie will auch keinen Streit mit Chris. Sie würde mir sicher helfen und hier und da aufs Kind aufpassen, wenn sie Zeit hat, aber sie würde nicht Chris den Kopf waschen, damit er für mich da ist. Seine Brüder genauso wenig. Er ist der Älteste – die streiten zwar mal mit ihm, aber am Ende ist er doch der Leitwolf.

Das ist mir irgendwie alles so klar geworden. Und da habe ich begriffen, dass ich mir mal die Fakten anschauen muss. Mal wirklich klären, wie ich leben würde – mit Kind, ohne Mann.

Ich habe dann doch noch mal Simone angerufen. Das ist die Anwältin, die ich von Anja kenne. Sie war total nett und meinte, ich könnte einfach mal zum Abendessen vorbeikommen und wir sprechen über alles. Am besten gleich am nächsten Abend.

Ich war überrascht. So locker klang sie bei unserem letzten Telefonat nicht. Aber dann dachte ich: Ja, ich ergreife die Gelegenheit beim Schopf!

Das Leben mit Chris ist eine Achterbahnfahrt. Es geht vielleicht morgen wieder rauf, und dann denke ich, ich brauche mich um nichts zu kümmern, aber am nächsten Tag geht es auch wieder runter, und dann sitze ich wieder hier und heule.

Ich hatte gar nicht gewusst, dass die zwei zusammenwohnen. Anja und Simone. Ich dachte, sie wären nur Freundinnen. Aber sie haben eine WG, und da haben wir heute Abend Nudeln gegessen und über alles gequatscht, und danach ging es mir echt besser. Ich habe mir ganz viele Sachen notiert. Worum ich mich kümmern muss und so. Irgendwie war das der beste Abend seit Langem.

***

27

Simone.

Tisch decken für zwei Leute oder für drei? Simone sah auf die Uhr. Kurz vor
halb sieben. Doch. Es könnte gut sein, dass Anja bald nach Hause käme.
Frederik wuselte ihr zwischen den Füßen rum. „Ich helf dir!"
„Gut. Dann stell bitte das hier schon mal hin." Sie nahm drei Teller aus dem
Schrank und stellte sie auf die Anrichte, für ihn in Reichweite, dann drei Gläser
und Besteck daneben.
Während Frederik, mehr oder weniger zielsicher, alles auf dem Tisch verteilte,
legte sie Käse und Wurst auf ein Holzbrett und schnitt eine Gurke in Scheiben.
Ah, sie hatte richtig vermutet! Die Wohnungstür klappte, Anja kam nach Hause.
Auf dem Weg in ihr Zimmer machte sie in der Küchentür kurz Halt, um ein
knappes „Hallo" zu murmeln und dann zu verschwinden.
Erstaunt sah Simone ihr nach. „Anja? Ist alles okay?"
Nach einer kleinen Pause kam ein mattes: „Jaja. Wieso?"
Zögerlich ging Simone ein paar Schritte auf Anjas Zimmer zu. Die Tür war
angelehnt. Vorsichtig stieß sie sie einen Spalt breit weiter auf. Anja saß auf
ihrem Stuhl und blickte desorientiert vor sich hin.
Simone suchte nach Worten. „Ich will … dir nicht lästig fallen. Du wirkst nur so
… irgendwie nicht gut. Ich weiß nicht. Wenn du reden magst, sag es einfach!
Du weißt, ich hör dir immer gerne zu."
Anja nickte apathisch.
Ob sie lieber allein sein wollte? Simone war sich nicht sicher.
„Maaa-maaa", ertönte Frederiks helles Stimmchen aus der Küche.
Simone wandte sich um. „Ja, gleich", rief sie und sagte dann, zu Anja gewandt:
„Wir haben Abendessen für uns drei gemacht. Falls du dazukommen magst.

Wenn du lieber deine Ruhe haben willst, auch kein Problem." Sie drehte sich um, ging zurück in die Küche und setzte sich zu Frederik an den Tisch.

Wenige Minuten später klappte die Tür; Anja trat ein, setzte sich.

„Warum bist du so grau im Gesicht?", fragte Frederik mit dem ihm eigenen Charme.

Widerwillig musste Anja grinsen. „Ach Kleiner. War einfach nicht so ein toller Tag heute. Aber grau bin ich ja wohl nicht. Du bist selbst grau! Oder wie war das neulich in der Kita? Alles, was man sagt, ist man selber. – Stimmt's?"

Während sie sprach, kam Farbe in ihre Wangen zurück. Sie griff nach dem Brotkorb. „Und, Frederik, was kannst du mir empfehlen?"

Frederik sah sie groß an.

„Was soll ich essen, meine ich."

„Ah." Frederik nickte verstehend. „Graubrot mit Gouda."

Simone beobachtete die Unterhaltung der beiden und war froh über die unkomplizierte Wärme, die der Kleine ausstrahlte. Sie sah gut, dass Anjas plötzliche Heiterkeit nur gespielt war, ging aber trotzdem darauf ein. „Mit Graubrot und Gouda hätte ich mein Kind großziehen können. Ich weiß gar nicht, warum ich in den vier vergangenen Jahren manchmal was anderes gekauft habe", schmunzelte sie.

„Aber im Kindergarten haben wir auch manchmal… NUTELLA", prahlte er jetzt.

Anja riss in gespieltem Erstaunen die Augen auf. „Ist nicht wahr! Echt? Cool!"

Simone überließ den beiden das Gespräch, beobachtete ihre Freundin und sorgte sich. Etwas stimmte doch da nicht. Ob sie Ärger hatte mit einem ihrer Männer? Irgendwie war das auch alles nicht richtig, sich so von einem Flirt in den nächsten zu stürzen. Das war früher schon so gewesen, und sie hatte damals schon nicht verstanden, was die Freundin dazu bewog, sich Hals über Kopf in jemanden zu verlieben, von ihm zu schwärmen, als wäre er der Traumprinz schlechthin, und ihn dann ratzfatz für einen anderen zu vergessen, der dann wiederum als toll, großartig, einzigartig und atemberaubend gepriesen wurde.

„Mama, du trödelst", foppte Frederik sie jetzt. Sie sah auf, offensichtlich war sie mit ihren Gedanken total abgeglitten. Tatsächlich, Frederik und Anja hatten leere Teller, während sie vor einem fast unangerührten Brot saß. „Ich habe heute nicht so großen Hunger", erklärte sie: „Ich bringe dich jetzt erst mal ins Bett und esse das später."

Etwa eine Stunde darauf klopfte sie an Anjas Tür. „Magst du noch einen Wein trinken?"

Anja lag auf dem Bett und starrte apathisch in die Luft, reagierte aber doch auf die Frage. „Das ist eine Spitzenidee", meinte sie, während sie aufstand. Sie trug eine komische, geblümte Pluderhose und ein weites, schwarzes Kapuzenshirt. „Was ist das für ein Pulli?", fragte Simone erstaunt: „Ist der dir nicht viel zu groß?"

Anja sah an sich herunter. „Den hat mir mal ein Freund geliehen, und dann hatte ich keine Gelegenheit mehr, ihn zurückzugeben. Aber wenn ich ihn trage, habe ich das Gefühl, der Freund ist da und umarmt mich."

Simone hörte den stummen Appell, der darin steckte, ging auf Anja zu, umarmte sie und strich ihr die widerspenstigen, roten Locken aus der Stirn. „Komm mal mit in die Küche. Ich spendier den Rotwein, den mir neulich ein Mandant geschenkt hat."

Der Wein erfüllte seinen Zweck. Kaum hielt Anja das kugelige Glas mit der samtig dunklen Flüssigkeit zwischen beiden Händen, sah sie entspannter aus. Sie nahm einen tiefen Schluck und begann zu erzählen.

„Ich bin doch an dieser Missbrauchsgeschichte dran. Im Internat. Es war mühsam, aber ich habe es geschafft, das Vertrauen mehrerer Familien zu gewinnen. Zum Teil habe ich mit den Eltern gesprochen, zum Teil sogar mit den Jugendlichen selbst. Und mit einer Psychologin."

Sie sah aus dem Fenster. „Anfangs war das nur eine Geschichte wie jede andere auch. Aber heute habe ich angefangen, den Text zu schreiben, und dafür musste ich noch ein bisschen recherchieren, und das … war irgendwie nicht gut für mich."

Langsam gewann ihre Stimme an Fahrt. „Experten gehen davon aus, dass bis zu 30 Prozent aller Mädchen und bis zu 15 Prozent der Jungen in Deutschland sexuell missbraucht werden, wusstest du das? In die Statistik geraten aber nur etwa 14.000 Fälle im Jahr. Meistens gibt es nämlich gar keine Anzeige, und wenn es doch eine Anzeige gibt, dann gibt es noch lange kein Urteil."

Simone sah Anja nachdenklich an. Das war es, was sie so beschäftigte? „Ja, ich wusste das", meinte sie vorsichtig. „Ist leider so, dass viele Taten nicht aufgeklärt werden können. In vielen Bereichen."

Anja sah sie an, ihre Augen flackerten dunkelgrün. „Ja, aber – was sind das für Zahlen! Bis zu 30 Prozent; das ist fast jede Dritte! Es muss ja unglaublich viele Menschen geben, die denken, dass das – ein Kavaliersdelikt sei! Das ist doch unfassbar."

Sie fuhr sich mit der Hand durch das Haar und sprach zornig weiter. „Ich bin eigentlich echt keine Feministin, dachte ich – aber es ist so eine unglaubliche Scheiße, was in diesem Land mit Frauen passiert!" Ungeduldig trommelte sie auf die Tischplatte und sah Simone dann herausfordernd an.

Simone kaute auf ihrer Unterlippe, sah Anja an und versuchte angestrengt nachzuvollziehen, was die Freundin so beschäftigte. Soweit sie selbst es beurteilen konnte, hatte Anja als Frau in diesem Land herzlich wenig Probleme. Sie hielt sich gerade, war mit ihren feuerroten Locken und ihrem hübschen Gesicht eine imposante Erscheinung, bekannt für ihre pointierte Meinung und ihre scharfe Zunge. Gleichzeitig lagen ihr die Männer zu Füßen, weil sie einen

Charme mit der Süße von Baklava haben konnte, wenn sie nur wollte. Was also war das Problem?

Als plötzlich Tränen aus Anjas grünen Augen liefen, war es, als zerspränge etwas in Simone. Sie schlug die Hand vor den Mund. Wie hatte sie nur so blind sein können?

„Anja!", rief sie entsetzt und legte ihre Hand auf die der Freundin, aber diese schien nichts mehr wahrzunehmen.

Den Blick auf einen weit entfernten Punkt geheftet, redete Anja weiter. „Diese Missbrauchsopfer fühlen sich ihr Leben lang wertlos, wusstest du das? Manche entwickeln Angststörungen. Andere Bulimie. Oder sie sind nicht bindungsfähig."

Trotzig wehrte sie Simone ab, die den Arm um sie legen wollte, und wischte sich mit dem Handrücken die Tränen ab. „Sie kommen vielleicht zurecht. Manche wirken sogar sehr stark. Aber immer begleitet sie das Gefühl, nichts wert zu sein. Schmutzig zu sein. Und ein glückliches Leben nicht verdient zu haben." Ihre Knöchel wurden weiß, während sie ihr Glas immer fester umklammerte, das Simone ihr nun behutsam aus der Hand wand, bevor es zerspringen konnte. In diesem Moment schien Anjas letzter Schutzwall einzustürzen, und sie brach in ein stilles, aber unaufhörliches Weinen aus.

„Ich war zwölf", flüsterte sie, ganz nah an Simones Ohr, die Anja fest an sich gedrückt hielt. „Und der Sohn vom Hausarzt meiner Mutter, der zehn Jahre älter war als ich, dachte, es wäre nur ein Spaß. Aber ich hatte so schreckliche Angst! Und ich habe mich so geschämt. Es war so ekelhaft. Und er sagte, wenn ich schreie, würde er mich umbringen. Und da war niemand, der mir helfen konnte…"

Die Stimme versagte ihr, und sie konnte nur noch weinen. Auch Simone liefen jetzt die Tränen aus den Augen. „Ich habe das gar nicht gewusst. Das tut mir so leid", murmelte sie.

Irgendwann stand sie auf, kochte Anja einen Kräutertee und wickelte eine Wolldecke um ihre Schultern. So saßen sie noch lange da, verlegen um Worte, aber vereint in einer Freundschaft, die vielleicht noch nie so offen gewesen war wie in dieser Nacht.

„Du kannst heute Nacht bei uns schlafen", bot Simone schließlich an.

Anja lächelte. „Das geht schon", sagte sie matt und schleppte sich etwas später ins Bett.

Aber Simone blieb noch lange in der kleinen Küche sitzen. Als die Morgenvögel anfingen, ihr Lied zu trällern, hatte sie die Gedanken in ihrem Kopf geordnet und legte sich noch für eine Stunde hin.

***

```
Anja.

Von: anja.wilms@hotmail.com
An: theo.fritsche@gmx.de
Montag, 22.08. 00:17
Betreff: Erkenntnisse


Lieber Theo!


Jetzt sitze ich hier schon seit einer halben Stunde und
weiß nicht, wie ich die Mail anfangen soll.
Ich fange mal mit Dir an, weil das einfacher ist. Ich finde
es toll, dass Eure Familie so für Euch da ist! Warte doch
einfach mal ab. Viele Leute glauben an den Erfolg von
```

Therapien, aber viele haben auch Recht damit, dass man
gesund werden kann, wenn man Geborgenheit spürt.
Vielleicht haben Therapien heute nur deswegen so einen
hohen Stellenwert, weil es nur noch so wenig Geborgenheit
in dieser Gesellschaft gibt.
Jedenfalls kannst Du Dich zu Deiner tatkräftigen
Schwiegermutter und ihren Schwestern wohl nur
beglückwünschen! Das sind alles gute Schritte in die
richtige Richtung.

So. Jetzt zu mir. Inzwischen ist noch einmal eine halbe
Stunde umgegangen, denn dieses Thema ist wirklich schwer.
Aber ich will es Dir trotzdem sagen, denn es erklärt so
vieles. Und Du hattest auch Recht.
Du hast ja schon lange gemeint, ich laufe vor etwas weg.
Ich dachte, dass das Quatsch sei. Ich dachte es wirklich,
denn das, wovor ich weglief, hatte ich so stark verdrängt,
dass ich nicht glauben wollte, dass es mein Leben noch
heute beeinflusst.
Im Zusammenhang mit der Internatsgeschichte habe ich viel
über sexuellen Missbrauch recherchiert. Und plötzlich hat
es mich eingeholt.
Als ich zwölf war, habe ich auch so etwas erlebt. Ich hatte
das natürlich nicht komplett vergessen; ich wusste es
schon, aber ich dachte immer, es hätte keine Bedeutung und
es wäre weit weg.
Aber dann habe ich dieses Interview geführt, mit einer
Psychologin, die darüber sprach, was Missbrauch mit
Menschen macht, und wie er sie oft noch nach Jahrzehnten in
ihrem Verhalten prägt. Sie sagte auch, dass viele
bindungsunfähig sind, weil sie sich wertlos fühlen. Und da

erkannte ich plötzlich die Parallele zu dem, was Du gesagt hast: Ich laufe vor etwas weg.

Ja, stimmt. Ich laufe davor weg, dass ein Mann, der mir wirklich etwas bedeutet, mich wertlos und ekelhaft finden könnte. Das ist eine schreckliche Erkenntnis, denn ich sehe jetzt, dass ich gar nicht aus Lebenslust, sondern aus Lebensangst mein Leben so geführt habe wie bislang.

Und natürlich hattest Du auch mit Emil recht. Und mit Constantin. Ich habe diesen Trottel Constantin nur getroffen, um mir selbst vorzumachen, dass Emil mir nichts bedeutet. Und weil ich denke, er ist sowieso zu gut für mich! Er wirkte so … so richtig. So makellos und gesund. Nicht so verdorben wie ich.

Ich weiß noch nicht, was ich mit dieser Erkenntnis mache. Ich sitze jetzt ein bisschen im gleichen Boot wie Melanie, oder? Mache ich eine Therapie? Mache ich keine? Wie geht es jetzt weiter? Ich fühle mich so seltsam auf Null gesetzt.

Tja. So ändern sich die Dinge. Vor ein paar Monaten noch war ich es, die Simone Halt gegeben hat. Jetzt laufe ich wie ein Zombie durch die Gegend, und Simone nimmt ihr Leben in die Hand.

Neulich hat sie die Gerichtsschreiberin, mit der ich mich ein bisschen angefreundet habe, spontan zum Abendessen eingeladen, weil die einen Rat brauchte. Und auf dem Spielplatz hat sie jede Menge Mütter kennengelernt, die sie pro bono zwischen Schaukel und Wippe berät.

Jetzt bin auf einmal ich diejenige, die abends denkt: „Gott sei Dank sind Simone und Frederik da, denn wenn ich alleine wäre, würde ich verrückt!" Und Simone kümmert sich echt lieb um mich.

Ich meine, sie hat ja auch nicht weniger Probleme als vor

ein paar Monaten. Aber irgendwie geht sie cooler mit allem um. Sie hat nicht mehr so viel Angst vor Moritz, und sie denkt nicht mehr ständig daran, ob sie alles so macht, wie die Kanzlei es erwartet.
Wenn sie sich ändern kann, dann kann ich das ja vielleicht auch und wieder den Weg zurück zu einer stärkeren Anja finden.
So weit erst einmal.

Liebe Grüße,
Anja

***

Daniela.

25. August (Donnerstag)

Simone hat angerufen. Und was jetzt kommt, ist richtig schräg: Sie hat mir einen Job angeboten! Sie sagt, sie wird in der Kanzlei kündigen, für die sie jetzt arbeitet. Weil ihr dort so vieles nicht gefällt. Sie hat sich sogar dafür bedankt, dass ich neulich bei ihr war, und für mein Vertrauen, und hat gesagt, in den letzten Monaten wäre ihr sehr viel klar geworden. Unter anderem durch solche Gespräche wie das mit mir.
Sie hat mir total viel erzählt. Ich konnte mir nicht alles merken. Aber jedenfalls will sie eine eigene Kanzlei aufmachen, für Frauen in Schwierigkeiten.

280

Erst mal habe ich gesagt, dass ich meinen sicheren Job beim Gericht eigentlich nicht aufgeben kann, weil ich darauf angewiesen bin – und trotzdem nicht weiß, ob es reicht. Aber daran hatte sie sogar auch schon gedacht. Sie hat vorgeschlagen, dass ich mich beim Gericht für ein oder zwei Jahre freistellen lasse. Während dieser Zeit könnte ich mir dann ansehen, ob die Kanzlei ein Erfolg wird oder ob ich lieber wieder zurück ins Gericht möchte.

Und jetzt kommt das Krasseste: Sie will ein Haus oder eine Wohnung suchen, wo man arbeiten und wohnen kann! Weil sie ja auch einen Sohn hat. Den will sie nicht mehr so viel alleine lassen. Außerdem macht ihr die WG mit Anja Spaß. Vielleicht würden wir sogar zu dritt wohnen. Oder zu fünft, wenn man die Kinder mitzählt. Sie sagt, sie könnte mir vielleicht am Anfang nicht so viel zahlen, aber dafür würde sie für die ganze Miete aufkommen. Und ich könnte das Baby immer bei mir haben.

Ich bin total überrumpelt. Zum Glück muss ich mich nicht sofort entscheiden. Ich soll es ihr in den nächsten zwei Wochen sagen.

Wie würde Chris wohl reagieren? Andererseits kann ich ja nicht immer darauf warten, dass es mit ihm mal besser wird. Klar, wenn das Kind erst mal da ist, merke ich es ja. Aber die Vorstellung, ein Kind zur Welt zu bringen und danach sitzengelassen zu werden, ist definitiv noch schlimmer als die Vorstellung, jetzt selbst zu gehen. Noch habe ich ja ein paar Wochen Zeit. Ich muss darüber nachdenken. Ich bin noch ganz benommen. Aber irgendwie ist die Idee doch toll. Ob ich es nun mache oder nicht – aber es ist eine abgefahrene, tolle Idee von ihr!

***

28

Anja.

Von: theo.fritsche@gmx.de
An: anja.wilms@hotmail.com
Freitag, 26.08. 22:53
Betreff: Betroffen

Liebe Anja!
Was Du schreibst, hat mich doch sehr beschäftigt, und ich
brauchte erst einmal ein bisschen Zeit, bis ich wieder
Worte gefunden habe, um Dir zu antworten. Ich kann mir nur
schwer vorstellen, was Du jetzt durchmachst, aber ich
denke, es muss schrecklich sein.
Trotzdem muss ich zugeben, vollständig überrascht war ich
nicht. Dass etwas nicht stimmte, habe ich schon lange
geahnt und Dich ja auch darauf angesprochen. Dass aber nun
gerade so eine Geschichte dahinterstehen würde, das habe
ich nicht vermutet, und es tut mir schrecklich leid, dass
Du so etwas erlebt hast.
Ich denke viel an Dich, und wenn ich irgendetwas tun kann,
um Dich zu unterstützen oder aufzumuntern, dann lasse es
mich wissen!!
Für den Moment kann ich vermutlich nur eines tun: Dir den
Kopf waschen über die verrückte Theorie, die Dich davon
abhält, Emil zu kontaktieren. Also bitte!
Wenn Emil so nett ist, wie Du es Dir anscheinend insgeheim
wünschst, dann wird er einfach nur betroffen, traurig und
voller Mitgefühl sein darüber, dass Du so etwas Schlimmes
erlebt hast. „Wertlos und ekelhaft" kann man nur den

finden, der es Dir angetan hat! Sollte das jemals ein
Mensch anders sehen, dann drückst Du hoffentlich ganz
schnell den Tschüss-Button und löschst ihn aus Deinem
Leben!
Trotzdem bin ich mir nicht sicher, ob ich Dich auch
ermutigen soll, Emil jetzt zu kontaktieren, denn vielleicht
bist Du noch zu sehr mit Dir selbst und der Aufarbeitung
Deiner Geschichte beschäftigt. Natürlich möchte man eine
potenzielle Partnerschaft lieber mit etwas Leichterem
beginnen, und nicht gleich in so einer traumatischen Zeit.
Andererseits - warum die Feuerprobe scheuen? Du magst Dich
jetzt klein und erschüttert fühlen, aber tatsächlich bist
Du eine außergewöhnlich starke Frau. Etwas anderes als
einen ebenso außergewöhnlichen und starken Partner könnte
ich mir an Deiner Seite gar nicht vorstellen.
Insofern ergibt sich aus dem ganzen Mist doch wenigstens
ein Gutes: Du kannst Emil daran messen, und Ihr werdet
zusammen daran wachsen oder eben feststellen, dass es nicht
passt. Das wird dann aber sicherlich an ganz anderen
Gründen liegen als an denen, die Du fürchtest.
Was sagt Dir denn Dein Gefühl?

Ich erinnere mich vage, dass Du mir einmal, als ich Dir
anfing, von Melanies Depressionen zu berichten, sagtest:
Jetzt käme Dir alles, was Du vorher geschrieben hättest,
hohl vor. Ich verstehe das nun gut, denn genauso geht es
mir jetzt! Soll ich überhaupt noch erzählen, wie es bei uns
weitergegangen ist? Oder lieber ein anderes Mal?
Aber ich höre doch Dein silbernes Lachen und sehe, wie Du
mit der Hand abwinkst und sagst: „Quatsch! Erzähl
trotzdem!" Also gut.

Wir hatten, seitdem sie zu ihrer Tante gefahren ist, in unregelmäßigen Abständen Kontakt. Soweit ich es beurteilen kann, geht es ihr etwas besser. Im Gespräch ist sie klarer. Aber die Grundstimmung bleibt düster und traurig.

Sie wird noch einige Wochen bei ihrer Tante bleiben. Ich habe meine Schwiegermutter und ihre Schwester gebeten, die Kinder und mich nun für ein paar Wochen alleinzulassen. Sie haben uns toll dabei geholfen, die Umstellung zu meistern. Aber es fühlt sich auch gut und richtig an, jetzt mit den Kindern alleine zu sein. Ich möchte diese enge Vernetzung zu Melanie nämlich gar nicht.

Ich weiß noch nicht, wohin unser Weg führt, aber momentan ist diese Ruhe und das viele Alleinsein genau das, was ich brauche.

Es ist noch zu früh, um von einer Trennung zu sprechen, aber es fühlt sich so an, als wäre das doch eine Option. Ich bin wieder ich selbst, und zum ersten Mal seit Langem wieder frei, mich froh zu fühlen, wenn mir danach ist, oder unternehmungslustig, oder vielleicht auch mal deprimiert – aber ohne diese trübselige Grundstimmung, die unser Haus in eine ständige Trauerhalle verwandelt hat.

Die Kinder blühen auch auf, und das zeigt mir, dass es nicht so weitergeht, wie es bisher gegangen ist.

So viel erst einmal.
Ich schicke Dir ganz viel Kraft und gute Gedanken.

Liebe Grüße,
Theo

***

Simone.

Was hatte sie noch gleich sagen wollen? In dem Moment, da sie an die Tür klopfte, war ihr Kopf plötzlich ganz leer und sie erinnerte sich an nichts. So ein Mist! Dabei hatte sie doch ihre kleine Rede den ganzen gestrigen Abend, heute Morgen und während der gesamten Fahrt zur Kanzlei geübt.

„Herein!", dröhnte von drinnen die Ehrfurcht gebietende Stimme.

Die letzten Reste ihrer Courage lösten sich in Luft auf. Aber einen Rückzieher wollte sie doch nicht machen. Zaghaft legte sie die Hand auf die Klinke und öffnete.

Dr. von Waldhausen saß entspannt zurückgelehnt in seinem schweren, schwarzen Ledersessel an seinem Schreibtisch aus Wurzelholz. „Ah, Frau Neuhaus", grüßte er. „Was führt Sie zu mir?"

Ratsuchend streiften ihre Augen den Umschlag in ihrer Hand.

„In einer Zeit, in der ich der Kanzlei nicht meine ungeteilte Aufmerksamkeit schenken kann …" … „Ich danke Ihnen sehr, aber meine private Situation verlangt von mir einen Wechsel …" Sie hatte sich so viele schöne, höfliche Formulierungen überlegt. Sie alle klangen irgendwie so, als ob ihre Entscheidung ein Gewinn für die Kanzlei sei. Doch nun? Plötzlich waren die wohlpräparierten Worte wie weggefegt.

„Das kommt jetzt vielleicht überraschend, aber ich kündige", blökte sie heraus und fühlte im gleichen Moment, wie ihr das Blut ins Gesicht schoss.

Dr. von Waldhausen sah sie über den goldenen Rand seiner Brille hinweg an. Auf den ersten Blick schien er kein bisschen seiner Souveränität verloren zu haben, aber sie kannte ihn lange genug, um das unwillige Zucken seiner Augenwinkel zu registrieren. Nach einem kurzen Moment des Innehaltens nahm er die Brille ab, rieb sich mit beiden Händen das Gesicht und schüttelte leicht den Kopf. „Das kommt jetzt in der Tat überraschend", bekannte er. „Wie kommt es zu dieser Entscheidung? Wo gehen Sie hin?"

Simone, die mit dieser Frage gerechnet hatte, suchte in ihrem Gedächtnis nach der Antwort, die sie sich zurechtgelegt hatte. Sie war weg.

In ihrer Ratlosigkeit hielt sie es mit Anjas Taktik und antwortete geradeheraus: „Ich werde mich selbstständig machen."

Damit hatte von Waldhausen offensichtlich nicht gerechnet. Erstaunt hob er die dichten, grauen Augenbrauen, sagte aber nichts.

„Ich werde auch das Fachgebiet wechseln", begann Simone zu erklären.

„Künftig möchte ich Familienrecht machen." Sie merkte selbst, wie klischeehaft das klang, und gab dem Impuls nach, sich zu erklären: „Nicht wegen meiner eigenen Erfahrungen. Aber ich habe durch meinen Sohn jetzt viel Einblick in unterschiedliche Gesellschaftsschichten bekommen, und ich denke, im Familienrecht kann man noch wirklich etwas bewegen."

Ihre Wangen glühten heiß unter von Waldhausens süffisantem Blick. „Und hier bewegen wir Ihrer Meinung nach nichts?"

„So habe ich das nicht gemeint!"

„Sondern?"

Simone holte Luft. Sie blickte sich um, wies mit der Hand in das edel ausgestattete Büro mit den schweren, gepflegten Gründerzeitmöbeln, den grünen Samtschals am Fenster, den dicken Teppichen. „Das hier ist eine teure Kanzlei. Die Mandanten zahlen, um ihr Recht durchzusetzen. Aber manchmal haben auch die Menschen recht, die nicht dafür zahlen können. Denen möchte ich helfen", erklärte sie, während ihre Stimme immer leiser wurde.

Von Waldhausen nickte. „Ein idealistischer Schritt", kommentierte er, und Simone hörte deutlich, was er von diesem Schritt hielt. „Nun denn, Ihre Entscheidung steht offensichtlich fest. Wir möchten Ihnen selbstverständlich nicht im Wege stehen. Kommen Sie doch morgen früh um zehn noch einmal zu mir, damit wir alle Formalitäten erledigen können."

Als sie ihr Auto erreichte, holte Simone tief Luft und glitt aus dem eleganten schwarzen Jackett. Stattdessen streifte sie ihre graue Strickjacke über, tauschte die Pumps gegen schlichte Ballerinas, setzte sich auf den Fahrersitz und fingerte eine Weile am Navi herum. „In 50 Minuten haben Sie Ihr Ziel erreicht", verkündete die blecherne Stimme. Zufrieden nickte Simone und fuhr los.

„Es ist fantastisch", jubelte sie vier Stunden später der verdutzten Anja vor, die derweil Frederik aus dem Kindergarten abgeholt und ihn ins Bett gebracht hatte. „Es hat 260 Quadratmeter, einen großen Garten und das Dach kann man ausbauen!"

Anja zerstrubbelte sich das rote Haar. Ohnehin in diesen Tagen etwas angeschlagen, verfolgte sie die Entwicklung ihrer Freundin wie durch einen dichten Nebelschleier. „Du hast das alles schon dingfest gemacht?", fragte sie nun mit einer Mischung aus Staunen und Respekt.

„Ja!", strahlte Simone. „Es war eine Once-in-a-lifetime-Gelegenheit! Und ich wollte einfach zuschlagen, bevor jemand anders dazwischenkäme."

„Und in der Kanzlei hast du jetzt tatsächlich schon gekündigt?" Mit der Entscheidung an sich hatte Anja zwar gerechnet. Angesichts der neuen Offenheit, die Simone in den vergangenen Wochen gezeigt hatte, und der vielen kleine Entscheidungen, die sie heute nach anderen Prioritäten traf als noch vor einem halben Jahr, schien sie fast unausweichlich gewesen. Aber Anja hätte nicht erwartet, dass die konservative, sicherheitsorientierte Simone so schnell ihr ganzes Leben umstellen würde.

„Was werden deine Eltern dazu sagen?", fragte sie.

„Zuerst werden sie geschockt sein", gab Simone zu. „Aber zuletzt hatte ich ein sehr gutes Gespräch mit ihnen. Ich glaube, sie werden mir den Rücken stärken, auch wenn sie mich erst einmal nicht verstehen. Und letzten Endes werden sie vielleicht – hoffentlich – sogar richtig finden, was ich tue.“

Anja schüttelte verwirrt den Kopf und zog ihre bunte Häkeldecke enger um sich. Plötzlich fror sie. Aufmerksam sah Simone sie an. „Du musst dir keine Sorgen machen wegen des Zimmers! Ich bleibe, bis du jemand anders gefunden hast. Sowieso möchte ich dich jetzt nicht alleine lassen. Wir können das alles ganz in Ruhe angehen. Ich muss ja auch erst alles einrichten und klären, ob Daniela wirklich bei mir anfangen will, oder ob ich jemand anders suchen muss. Mein Vorschlag ist, dass ich zuerst die Kanzleiräume einrichte und hier wohnen bleibe. Nach und nach findet sich dann alles: eine nette, neue Mitbewohnerin für dich, neue Möbel und eine Anwaltsgehilfin für mich …“

„Vielleicht ziehe ich ja auch irgendwann mit einem Freund zusammen“, sagte Anja halblaut und lächelte zaghaft.

Simone, in Gedanken schon ganz mit dem Einrichten ihres neuen Landhauses beschäftigt, hielt abrupt inne und sah sie an. „Anja? Was ist los?“

Anjas grüne Augen deuteten ein Glitzern an, zum ersten Mal wieder seit Tagen. „Ist doch vielleicht an der Zeit, sesshaft zu werden“, scherzte sie verlegen. Sie drehte ihre Teetasse in den Händen. Dann erzählte sie: von ihren Bindungsängsten. Von den Gedanken, die sie dazu mit Theo geteilt hatte, und seiner Einschätzung dazu. Und von Emil.

Aufmerksam hörte Simone zu. Ein Schatten legte sich über ihr Gesicht, während sie mitfühlend eine Hand auf Anjas Arm legte.

„Das tut mir leid“, murmelte sie betroffen. „Aber es macht total Sinn und erklärt einiges. Ja. Vorstellen kann ich mir das … Aber wer ist denn jetzt schon wieder dieser Theo?“

Anja verschränkte die Arme und lehnte sich entspannt zurück. „Von dem habe ich dir noch gar nicht erzählt, stimmt‘s? Theo ist mein lebendes Tagebuch. Er ist einfach ein richtig guter Freund, und wir schreiben uns E-Mails.“

„Seit wann?"

„Seit Jahren!"

Simone hob erstaunt ihre zierlichen Augenbrauen in die Höhe. „Es gibt einen Mann, der ein guter Freund ist und mit dem du dir seit Jahren schreibst … aber ihr hattet nichts miteinander?"

Anja schüttelte entschlossen den Kopf. „Nein. Nie."

Simone war verblüfft. „Warum?"

„Warum? Na komm! Jetzt spinn nicht rum! Darf ich nicht einen guten Freund haben, mit dem ich nichts hatte?", empörte sich Anja, halb gespielt, halb ernsthaft entrüstet.

„Ich wundere mich nur", gab Simone offen zu. „Ist er nicht attraktiv? Oder wohnt er weit weg? Wer ist er? Erzähl! Jetzt bin ich richtig neugierig!"

Anja zuckte die Schultern. „So viel gibt es da gar nicht zu erzählen. Er lebt nicht weit weg, ist Journalist, zwanzig Jahre älter als ich und verheiratet. Außerdem hat er zwei Kinder. Wir kennen uns schon ewig. Ich habe ihn ganz am Anfang meines Studiums in einem Praktikum kennengelernt. Wir haben einfach immer den Kontakt gehalten."

Simone schüttelte ungläubig den Kopf. „Zwanzig Jahre älter?"

Anja zuckte erneut die Schultern. „Das macht es ja gerade so entspannt. Als wir uns kennenlernten, war ich so jung, dass ich einfach nie in Erwägung gezogen hätte, einen Mann seines Alters zu daten. Aber wir fanden uns sympathisch und verstanden uns gut. Und so war zwischen uns von Anfang an ein völlig unbefangener, offener Ton."

Simone verarbeitete die Informationen. „Und worüber schreibt ihr euch?"

„Über alles! Dass du hier wohnst, ob ich jemanden ich treffe, was mich oder ihn im Job aufregt. Zuletzt viel darüber, dass seine Frau depressiv ist. Und jetzt eben das."

Ihr Gesicht verdunkelte sich in Erinnerung des jüngsten Themas ihrer

Korrespondenz.

„Denkst du nicht, er will etwas von dir?", wunderte sich Simone.

Anja schüttelte den Kopf. „Total unwahrscheinlich. Wir schreiben uns seit Jahren, und es gab nie auch nur die leiseste Andeutung. Wir sehen uns ja auch gar nicht. Weil das für unsere Freundschaft irgendwie nicht wichtig ist. Es ist eine gute, klassische Brieffreundschaft. Nur eben per Mail."

Simone lachte. „Also echt, Anja! Du kannst einen immer wieder erstaunen. Das ist ja eigentlich toll! Wow! Entschuldige, dass ich so blöd nachgefragt habe. Dann … gibt es also Theo. Okay. Aber kommen wir doch jetzt mal wieder zurück zum Ausgangspunkt! Und das ist ja anscheinend Emil. Was war das mit dem?"

Ein versonnenes Lächeln glitt über Anjas Gesicht. „Der ist einfach so witzig! Charmant und … mir gefällt, wie er sich ausdrückt. Man konnte mit ihm so klug diskutieren. Er ist schlagfertig und selbstironisch, und man merkt, dass er gerne denkt. Es ist … eine Herausforderung, mit ihm zu sprechen. Eine intellektuelle Herausforderung. Das fand ich irgendwie spannend."

„Und er hat dir seine Telefonnummer gegeben? Warum hast du ihn dann nicht mehr angerufen?"

Anja schürzte die Lippen. „Ich hatte kurz überlegt, mich bei ihm zu melden, aber … solche Männer wollen doch Frauen wie dich. Jemanden, der perfekt ist, diplomatisch … nicht jemanden, der kapitalismuskritisch ist, sich ständig ins Fettnäpfchen setzt und sich daraus nicht einmal etwas macht. Oder viel mehr Erfahrung hat als sie selbst. Über kurz oder lang ist er dann sowieso weg."

Staunend schüttelte Simone den Kopf. „Für mich hört sich das, ehrlich gesagt, nicht so an."

Indem sie sich ratlos in der Küche umsah, fiel ihr Blick wieder auf den Mietvertrag, der auf dem Tisch lag. Sie stützte das Gesicht in die Hände. „Heute kommt alles zusammen."

Anja holte tief Luft, straffte die Schultern und schlug leicht mit der Hand auf den Tisch. „Eben", lächelte sie: „Machen wir eins nach dem anderen. Jetzt bist du erst mal dran. Du willst also dieses Bauernhaus mieten, darin eine Kanzlei eröffnen und dort wohnen. Weil du eine Assistentin brauchst, die du erst mal nicht gut bezahlen kannst, soll die auch mit ihrem Kind dort wohnen dürfen. Und dann beratet ihr für kleines Geld Frauen, die Hilfe brauchen. Das hört sich doch erst mal super an! Ich frage mich nur: Wie kommen alle diese bedürftigen Frauen in das Kaff?"

Aber dafür gab es anscheinend schon eine Lösung: „Das ist ja so super! Es gibt einen Bus, der aus der Innenstadt bis dort zum Marktplatz fährt! Man fährt zwar 40 Minuten und muss dann noch zehn Minuten laufen, aber es geht. Und die Mandantinnen kommen durch die Müttermafia."

„Die Müttermafia?"

„Die Spielplatzmütter! Die habe ich ja während der letzten Monate kennengelernt. Die kennen wieder andere, die wieder andere kennen …"

Anjas Blick blieb skeptisch, aber sie nickte zögerlich. „Na ja. Vielleicht … einen Versuch ist es ja wert. Bloß … was ist, wenn es nicht läuft? Dann sind sowohl du als auch Daniela den Job los."

„Daniela kann sich erst einmal beurlauben lassen. Und ich … gehe dieses Risiko ein. Ich merke einfach, dass ich etwas ändern möchte. Ich bin immer mehr in diese Spirale gerutscht. Auch, weil Moritz so eifersüchtig auf meinen Erfolg war. Es war, als müsste ich noch erfolgreicher und noch erfolgreicher sein, um den Streit, den wir hatten, wenigstens zu rechtfertigen.

Aber jetzt merke ich, dass mich andere Dinge viel zufriedener machen. Zum Beispiel, wenn ich Zeit mit Frederik verbringe. Oder wenn ich eine Frau berate, die von ihrem Mann geschlagen wird, aber nicht weiß, wo sie hinkann, weil ihre Familie droht, sie umzubringen, wenn sie sich scheiden lässt. – Das sind doch die wichtigen Fälle. Nicht die wohlstandsverwöhnten Pudel, für die ich bei von

Waldhausen da bin.“

Anja lachte, als Simone mit ihrem Vortrag fertig war, und hob ihr Glas. „Du hast echt an alles gedacht! Ich glaube, das letzte halbe Jahr haben wir uns beide ganz schön verändert … Also dann! Auf eine mutige Simone, die ihren eigenen Weg geht, und eine mutige Anja, die vielleicht demnächst mal einen Anruf macht.“

***

Daniela.

1. September (Donnerstag)

Gestern, als ich mich wieder mal geärgert habe, dass Chris in der ganzen Wohnung seine Wäsche verteilt und mich wie seine Putzfrau behandelt, habe ich mich entschieden. Beim Wäschesortieren habe ich nämlich sogar noch Lippenstift an seinem Hemdkragen entdeckt. Und was mich am meisten geschockt hat, war nicht das, sondern mein Gefühl dabei. Früher hätte ich mich aufgeregt. Ihn angerufen. Oder ich wäre in den Club gefahren, um ihn zur Rede zu stellen.

Jetzt habe ich mich nur schlecht und elend gefühlt. Ein Gespräch bringt ja nichts. Er lacht mich nur wieder aus, sagt was Gemeines über meinen dicken Bauch, und dass ich mich nicht so aufregen soll.

Ist ja schön, wenn Anke meint, man kann das alles auch ohne Unterstützung vom Mann schaffen, und wenn sie mir helfen will. Ist ja schön, wenn meine Eltern meinen, dass Trennung mit Kind immer die schlechteste Lösung ist. Aber die müssen das ja auch alle nicht ausbaden.

Vielleicht ist Simones Idee verrückt. Obwohl Simone nicht wirkt wie jemand, der verrückte Ideen hat. Egal. Heute habe ich im Gericht gefragt, und tatsächlich kann ich mich beurlauben lassen; genau wie sie gesagt hat. Ich darf dann allerdings nur wenige Stunden woanders arbeiten. Aber mit dem Plan, den Simone hat … wenn wir zusammen wohnen … merkt doch eh keiner, wie viele Stunden ich im Büro und wie viele in der Küche bin. Es ist eine Möglichkeit, beim Start in das Leben mit Baby nicht allein zu sein und einen Job zu haben und nicht mehr ständig von Chris gedemütigt zu werden.

Ich überlege jetzt nicht mehr lange. Ich riskiere das. Dinge können sich nur verbessern, wenn man sie ändert.

***

29

Daniela.

4. September (Sonntag)

Ich war bei Anke. Ich fand, sie hat es verdient, dass ich offen mit ihr bin. Und ich wollte ihr auch sagen, dass ich trotzdem froh bin, wenn sie als Oma das Baby sehen möchte und so.

Am Anfang hab ich noch gezögert, aber dann habe ich einfach alles ausgepackt. Dass Chris mich betrügt. Dass er noch immer alle paar Tage sagt, er verlässt mich, wenn das Kind da ist. Dass er gesagt hat, ich soll aufpassen, dass ich nicht die Treppe runterfalle, aber eigentlich mehr als Drohung. Dass ich ihm nur hinterherputze, dass er ständig Gemeinheiten über meinen Bauch sagt.

Ich habe sogar gesagt, dass er schon seit Monaten nicht mehr mit mir ins Bett geht. – Dazu hat sie allerdings gemeint, das gibt sich vielleicht wieder. Und ich glaube, das mit dem Putzen fand sie auch nicht so schlimm.

Aber über alles andere hat sie zum Schluss sogar geweint. Sie hat mich gefragt, ob er denn gar nicht mal ein bisschen fürsorglich ist. Ich habe nur gelacht. Und dass ich im Club gearbeitet habe, weil er mir so Angst gemacht hat, dass er mich verlässt und mir kein Geld gibt, wenn das Kind da ist, das fand sie auch richtig schlimm.

Sie hat gesagt, sie fand es immer total komisch und verantwortungslos von mir, dass ich so viel arbeite, und auch nachts, wo ich doch das Kind im Bauch hab. Als sie dann den Grund hörte, hat sie richtig gezittert. Sie hat mir leidgetan.

Am Ende hab ich mich gefühlt, als wäre es gemein, ihr das alles zu sagen, dabei ist es ja nur die Wahrheit über ihren Sohn. Mir war einfach wichtig, dass sie meine Entscheidung versteht und nicht denkt, dass sie jetzt auch ihr Enkelkind gar nicht sehen soll. Immerhin war sie die Erste, die sich mit mir darauf gefreut hat.

Jetzt muss ich noch mit Chris sprechen. Aber das hat noch Zeit, denn Simone meinte, ein paar Wochen dauert es noch, bis wir in das Haus können. Vielleicht haue ich auch einfach ab, während er bei der Arbeit ist, weil ich überhaupt nicht weiß, wie er reagieren wird. Zum Glück fängt bald mein Mutterschutz an. Ich könnte ja auch mit einer Beurlaubung nicht so Knall auf Fall im Gericht aufhören. Aber so wie alles aussieht, werde ich nicht mehr vom neuen Haus ins Gericht pendeln müssen.

Ich kann das alles selbst noch gar nicht glauben, und es kommt mir vor, als sehe ich alles nur in einem Film. Wahrscheinlich hatte ich die schlimmste Schwangerschaft, die man haben kann. Von so medizinischen Sachen mal abgesehen, die sind natürlich schlimmer.

Und jetzt ist da plötzlich Hilfe und Zuspruch und sogar ein neuer Job. Ich kann mich von Chris trennen, was ich mich normalerweise nie getraut hätte, und weiß, dass ich nicht hilflos und alleine bin, wenn er plötzlich vor meiner Tür steht und randaliert. Wobei ja noch die Frage ist, ob er randaliert. Vielleicht ist er auch nur einfach froh, dass ich weg bin. Ich bin jedenfalls froh, dass das hier bald alles vorbei ist.

***

Anja.

Von: anja.wilms@hotmail.com
An: theo.Fritsche@gmx.de
Dienstag, 06.09. 15:27
Betreff: Manchmal muss man mutig sein …

Lieber Theo!
Ich danke Dir für alles, was Du geschrieben hast. Du hast
mir damit wirklich Mut gemacht. Um eines gleich
vorwegzunehmen: Ich habe mich bei Emil gemeldet. Aber ich
war feige, ich habe ihm nur eine Nachricht geschickt. Dass
wir uns beruflich kennengelernt hätten, als er auf einer
Feier, bei der ich putzte, seine Zigarettenasche auf ein
Polster fallen ließ.
Er schrieb sofort zurück! Er meinte, er bedaure zutiefst,
dass die Aufräumarbeiten so lange gedauert hätten, und dass
er schon befürchtet habe, dem Personal wegen seines
Verhaltens in ganz schlechter Erinnerung geblieben zu sein.
Und er würde sich abends noch einmal melden. Als er dann
anrief, konnte ich zuerst die Nummer nicht zuordnen, weil
es eine fremde Festnetznummer war. Er fragte mit
verstellter Stimme, ob er dort richtig sei bei der
gewerkschaftlichen Vertretung der Hauselfen, und dass er
einen Schaden zu begleichen habe. Ich musste lachen, und
wir haben sehr lange, sehr nett und sehr lustig
telefoniert!
Am kommenden Wochenende hat er keine Zeit, weil er zu einer
Feier bei seinen Eltern muss, aber gleich am Wochenende
darauf will er mal nach Köln kommen! Ich bin jetzt schon
total aufgeregt.

Nun erst einmal zu Dir. Ich finde es schön, wenn es Dir
wieder besser geht und wieder hellere Stimmung bei Euch zu
Hause herrscht. Wie hat denn Deine Schwiegermutter
reagiert, als Du sie nach Hause geschickt hast? Wäre sie
lieber geblieben, um Dich zu kontrollieren, oder hat sie es
gut aufgenommen?

Ich habe mich inzwischen ein bisschen mehr mit
Psychotherapie beschäftigt, auch für mich selbst.
(Tatsächlich habe ich in zwei Wochen einen ersten Termin für
eine Probestunde. Ich bin noch skeptisch, will es mir aber
wenigstens mal ansehen.) Dabei habe ich auch einiges über
Depressionen gelesen.
Ich denke, wenn Melanie wirklich krank ist, wird allein die
familiäre Auszeit ihr nicht helfen. Das mag sicher sehr
hilfreich sein im Sinne einer kurzfristigen Stabilisierung,
aber es wäre ja vielleicht sinnvoll zu schauen, wo die
Ursachen für ihre Depressionen liegen.
Ich denke, Du solltest auf Dich zukommen lassen, was die
nächste Zeit bringt. Natürlich hast Du alles Recht der Welt,
jeden Schritt zu gehen – sei es in die eine oder in die
andere Richtung! Niemand muss sein Glück oder das seiner
Kinder für jemand anders opfern, auch nicht für den Partner.
Sei also ganz gelassen, genieße die derzeitige Ruhe und nimm
Dir Zeit!

Nun ist, bevor ich zum Ende komme, noch einmal Staunen
angesagt. Simone – jawohl, Simone, das schüchterne Mäuschen,
das vor ein paar Monaten bei mir eingezogen ist – hat eine
neue Großbaustelle eröffnet. Und ich meine das sowohl im

ganz wörtlichen Sinne als auch im übertragenen.
Anscheinend hat das Leben mit mir und bei mir, auch der
Kontakt mit anderen Eltern hier aus dem Viertel, sie so sehr
von ihren früheren Werten entfremdet, dass sie bei ihrer
Kanzlei gekündigt hat und sich selbstständig machen will.
Damit nicht genug, als Gehilfin hat sie die schwangere
Daniela angeworben, die ich aus Rheinbach kenne und die in
einer katastrophalen Beziehung mit einem Schläger
feststeckte.
Nun ist der Plan, dass ein Bauernhaus bei Berrenrath
ausgebaut wird, wo beide dann wohnen, ein Spielzimmer für
ihre Kinder haben und sich in Simones eigener, neuer Kanzlei
um bedürftige Frauen kümmern.
Simone ist mehr und mehr auf dem Spielplatz bei mir um die
Ecke mit Müttern ins Gespräch geraten und hat da eine ganze
Bandbreite von Müttersorgen erlebt.
Vieles hat einen Multikulti-Hintergrund, aber längst nicht
alles. Es geht um Eheprobleme, Auseinandersetzungen mit
Lehrern und Ämtern, um Berufstätige, die sich mit ihren
Arbeitgebern nicht auf familienfreundliche Konditionen
einigen können, und was weiß ich nicht alles. Ihre Visionen
sind ganz groß. Langfristig möchte sie Firmen als Sponsoren
finden und mindestens eine Sozialarbeiterin beschäftigen.
Ich bin immer noch total platt von dem Temperament, dass sie
auf einmal an den Tag legt. Und beeindruckt von ihrer
Klugheit und ihrer strategischen Herangehensweise. Immer
wenn ich denke: „Aber da ist doch jetzt ein Haken", dann hat
sie den schon bedacht und bereits eine Lösung gefunden.

Sie hat mir auch angeboten, dass ich bei ihr einziehen kann.
Aber das will ich gar nicht. Ich war in den letzten Jahren

selten wirklich allein. Und gleichzeitig war ich es auf
andere Art ständig.

Ich glaube, es ist ganz gut für mich, wenn ich mal ein
bisschen Zeit für mich habe und dabei die Gelegenheit nutze,
in mich hineinzuspüren, statt mich ständig mit anderen
Menschen abzulenken. Ich habe nicht das Gefühl, dass ich
einsam sein werde.

Übrigens ist mir in einem Gespräch mit Simone neulich
bewusst geworden, dass wir uns wahrscheinlich mehr als sechs
Jahre lang nicht gesehen haben. Was meinst Du, sollen wir
uns nicht doch mal wieder treffen? Ich fände das nett.

Liebe Grüße,
Anja

***

Simone.

„Wann kommt dein Kind?", fragte Jasper, während Daniela sich schnaufend in
einen Liegestuhl sinken ließ, den er ihr in den Schatten eines riesigen
Rosmarinstrauches geschoben hatte.
„In drei Wochen", seufzte sie matt und trank ihr Wasserglas in einem Zug leer.
Er zog einen Hocker heran und setzte sich neben sie.
„Was wird es?", fragte er interessiert.
„Ein Junge."
„Oh."
Sein erstaunter Tonfall ließ sie den Kopf wenden. „Ist das nicht gut?", fragte sie.

299

„Ach was, beides ist gut", lachte er. „Ich hatte nur einfach ein kleines Mädchen im Kopf, wenn ich mir dich mit einem Baby auf dem Arm vorgestellt habe."

Befremdet sah sie ihn an. „Also, der Vater meines Kindes konnte sich mich überhaupt nicht mit irgendeinem Kind auf dem Arm vorstellen."

„Das ist schade für ihn." Er nahm einen Schluck aus seiner Bierflasche. „Aber schön für uns, denn sonst könnten wir nicht neben diesem wunderbaren Kräutergarten in der Sonne sitzen, den Duft von Lavendel und Rosmarin genießen und dieses Gespräch führen."

Daniela sah ihn an, als sei er nicht ganz richtig im Kopf. „Versteh mich nicht falsch. Es ist richtig nett von dir, dass du Simone und mir hilfst. Aber du musst nicht so tun, als würde dir das Spaß machen."

„Macht es aber", erklärte er gelassen, während er das Gesicht der Sonne zuwandte und die Hände hinter dem Kopf verschränkte, wodurch die Ärmel seines karierten Hemdes nach oben rutschten und den Blick auf muskulöse Unterarme freigaben, an denen Danielas Blick nun hängen blieb.

„Du bist ein ganz schön komischer Vogel", meinte sie.

Ein paar Meter weiter entfernt mühten sich Anja, Simone und Theo damit ab, den Grill in Betrieb zu setzen.

„Was läuft eigentlich da hinten?", flüsterte Anja belustigt.

„Das läuft doch den ganzen Tag schon prima", grinste Simone. „Hab ich sehr geschickt eingefädelt, oder?"

Zufällig war ihr vor ein paar Tagen im Baumarkt Jasper über den Weg gelaufen, der freundlich fragte, wie es ihr, Anja und Frederik ging. Als er erfuhr, dass sie mitten im Umzug steckte, hatte er Hilfe angeboten. Erst hatte sie gezögert, aber als er ihr versicherte, dass er es einfach aus Freundschaft tun würde, und weil es ihn interessieren würde, den Hof zu sehen, war ihr eine Idee gekommen. Vielleicht war der freundliche, herzensgute Jasper ja genau der Richtige für

Daniela? So hatte sie schließlich zugestimmt. Und war mit dem bisherigen Ergebnis höchst zufrieden.

„Läuft", kommentierte jetzt Theo, der allerdings nicht das Pärchen in spe meinte, sondern den Grill. „Wo sind die Würstchen?"

„Die haben die Kinder noch nicht gebracht", seufzte Simone und sah sich um.

Aus dem kleinen Stallanbau kam Frederik mit einer Schubkarre gestolpert. In der Karre saß Theos Sohn Max, während Theos Tochter Coco Frederik Anweisungen gab, um allzu gravierende Kollisionen auszuschließen.

Neben dem Grill ploppte es jetzt. Emil hatte den Korken aus einer Weißweinflasche gezogen.

„Würstchen habe ich nicht mitgebracht, aber etwas zu trinken", bot er an und füllte jetzt vier Gläser mit einem goldgelben Pfälzer Weißburgunder.

Anja nahm als Erste. Sie sah das rote Backsteinhaus an. Nachdem einige Handwerker darin zugange gewesen waren, sahen jetzt zumindest die wichtigsten Räume hell und einladend aus.

Den Rest wollte Simone nach und nach ausbessern. Sie hatte ein Förderungsprogramm aufgetan, von dem sie sich finanzielle Hilfe für die Arbeiten versprach.

„Wenn alles klappt, wie ich es mir vorstelle, sieht das hier in einem Jahr ganz anders aus", meinte Simone und nahm sich ein Weinglas.

„Sieht ja so aus, als würde das Meiste so gelingen, wie du es dir vorstellst", schmunzelte Theo mit Blick auf die zwei im Schatten des Rosmarins.

„Aber wenn alles plötzlich ganz anders wäre, wäre das auch schade. Manches kann ruhig so bleiben, wie es ist", grinste Emil und drückte einen Kuss auf Anjas Locken, die in der Sonne feuerrot glänzten und inzwischen ein ganz klein wenig nach Holzfeuer rochen.

***

Danke.

Dieses Buch würde es nicht geben, wenn mich nicht viele Leute dabei unterstützt hätten – manche wissentlich, andere unwissentlich. Denn, um eine wunderbare Wendung von Ralph Giordano zu gebrauchen: Manches erlebt man „unter der Vision, ein Buch darüber zu schreiben."

„Daffke." ist eine erfundene Geschichte. Trotzdem ist sie wahr. Sie ist so wahr, wie es Erich Kästner im Vorwort von „Pünktchen und Anton" erklärt: „Wahr ist eine Geschichte dann, wenn sie genau so, wie sie berichtet wird, wirklich hätte passieren können."

Ich hätte „Daffke." nicht schreiben können, wenn nicht viele Menschen meinen Weg begleitet, gekreuzt, geebnet und blockiert hätten. Beim Schreiben haben sie mich auf die eine oder andere Weise begleitet – auch jene, zu denen die Freundschaft zerbrochen ist. Deswegen gebührt ihnen allen mein Dank – für das Lachen, den Streit, die Freundschaft, die Liebe, den Zorn, die Wut, die Enttäuschungen, das Vermissen und das Verstehen, die ich durch sie erlebt habe.

Ihr alle seid Mosaiksteine in meinem Leben – und ich wäre ohne Euch ganz sicher weniger daffke.